프로젝트 브이

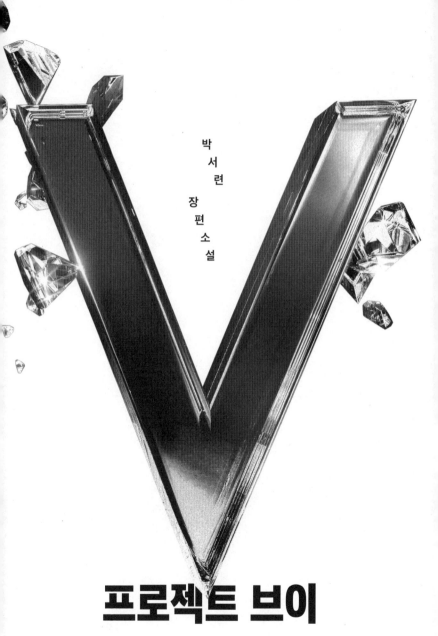

박 서 련

장 편 소 설

프로젝트 브이

차례

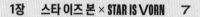

1장

스타 이즈 본
STAR IS VORN

손뼉 한 번 치고 시작합시다Let's roll with a clap.

촬영 스태프 한 사람이 검지를 펼쳐 올린 채로 말했다. 짝 짝. 우람은 힘껏 양손을 맞부딪치고 스태프를 바라봤다. 이렇게? 하는 표정을 지어 보이자 스태프가 고개를 저었다. 아니, 한 번만Nope, just once. 다른 스태프가 입을 열었다. 됐어요, 그냥 하면 됩니다Okay, just do it. 우람은 심호흡을 하고 카메라 옆 프롬프터에 뜬 질문에 답하기 시작했다. 마이 네임 이즈 김우람. 프롬 사우스 코리아.

"제 이름은 김우람입니다. 한국에서 왔습니다. 나이는 22세, 키 172센티미터, 몸무게 65킬로그램. WGMO(World Gigantic Mechanic Olympiad, 세계 거대로봇 올림피아드) 23세 미만 전고 5미터 미만 부문에 출전합니다. 종목은 응급구조."

질문이 끝나고 새로운 자막이 화면에 떴다.

다음 문장을 소리 내 읽으시오READ ALOUD FOLLOWING SENTENCE.

"출전 중 목숨이 위험한 상황이 벌어질 수 있음을 인지하고, 안전히 임할 것을 서약합니다."

우람은 카메라를 똑바로 보며 마지막 문장을 읊었다. 좋아요, 다음Okay, next. 모자 쓴 스태프가 다음 출전자를 데리고 들어와 우람이 서 있던 자리에 세운 뒤 우람을 녹색 크로마키 세트 바깥으로 안내했다. 등 뒤에서 들려오는 카메라맨의 목소리에 우람은 무심코 뒤돌아보았다. 손뼉 한 번 치고 시작합시다.

다음 출전자는 잔뜩 긴장한 티가 나는 코카서스계 소년이었는데 그 말을 알아듣지 못했는지 제자리에서 한 바퀴 돈 뒤 짝 하고 손뼉을 쳤다. 구석구석 열 명은 넘게 배치된 촬영 스태프가 일시에 웃음을 터뜨렸다. 웃을 줄도 아는 사람들이었네. 우람은 웃지 않고 생각했다.

대회 본부 1층 로비에서 목걸이 타입 네임 태그와 스마트워치를 나눠 주었다. 태그를 패용하면 대회 관련 건물 대부분을 출입할 수 있고, 스마트워치는 대회 프로그램 알림 및 위치 추적 용도라는 설명이 뒤따랐다. 대부분이라고요? 금지구역도 있나요? 우람이 묻자 태그를 나눠 주던 스태프가 검지를 펴 위를 가리켰다. 예를 들어 대회 본부 상층부 같은 곳은 운영 관계자만 출입이 허용됩니다. 아시겠지만, 미 국방부 협조로 군사시설을 개조해 사용하고 있어서요. 아, 넵. 우람은 스마트워치를 쓰다듬으며 고개를 끄덕였다. 손가락 사이로 희미한 빛이 새어 나오고 있었다. 마침 다음 프로그램 알림이 뜬 모양이네요. 스태프의 말에 우람이 손을 치우자 스마트워치에서 발하던 빛이 홀로그램으로 떠올랐다.

'16:00 2층 콘퍼런스 홀, 개회식'

굿 럭. 스태프가 말했고 우람은 대답했다. 유 투.

스마트워치에 따르면 개회식까지는 두 시간가량이 남아 있었고 시간을 때우기 위해 취할 수 있는 선택지도 두 가지 정도였다.

첫째, 본부 건물 중층부에 있는 숙소에서 휴식 취하기. 둘째, 기납고(Mechanic Warehouse)에서 대회 출품 기체 확인하기. 두 번 생각할 것도 없었다. '창고'는 어느 쪽이죠? 우람이 다시 돌아서서 묻자 네임 태그를 나눠 주던 스태프가 스마트워치를 가리켰다. 손목에 대고 말하는 시늉을 하면서. 우람은 스마트워치를 향해 말했다. 창고Warehouse. 회전하는 화살표 홀로그램이 손목에서 떠올랐다. 위치 추적을 촘촘히도 하나 보군. 그대로 본부 건물을 나와 시키는 대로 걸음을 옮기자 기납고가 나왔다. 출입구에서 태그를 찍으니 스마트워치가 우람의 기체 일련번호를 인식해 기체 위치를 안내해 주었다.

"오랜만이다."

우람은 평소답지 않게 감상에 젖어 말했다. 대략 일주일

만의 만남이었다. 연료탱크를 비워도 1톤이나 되는 무게 때문에 해체해서 특수 선적 화물로 먼저 미국에 보냈던 우람의 기체 'WOOVIC Ⅱ/우승 2호'는 엉성한 조립 상태로 쓸쓸하게 서 있었다. 우람은 입구에 놓인 공용 공구 대여 장부에 이름을 적고 돌아와 우승 2호를 손보기 시작했다. 철망으로 분리된 옆 칸, 옆의 옆 칸 출전자들도 우람처럼 하고 있었다. 차이가 있다면 우람은 개인이고 다른 출전자들은 팀을 이루고 있다는 점. 파일럿 한 명, 메인 엔지니어 한 명, 그렇게 적어도 두 명씩 짝지어 각자의 언어로 자기 팀 기체를 두고 열띤 토론을 나누고 있었다. 전혀 주눅 들지 않는다곤 못 하겠지만, 떼거리로 몰려왔다고 잘하리란 법도 없지 않나. 우람의 생각은 그랬다. 완전히 혼자가 아니기도 했다. 우승 2호가 있으니까.

잘할 수 있지? 우람은 우승 2호를 바라보며 속으로 물었다. 우승 2호의 눈, 외부 카메라가 그에 응답하듯 빛을 반사했다. 시운전을 해 볼 여유가 있으면 좋을 텐데. 무릎을 털고 일어나며 우람은 생각했다. 연료통은 그대로 비어 있었고 개회식까지 남은 시간은 20분이었다. 할 수 없지.

"믿는다."

우람은 그 말을 소리 내서 했다. 구부정한 자세에도 불구하고 자기 머리보다 한참 위에 있는 우승 2호의 외부 카메라 렌즈를 바라보면서. 온갖 언어로 자기들 기체에 대해 떠드는 이들로 가득한 격납고는 바벨의 우주선 건조 현장 같았고 그

가운데 우람의 말은 그 공간에서 발음된 마지막 한국어였다. 비록 우람도 우승 2호도 그 사실을 의식하지는 않았으나.

"제8회 세계 거대로봇 올림피아드에 오신 여러분을 환영합니다."

개회식은 정시에 시작되었다. 사회자가 대회 주최 재단 인사 및 전회 수상자들 같은 주빈들을 소개하는 동안에도 출전자들이 속속 모여들었다. 비행 일정 등의 문제로 아슬아슬하게 도착한 사람도 있는 듯했으나 대부분은 개회식 직전까지 격납고에 있었던 것 같았다. 개회식에 늦은 사람 중 하나가 우람의 눈에 익었다. 지원자 서약 영상 촬영에서 우람 다음 순서였던 코카서스계 소년 파일럿이 자기 팀과 함께 들어왔다. 소년도 우람을 알아보았는지 비어 있는 우람의 옆자리로 곧장 다가왔다.

"그자비에(Xavier)."

"우람."

이름이 X로 시작해서 나 다음 순서였구먼. 우람은 그자비에의 악수 요청에 손을 내밀며 생각했다. 그자비에는 대회장을 둘러보며 물었다. 팀? 팀. 예스, 팀? 너희 팀은 어디 있냐는 뜻이겠지, 생각하며 우람은 혼자Me alone라고 답했다.

"오. 엔지니어?"

"엔지니어 슬래시 파일럿."

"지니어스."

서약 영상을 촬영할 때의 긴장은 단순한 영어 울렁증에 불과했는지 그자비에는 두 엄지를 치켜들며 너스레를 떨었다. 우람은 긍정도 부정도 하지 않았다. 그자비에가 다시 물었다.

"종목은?"

우람은 무대를 가리켰다. 작년 대회 영상 편집본이 화면을 수놓았고 응급구조 분야 우승자가 무대에 올라 손을 흔들고 있었다.

"헤스쿠?"

"레스큐."

그자비에가 또다시 악수를 청했다.

"미 투."

우람은 시선을 무대에 고정한 채 그자비에에게 손을 내밀었다. 편집본이라곤 해도 이전 대회 영상을 볼 수 있는 기회라 눈을 뗄 수 없었다. 출전 서약 영상을 비롯해 대회의 모든 순간이 녹화되었으나 일반에 공개되는 자료는 극히 일부였다.

"오버? 언더?"

"언더 23, 언더 5미터. 집중 좀 하게 해 줄래?"

그자비에는 그제야 입을 다물었다. 무대 화면에서는 건물 붕괴 상황을 재현한 세트가 전회 우승 기체의 시점으로 재생되고 있었다. 전회 우승자가 화면을 가리키며 부연했다.

"대회장 내부에는 재난 피해자 역할을 대신해 더미 로봇이 배치되어 있습니다. 더미 로봇의 개체 수와 출전자 수는 동일하고, 제비뽑기로 출전자들에게 구조 대상이 배정되죠. 구조 대상에 접근하는 속도, 구조 대상의 상태, 구조에 걸린 시간 모두 평가대상입니다."

화면 속 폐허 세트는 반쯤 물에 잠겨 있었다.

"마침 나오네요. 제 더미는 수몰 구역에서 발견됐어요. 대회장에는 건물 붕괴 시 나타나는 위험 요소가 전부 연출되어 있거든요. 수몰, 화재, 재붕괴 가능성 같은 주 장애 요소는 물론 시야 차단 및 호흡곤란 같은 마이너 이슈까지."

갑자기 영상이 꺼졌나 싶더니 열 감지 화면으로 바뀌었다.

"코멘터리 녹음이 안 되어서 다행이죠, 이때 에프 워드 욕을 엄청나게 했거든요. 재붕괴 때문에 외부 주 카메라가 꺼져서 시야가 보장되지 않은 상황이에요."

이윽고 화면이 삼인칭 고정 시점으로 바뀌었다. 전회 우승자는 아무 부연도 하지 않았다. 그만큼 매끄럽게 동선을 확보해 더미 로봇을 운반하는 장면이었기 때문에. 저게 정말 열 감지 카메라만으로 가능한 움직임이란 말인가. 우레와 같은 박수가 객석에서 터져 나왔고 그제야 전회 우승자는 쑥스러워하며 말했다.

"표적 더미가 건물 밖으로 구출되는 시점에 해당 출전자의 점수 산정이 끝납니다. 표적 더미 이외의 다른 피해자 더미를 구조할 경우 추가 점수가 부여되고요. 즉 배정된 더미 말고도,

더미를 많이 구하면 구할수록 높은 점수를 얻는 겁니다. 경쟁자들을 제거할 수도 있고요."

이론적으로는 자기 더미를 마지막으로 구하는 게 유리하지만, 늑장을 피우는 사이 다른 출전자가 자기 표적 더미를 빼앗을 수도 있다는 얘기였다. 애초에 세트장의 극한 환경을 견디지 못하는 기체들도 있을 테지만, 경쟁자들을 확실히 따돌리려면 전회 우승자 말대로 가능한 많은 더미를 구해야 했다. 올해 출전자들은 수준이 어떨까. 그보다도, 내 수준은? 우람에게도 이것이 첫 세계대회였고 우승 2호는 이름에서 알 수 있듯 우람이 완성한 겨우 두 번째 기체였다. 실력을 확인하기에 이보다 적합한 기회는 없었지만, 동시에 지나치게 큰 무대이기도 했다.

"됐어?"

그자비에가 조심스럽게 물었다. 볼 것 다 봤냐는 말 같기도 했고 대회에 임할 준비가 됐냐는 말 같기도 했다. 우람은 고개를 끄덕였다. 음. 됐어. 어차피 가족 말고는 아무도 모르게 나온 대회였고 덕분에 잘 못해도 망신 당할 염려는 없었다. 규모에 비해 한국에서는 거의 관심을 두지 않는 대회인 점도 일장일단이 있었다. 자비로 출전할 수밖에 없었지만, 대신에 국가대표팀 같은 데 합류하려 힘을 뺄 필요도 없었으니까.

이어서 무대에 오른 사람은 대회의 꽃이자 유일한 실외 종목으로 알려진 로봇 트라이애슬론 전회 우승자였다. 비교적 비인기 종목인 응급구조 분야 우승자가 등장했을 때와는 비교도 되지 않는 박수와 함성이 그를 맞았다. 소금 사막에서 함정 도약, 드론 피하기, 장거리달리기 레이스를 치르고 나면 출전 기체의 절반 이상이 폐기 직전 상태에 이르는 데다, 눈에 보이는 그대로 기가 찰 만큼 규칙이 단순한데 이상하게도 인기 있는 종목이었다. 우람은 별 흥미를 느끼지 못해 의자에 깊이 기대앉았다. 대회 한 번 치르고 우승 2호를 폐기해야 한다면 아무리 높은 순위가 보장된대도 사절이었다. 그자비에가 또다시 말을 건네 왔다.

"나도 언더 23, 언더 5미터. 레스큐."

세 번째 악수를 하고 나니 우람의 눈에도 그자비에가 조금 달리 보이기 시작했다. 같은 종목 출전자라면 눈여겨볼 만하지. 페어플레이. 우람이 말하자 그자비에가 활짝 웃으며 고개를 끄덕였다. 트라이애슬론 경기 소개가 금세 끝나고 새로운 종목 브리핑이 시작됐다. 아직 우승자가 없는 신설 종목이어서 사회자가 설명을 맡았다. 이름하여 임의 행성 탐사(Random Planet Exploration)로, 영상, 영하 수백 도에 이르는 극한 기온 상황을 재현한 와이드 세트에서 임의 목표물을 찾아내는 종목. 그 정도의 내열 기체라면 기업 후원 없인 만들기 힘들겠군. 우람은 신설 종목에 대한 흥미를 꺼 버렸다. 아시다시피 지금은 2037년이고 인류의 다음 스테이지는 우주니까요. 사회자가 익살스럽게 눈을 찡긋거리며 덧붙인 말에 대회 세트 제작에 돈깨나 썼겠구나 하는 생각이 든 게 끝. 반면 그자비에는 신설 종목에 꽤 관심이 생긴 눈치였다. 진작 알았다면 이 종목에 출전했을 텐데, 그런 표정이었다.

올림피아드 전체 일정은 대략 일주일이었다. 우람이 출전하는 23세 미만 파일럿의 전고 5미터 미만 기체 대상 응급구조 종목은 개회식 바로 다음 날 오전에 치러졌다. 뭐 당연하겠지, 비인기 종목 주니어 분야니까. 등산복을 개조해 만든 파일럿 슈트 지퍼를 올리면서 우람은 생각했다.

경기 장소는 대회 본부 건물에서 5킬로미터가량 떨어진 5층 높이 임시 건물이었다. 비인기 종목이라곤 해도 60여 명이 출전하는 경기라 출전자 및 기체 수송에 셔틀버스 두 대, 몬스터 트레일러 한 대가 동원되었다. 연료통 체크. 외장 컨디션 체크. 우람은 우승 2호의 상단을 개방한 후 내부 레버를 당겼다. 우승 2호가 기울어지며 양팔을 구부려 몸 앞으로 내밀었다. 우람은 양팔을 계단처럼 밟으며 올라가 우승 2호 안으로 들어간 다음 내부 레버를 밀었다. 상단 개폐구가 닫히고 기체 내부가 완전한 어둠에 잠겼다.

"우승 2호, 나야."

시스템 부팅. 우람의 목소리를 인식한 우승 2호가 응답했다. 외부 카메라가 켜지고 우람의 눈앞에 홀로그램 모니터가 떠올랐다. 시청각 오케이. 우람은 양팔 조종을 담당하는 레버와 다리에 연결된 페달에 손발을 위치시켰다. 우승 2호가 제자리걸음을 시작했다. 완부 레버 각부 페달 오케이. 이상 없나? 좀 더운가?

"열효율 시스템 활성화."

우람이 말했다. 우승 2호에 도입한 기능 중 최신이고 이름도 거창하긴 했지만 실제로는 등 쪽 외장 패널을 열고 앙증맞은 냉각 팬 두 대를 켜는 게 전부였다. 혹시 운 좋게 상 타면 제대로 업그레이드해야지, 냉각 시스템. 주변을 둘러보며 우람은 생각했다.

출전 기체는 모두 형태가 제각각이어서 보는 재미가 있었다. 우람의 우승 2호 같은 전고 2미터에서 3미터 사이 기체가 대다수였지만 4미터가 넘어 보이는 기체도 몇 대 있었고, 아이언맨 슈트처럼 탑승보다 착용이란 말이 어울리는 작은 기체도 종종 있었다. 전고가 높은 기체의 파일럿들이 사다리를 타거나 엔지니어의 도움을 받아 기체에 탑승하는 광경도 볼만했다. 드물게는 노출형 조종석 때문에 파일럿의 상체가 완전히 드러나 보이는 기체도, 외부 카메라 대신 창문형 패널 시야를 채택한 기체도 있었다.

참가 자체로 꽤 견학이 되네. 이왕 나왔으니 상위 입상하면 좋겠지만.

우승 2호로 제자리뛰기를 하며 우람은 생각했다. 우람의 머리통에 연결된 우승 2호 외부 렌즈 패널이 180도 회전해 그자비에가 탄 기체를 포착했다. 그자비에의 기체는 상단이 제트기 조종석처럼 반구형 창으로 덮여 있었고 몸통에는 X-BOT(엑스봇)이라는 그라피티 로고가 새겨져 있었다. 인사라도 건네 볼까? 아니다, 전면 폐쇄형 기체라서 어차피 못 알아보겠지.

"경기 시작 5분 전!"

소리가 들린 방향을 보니 스피커 설비를 싣고 있는 픽업트럭이 보였다. 개회식을 진행했던 사회자가 선글라스를 끼고 트럭 짐칸 위에 서 있었다.

"경기 시작과 동시에 스태프가 나눠 준 공에 더미 번호와 위치가 뜰 겁니다. 해당 장소 위험 요소는 미리 고지하지 않습니다."

등 쪽을 탕탕 치는 소리에 상체를 돌려 보자 공을 내미는 스태프가 보였다. 매직 에이트 볼(magic eight ball)이군. 사람 얼굴만 한 우승 2호의 손에 당구공은 너무 작았다. 우람은 완부 레버를 조심스럽게 조작해 카메라 가까이에 공을 위치시켰다.

"줌 인."

한껏 클로즈업된 매직 에이트 볼이 모니터에 떠올랐다. 좋아. 이 정도면 글씨가 보이겠지.

"경기 시작 3분 전!"

다섯 명 정도 되는 스태프가 돌아다니며 출전자들에게 매직 에이트 볼을 나눠 주었고 거의 모든 참가자가 본인 공을 건네받은 참이었다. 완부 조작이 서투르거나 모니터링 기능이 시원찮아 공을 똑바로 보는 것부터가 난관인 출전자도 몇몇 있었다. 둘 중 어느 쪽에도 해당하지 않는 우람은 3분 후 진입해야 할 경기 장소를 바라보며 전략을 떠올렸다. 층별 너비가 100평 정도 되어 보이는 5층 건물. 대회 출전자가 60여 명이니까 한 층에 더미가 열 구 정도 배치되어 있으려나? 저층일수록 많거나 그 반대일 수도. 형평성을 고려한다면 접근이 비교적 쉬운 저층에는 위험 요소가 더 많을 수도 있겠지.

"2분 전!"

더미 위치가 1층일 확률은 극히 낮으니까 비상계단 위치를 빠르게 파악해야겠지. 바깥에서 도약해 2층 정도까지 신속하게 진입하는 수도 있겠다. 우람은 각부 페달을 천천히 밟으며 진입점이 될 만한 2층 창 위치를 확인했다.

"1분 전!"

작년 대회 영상에선 어땠더라? 계단 위치를 짐작할 만한 힌트가 있었나? 우람은 후유 하고 긴 숨을 내뱉었다. 우승 2호가 응답했다. 인식할 수 없는 명령입니다.

"30초 전!"

카운트다운이 시작되었다. 군데군데 초조감을 못 이기고 매직 에이트 볼을 마구 흔드는 출전자들이 보였다. 그러다 공을 놓쳐 혼비백산 공을 주우러 뛰어가는 기체도 두엇 있었다. 텐, 나인, 에이트, 세븐, 매직 에이트 볼에 로딩 화면이 떠올랐

다, 식스, 파이브, 포,

"줌 인."

우승 2호 모니터에 클로즈업된 매직 에이트 볼이 다시 떠올랐다. 스리, 투, 원, 우람은 말했다,

"캡처."

고!

사회자가 힘차게 외쳤지만 곧장 움직이는 기체는 한 대도 없었다. 다들 표적 더미 위치를 확인하느라 바쁠 테지. 우람은 더미 위치 캡처 화면을 축소해 모니터 왼쪽 상단 구석에 고정하며 생각했다. 이건 예상 밖인데.

'일련번호 56381Fh2x 지하 4층 북서쪽'

지하 필드가 있을 줄은.

가장 빨리 기동을 시작한 것은 우승 2호였지만 최초로 경기장에 진입한 기체는 그자비에의 엑스봇이었다. 엑스봇은 등쪽 패널을 열어 제트팩 추진기를 꺼내더니 순식간에 옥상으로 도약했고 그 광경을 본 출전자들 대개는 전의를 반 이상 상실했다.

"미쳤네."

건물의 주 출입구로 진입하며 우람도 중얼거렸다. 저걸 진짜 23세 미만 리그 기체라고 봐야 하나. 제트팩 하나 다는 데내 기체 전체 예산 두 배는 들었겠다. 헛웃음이 나려 했지만우람은 고개를 흔들었다. 머리통에 연결된 외부 카메라 패널

이 휙휙 돌아갔다. 됐고 내 더미나 구하자. 우람은 건물 가장 안쪽 계단을 찾아 달렸다. 이윽고 건물 전체가 쿵쿵거리는 듯한 느낌이 들었다. 이제 대부분 진입했나 보군. 우람은 잠시 멈춰 선 채 생각했다. 계단은 찾지 못했지만 아래로 뻥 뚫린 구멍을 발견했기 때문에.

대충 지하 2층까지 뚫렸나? 줌 기능을 켜 보아도 어두워서 얼마나 깊이 난 구멍인지 알기 어려웠다. 한 5~6미터 되려나. 아마 바닥이 평평하진 않겠지. 우람은 엎드려 바닥을 짚고 다리를 구멍 아래로 떨어뜨려 한 층씩 내려가는 방식을 택했다. 층고가 은근히 높군. 우승 2호의 발끝이 아래층 바닥을 간신히 긁는 것을 느끼며 우람은 생각했다. 발뒤꿈치를 조심스레 내려놓고 다음 층도 똑같은 방식으로 내려갔다. 지하 2층.

"플래시 온."

외부 렌즈 패널 바로 위에 달린 플래시가 켜졌다. 밝기는 충분했지만 조명 범위가 지나치게 좁아 시야를 확보하려면 몸통 전체를 움직여야 했다.

"열효율 시스템 오프."

가스 냄새인가…… 불길한 냄새. 뭔가 폭발하기 전에 빨리 이동해야만.

"헉."

다음 순간 우승 2호가 대차게 넘어졌다. 잽싸게 몸을 일으키고 발아래를 보니 더미가 굴러다니고 있었다. 가슴팍 모니터에 일련번호와 컨디션이 떠 있었다. 일련번호 불일치, 가스 중독 상태. 우람은 더미를 우승 2호의 왼쪽 어깨에 떠멘 채 내려올 때 이용한 붕괴 지점을 거슬러 올라갔다. 1층에서 구멍과 가장 가까운 창문을 찾아 깨고 나가니 사회자가 외쳤다.

"첫 번째 구조자가 나왔습니다! 42번, 한국 출전자 김우람."

시작이 좋군. 건물에 재진입하려는 우람의 귀에 사회자의 외침이 또다시 들려왔다.

"두 번째, 세 번째, 네 번째…… 놀랍습니다! 23번 프랑스 출전자 그자비에 선수가 무려 다섯 명을 한 번에 구조해 나옵니다!"

혼자서 다섯 명이나 탈락시켰다고? 미쳤네 진짜. 우람은 구멍 아래로 과감히 뛰어내렸다. 다시 지하 2층. 발을 좀 구르면 아래층으로 더 내려갈 수 있지 않을까? 아니지, 건물을 인위적으로 훼손시키는 건 구조와는 거리가 멀지. 주최 측에서도 건물 추가 붕괴 위험성이 있는 행동을 용인할 리 없어. 계단을 찾아 달리면서 우람은 줄곧 전략을 수립하고 재조정했다. 우승은 거의 그자비에로 확정이겠지. 백 보 양보해서 그자비에가 자기 표적 더미를 구하지 못해도 최소 2위 정도는. 3위권 안에 들려면 어떻게 해야 하지? 더미 하나에 70킬로그램 정도 나가니까 무게로는 나도 다섯 구까지 감당할 수 있지만, 그러면 기동성이…….

위층 어딘가에서 폭음이 들리더니 천장에서 잔해가 우수

수 떨어졌다. 지하까지 진동이 전해질 정도라면 지상층에 꽤 큰 폭발이 일어났나 보네. 망설일 시간이 없었다. 일단 표적 더미를 확보하고 구조 과정에서 추가 더미를 발견하는 경우에만 대응하는 걸로. 겨우 발견한 계단 위쪽에서 불규칙한 진동이 전해졌다. 누가 내려오고 있군. 일단 한발 앞선 건 사실이니 침착하게만 하자.

지하 4층 계단 앞은 붕괴된 건물 잔해로 거의 막혀 있었다. 우람은 우승 2호의 양팔을 교차시켜 방패처럼 만든 후 잔해를 밀며 앞으로 나아갔다. 계단과 가장 가까운 방을 그런 식으로 돌파하고 나니 수몰 지역이 나왔다.

가지가지 하는구만 진짜.

우승 2호의 무릎 높이까지 물이 차올랐으니 사람 기준으로는 배꼽에서 가슴 높이 정도 될 터였다. 정신을 잃고 쓰러졌거나 건물 잔해에 눌려 몸을 일으킬 수 없는 상황이라면 익사할 수도 있는 깊이. 이쪽이 건물 북서쪽 맞나? 우람은 벽에서 튀어나온 채 물을 콸콸 쏟아 내고 있는 수도관을 비틀어 막았다. 수위가 당장 낮아지진 않겠지만 더 높아지지도 않겠지, 당분간은. 우람의 표적 더미는 그로부터 5미터가량 떨어진 무너진 벽 뒤에서 발견되었다. 일련번호 일치. 저체온증……. 가슴에 부착된 컨디션 모니터에 따르면 우람의 표적 더미는 체온과 심박수가 위험 수준으로 낮았다. 우승 2호의 기능으로 취할 수 있는 최선의 조치는 더미를 최대한 빨리 밖으로 데리고 나가는 것뿐이었다.

추가 구조는 포기해야 하나? 충격이 전해지지 않도록 더미를 양손으로 감싸고 층계참에서 층계참으로 도약하며 지상을 향해 나가는 짧은 시간 동안 우람은 새로운 전략을 모색하는 데에 집중했다. 택할 수 있는 전략은 두 가지 정도. 첫째, 표적 더미를 바로 건물 밖으로 데리고 나가서 생존 확률을 높인다. 당장 나가면 표적 더미를 생존 상태로 구조할 수 있으니까. 하지만 건물 밖으로 나가는 순간 점수 산정은 끝난다. 그렇다면 둘째, 표적 더미를 확보한 상태에서 추가 구조를 시도한다. 이 경우 표적 더미의 생존 시간 내에 추가 구조 더미를 몇 구 정도 확보 가능할지 알 수 없는 점이 문제. 구조를 아무리 많이 해도 표적 더미가 건물 밖으로 나가기 전 사망하면 주 점수를 모두 잃는다. 도박 수라고 할 수 있겠지.

"42번 김우람 선수, 표적 더미 구조에 성공했습니다!"

생각이 미처 끝나기도 전에 건물 밖으로 나와 버렸음을, 우람은 뒤늦게야 알아차렸다. 아…… 점수가 정해져 버렸다.

"출전자 가운데 가장 빠르게 표적 더미를 구출한 김우람 선수입니다!"

사회자가 외치자 스태프들이 박수를 보내왔다. 우람은 머쓱해하며 표적 더미를 들것 위에 내려놓았다. 들것까지 갖다 놓다니. 첫 번째 더미를 구조할 때는 대충 내려놓고 들어갔던 것 같은데. 하긴 아무리 모의 환경이라고 해도 응급 상황이고,

아무리 더미라 해도 재난 피해자로 설정되어 있으니…….

아. 우람은 우승 2호의 몸을 곧게 펴고 외부 카메라 패널을 돌려 건물 입구를 포착했다. 떠올랐다. 이 경기에서 이기는 세 번째 전략.

"김우람 선수! 점수 산정이 끝났는데도 다시 현장에 들어갑니다!"

전략 3. 점수를 떠나 무조건 많이 구조한다. 세팅된 상황에 얼마나 몰입할 수 있는가의 문제라고 할까. 이걸 실제 상황이라 여긴다면 표적 더미만 구하고 구조 활동을 멈추는 게 오히려 이상하다. 구조 기체가 심각하게 파손되어 더는 현장 투입이 불가하다는 판단이 설 때까지 들어가고 들어가고 또 들어가는 게 옳지 않나. 한편 이 경기의 점수 산정 방식에 따르면 이 전략이야말로 끝내주는 사보타주가 될 수 있었다. 우람처럼 이미 표적 더미를 구출한 출전자가 추가 더미를 많이 확보하면 할수록 기본 점수를 잃는 출전자 수가 늘어날 테니까. 그자비에처럼 수준 높은 출전자가 더 많은 점수를 얻는 것도 막을 수 있고. 다시 말해 전체 출전자의 성취도를 하향 평준화하여 이미 확정된 우람의 점수를 비교적 높게 만드는 전략이었다.

층계참에서 층계참으로 도약해 단숨에 3층까지 진입한 우람은 불길이 매섭게 타오르는 건물 남동쪽 모서리에서 더미 세 구를 확보했다. 아까 들은 폭음은 이쪽에서 난 거였나. 무서워서 진입 못 한 사람도 있겠군. 아까 그 노출형 조종석 달린 기체 같은 경우엔 특히 더. 더미 세 구를 안은 우승 2호는 건물 3층 창문에서 거침없이 뛰어내렸다. 우승 2호가 안정적인 착지를 할 수 있는 높이는 최고 10미터, 도움닫기로 뛰어올랐을 때 이를 수 있는 높이는 최고 5미터에 달했다. 호흡곤란으로 기절한 2, 3도 화상 더미 세 구를 내려놓고 우승 2호는 2층 북부 방면으로 뛰어올랐다. 마침 위층을 향해 뚫린 구멍이 있었다.

쾌재를 부르며 또다시 뛰어올라 간 우람 앞에 기묘한 광경이 펼쳐졌다. 출전 기체 두 대가 더미 하나를 두고 서로 싸우고 있었다.

"뭐 하는 거야?"

순수한 궁금증에서 터져 나온 질문이었다. 우람의 물음을 듣지 못했는지 두 기체는 물리적 갈등을 이어 갔다. 전고 2미터가 될까 말까 한 작은 기체가 우세해 보였다. 안 그래도 구조형 기체보다는 전력이 흐르는 갑옷에 가까워 보이는데, 어디서 나왔는지 모를 회전 톱날 같은 것을 휘두르며 덤비니 부피가 두 배 이상에 이르는 상대 기체가 맥을 못 추었다. 애초에 안정성이나 구조 편의성보다는 전투에 유리하게 고안된 듯했다.

"뭐 하는 거냐고!"

우람이 호통을 쳤다. 그제야 두 기체가 동시에 우승 2호 쪽으로 돌아섰다.

"꺼져, 저 꼴 되기 싫으면."

작은 기체가 가리킨 쪽에는 외장이 걷잡을 수 없이 파손된 기체 하나가 나뒹굴고 있었다.

"도와줘! 이 사람 미쳤나 봐. 저 사람 뒤에서 기습하길래 무슨 짓이냐고 했더니 나한테까지……."

고의로 다른 기체를 공격해 작동 불능으로 만드는 사보타주라니…….

"이게 응급구조 종목인 거 이해하긴 하는 거야?"

왓에버. 우람의 말에 작은 악당이 이죽거렸다.

"저 상태로 두면 파일럿이 죽을 수도 있어. 실제 사상자가 나온다고. 진짜 살인자가 되는 거야, 알아?"

"말이 많네. 덤비든가."

우선순위를 정하자. 사고 피해자 역할인 더미 로봇이 아니라 실제 인간 희생자가 나오는 상황만은 막아야 하니까. 우람은 냉정하게 상황을 재평가해 보려 했다. 제일 시급한 건 저 뒤쪽에 뻗어 있는 기체에서 파일럿을 구조하는 것. 전기톱 악당과 대치 중인 기체는, 파일럿이 패닉 상태라 그렇지 우승 2호와 협공하면 승산이 충분해.

그렇게 생각하며 우승 2호를 전진시키자 전기톱 악당이 우승 2호를 향해 도약했고, 도움을 요청한 기체는 전속력으로 달아나 버렸다. 첫 번째 공격은 가까스로 피했지만 황당한 상황이었다. 하다못해 부상자라도 데리고 나갈 것이지. 다소의 파손은 피할 수 없겠군. 팔로 톱날을 막아 공격을 무력화시키면서 무게로 찍어 누르면 작동 불능 상태로 만들 수 있겠지. 그다음에는 어떻게 해야 좋을지 모르겠지만⋯⋯ 해 보자.

우승 2호는 양팔을 교차시킨 자세로 전기톱 악당을 향해 달려갔다. 전기톱 악당 역시 우람을 향해 다가오는 참이었다. 우람이 공격을 옆으로 흘리거나 뒤로 물러나리라 예상했을 테니까. 우승 2호의 오른팔 장갑과 맹렬히 회전하는 톱날이 만나 굉음과 불꽃을 만들었다. 으윽. 전해질 리 없는 우승 2호의 통증이 오른쪽 팔등으로 전해지는 듯했다. 우람은 우승 2호의 체중을 전부 실어 전기톱 악당을 밀었다. 끔찍한 금속 파열음과 함께 두 기체 모두 쓰러졌다. 외부 장갑 파손을 알리는 붉은색 경고메시지가 모니터 오른쪽 위에 떠올랐다.

상황을 파악해. 상대보다 빠르게.

우람은 곧장 우승 2호를 일으켰으나 악당은 일어나지 못했다. 우승 2호는 전방으로, 전기톱 악당은 후방으로 쓰러져서였지만 그게 전부는 아니었다. 두 번째로 난 파열음은 톱날에 갈린 외부 장갑에서 난 것이 아니라 전기톱 악당의 족부 관절이 완전히 동강 났다는 신호였다. 인간이라면, 장애가 없는 인간이라면 반 바퀴 굴러 몸을 뒤집은 다음 바닥을 짚고 일어났겠지. 기체에 탑승했다기보다 장갑을 착용한 모습에 가까운 전기톱 악당은 그 정도 운용이 어렵지 않을지도. 하지만 만약 인간이라면 애초에 족부와 각부를 연결하는 관절이 그런 식으로 부러지지 않았을 것이다. 기껏해야 인대가 늘어나거나 하며 인접 부위에서 충격을 나눠 받았겠지. 뒤집힌 거북이처럼 바닥을 뒹구는 악당의 배 위에서 전기톱이 여전히 돌아가고 있었다.

"이게 무슨 상황이지?"

귀에 익은 프랑스식 영어. 그자비에였다.

"너는 저쪽을 맡아. 나는 이쪽을 맡을게."

우람은 너덜너덜하게 파손된 기체와 전기톱 악당을 차례대로 가리켰다. 충분치 못한 설명에도 그자비에는 더 묻지 않고 우람의 지시를 따랐다. 우승 2호는 톱날을 피해 악당 기체의 어깨 부위를 잡아 일으킨 후 파손된 오른팔로 전기톱 악당의 하반신을 받쳤다. 나갈 때까지 버텨 줘야 할 텐데. 뛰어내리면 충격이 심할 테니 걸어서 내려가자.

"젠장."

전기톱 악당은 파일럿의 모국어로 추정되는 언어로 뭐라뭐라 중얼거리다 영어로도 한마디 했다. 맥락상 줄곧 욕을 하는 듯했다. 그래서 우람도 한마디 했다.

"이런 자세를 보통 공주님 안기라고 하는 것 같던데."

악당은 무의미하게 기체를 뒤틀며 저항했고 우람은 끝이 흔들리는 톱날을 피해 건물을 나서는 데에 성공했다. 환호성과 사회자 멘트가 들렸지만 무슨 의미인지 해석하지 못할 만큼 우람은 지쳐 있었다.

* * *

"그래서?"

"그래서라니."

"그래서 어떻게 됐냐고."

"아까 보여 줬잖아."

"한 번 더 보여 줘."

"옛다."

우람은 주먹을 풀어 쥐고 있던 것을 놓았다. 리본 타이 끝에 달린 묵직한 금속 원판이 요요처럼 우람의 손에서 튀어나와 아래로 늘어졌다. World Gigantic Mechanic Olympiad ─ Rescue U-23 / U-5M Second Grade라는 글자가 양각된 은메달.

"준우승이시다."

우람이 조금 뻐기듯 말하자 보람은 컴퓨터 의자를 한 바퀴 휙 돌리며 양손 양발로 손뼉을 쳤다.

"미쳤다, 미쳤어! 동네 사람들, 얘가 내 동생입니다."

보람의 호들갑을 뒤로하고 우람은 다시 유심히 메달을 들여다보았다. 보람만큼 감정 표현이 확실한 편은 못 되었지만, 우람에게도 뿌듯한 성과였다. 리액션만 보면 누가 수상자인지 헷갈릴 만큼 보람이 오버하고 있지만 어쨌든 수상한 당사자는 우람이기도 했고.

원칙대로 현장 더미 구출 점수를 산정했을 때 우람의 순위는 공동 3위에 해당했다. 공동 수상은 없어서 현장 체류 시간이나 더미 컨디션까지 세밀하게 평가해 최종 순위를 결정한 후 마지막 날 발표한다는 안내를 받았고, 따라서 우람은 기대를 내려놓고 있었다. 메달을 받은 참가자는 대회가 끝난 후 이틀간 이어지는 세미나 참석권까지 얻을 수 있었기에 기왕이면 타고 싶긴 했다. 하지만 참가에 의의를 둔 첫 출전이었고, 견학도 할 만큼 한지라 입상을 못 해도 크게 섭섭할 것은 없었다. 마음을 비우고 있었기에 시상식에서 동메달 수상자를 발표하는 순간 자신의 이름이 불리지 않아도 우람은 놀라지 않았다. 그런데 모든 기대를 정말로 내려놓은 직후, 기적이 일어났다. 우람이 은메달 수상자로 호명된 것이다.

"언더 23 주니어, 그중에서도 응급구조는 사실 대회에서 큰 이목을 끌지 못하는 비인기 종목이죠. 그렇지만 이번 대회에서만큼은 대회의 꽃이라 불리는 트라이애슬론이나 주최 측에서 심혈을 기울인 신규 종목 임의 행성 탐사보다 더욱 화제가 되었어요. 응급구조 종목의 정신을 제대로 보여 준 참가자가 둘이나 있었기 때문입니다."

사회자가 언급한 두 참가자는 우람과 그자비에였다. 압도적인 기량으로 최고점을 낸 한편 우람을 도와 실제 부상자를 이송하는 활약을 펼친 그자비에는 이변 없이 금메달 수상자로 우람의 옆에 섰다.

"앞으론 팀 플레이어가 되어 보면 어때?"

수상자를 축하하기 위해 마련된 애프터 파티에서 그자비에가 물었다. 우람은 대답을 망설였다. 좋고 싫음을 떠나 팀 플레이어가 되려면 팀이 있어야 하고, 팀을 이루려면 그만한 기반이 필요했다. 적어도 한국에서는 아직 요원한 이야기.

"우리 팀에 들어올 생각 없냐는 말이야."

그자비에는 진지한 표정으로 물었다. 팀 매니저라는 사람이 명함을 건넸고 우람도 웃으며 그와 악수를 나누었다. 이외에도 다양한 국가에서 온 수많은 테크니션이 우람에게 관심을 보였다. 대학 졸업 후 계획은 어떻게 되죠? 선호하는 포지션은? 우리 재단에서 연구비를 지원해 주겠습니다. 아니, 우리 연구소의 제안을 고려해 주십시오. 우리나라야말로 당신 같은 인재를……. 하도 명함을 많이 받아서 파티가 끝날 무렵에는 주머니가 불룩해졌다.

"아, 내일 오전에는 딥러닝 AI 세미나를 들을 생각이에요. 그리고 참고로 전 여성입니다."

조찬 후에 사우나라도 함께 가지 않겠냐는 제안을 받고 우람이 담백하게 한 말에 상대방은 크게 당황하며 사과했다. 짧은 머리와 동양인 여성치고 조금 큰 키 때문인지 우람의 성별을 헷갈리는 사람이 꽤 있었다. 한국에서도 종종 겪는 일이었다. 외국이라 적어도 이름 때문에 남자로 착각될 일은 없겠네 했건만. 우람은 목덜미를 긁적이며 사과를 받았고, 명찰이나 이마, 뭐 어디든 눈에 띄는 곳에다 여자라고 크게 써 붙이기라도 해야 하나 잠깐 고민하다 말았다. 성별로 종목을 나누는 대회가 아니어서인지, 메카닉에는 성별이 없다는 의미에서인지 성별 표기는 의무가 아니었는데, 우람이 먼저 나서서 성별을 주장하고 다니는 것도 우스운 일 같았다. 더구나 우람 외에도 여성 파일럿이나 엔지니어는 꽤 많았고 그들 대부분은 머리가 우람만큼 짧았다.

가장 구미가 당기는 제안은 신규 종목인 임의 행성 탐사 참가를 목표로 트레이닝을 하자는 것이었다. 생일이 지나면 23세 미만 종목에 참가할 수 없는 우람이 WGMO에 다시 와서 메달을 노리는 가장 합리적인 방법이었다. 그러면 비로소 그자비에와 동등한 경쟁을 할 수 있을지도 모르지. 적절한 지원과 트레이닝, 거기다 직접 설계한 기체에 대한 피드백도 받을 수 있다면 세계 최고도 불가능한 꿈은 아닐지도.

"그럼 너 외국 또 나가는 거야? 이번엔 아주?"

보람의 물음에 우람은 퍼뜩 정신을 차렸다.

"우선 졸업부터 해야지."

"졸업하려면 1년은 남았잖아? 인생 짧다. 고민 너무 길게 하지 마라."

보람의 충고에 우람은 피식 웃었다.

"일단은 개강 전에 김 교수님 뵐 건데, 교수님하고 상담해 보면 답이 좀 보일 것 같아."

그러시든가. 보람은 컴퓨터를 향해 돌아앉으며 또다시 대꾸했다.

기계공학과 김영만 교수가 수업 때마다 꼭 한 번씩 하는 말이 있었다. 참 재미있는 모양이에요. 그렇죠? 2학년 때까지 한 학기에 한 과목씩 꼬박꼬박 그의 수업을 들은 우람은 한참 만에 그 말이 그가 미는 유행어라는 사실을 눈치챘고 이어진 학기마다 그 짐작이 옳았음을 확인했지만, 실제로 그의 입버릇이 유행어가 되는 일은 없었다. 애초에 그건 기공과 김 교수가 쓰기 한참 전 동명의 종이접기 전문가가 이미 한 차례 유행시킨 적 있는 말이었고, 김 교수는 만들기 박사 김영만 2세를 자처하며 재미있고 쉬운 로봇의 세계를 전파한다는 취지였는데, 그 유머 코드를 파악하기에 2030년대 후반 대학생들은 너무 어렸다. 어림잡아도 반세기는 지나지 않았는가. 혹시나 해서 어머니에게 김영만 선생님의 '참 재미있는 모양이에요'라는 말을 들어 보았는지 물어보았더니 '아니? 김영만이라는 이름은 기억나는데 그런 말씀을 하셨던가' 하는 미적지근한 반응이 돌아왔다.

낡은 유머 코드만 빼면 정말 존경할 만한 은사였다. 재미있고 쉬운 로봇 만들기를 가르치겠다는 결심에 걸맞게 기본기를 확실히 가르칠 뿐 아니라 고정관념 없이 학생들의 창의적 설계를 존중해 주었고, 우람이 활동하는 중앙 동아리 로봇격투부 고문으로도 열정을 불태웠다.

그런데 로봇공학 전문가로 방송 출연을 심심찮게 한 데다 '현대사회와 로봇'이라는 인기 교양과목 강의를 맡고 있어 비전공자들에게도 얼굴이 꽤 알려졌던 김 교수가 어느 날 갑자기 사라졌다. 매일 같은 시각 학교를 크게 한 바퀴 돌며 마주치는 사람마다 인사하는, 마치 선거운동 같은 산책 습관이 있었기에 그의 부재는 금세 표가 났다. 졸업할 때까지 한 학기에 하나씩은 김 교수의 수업을 들을 생각이었던 우람은 2학기에 그의 수업이 개설되지 않은 것을 알고 휴학을 진지하게 검토하기도 했다.

김 교수는 꼬박 1년 넘게 자리를 비웠고 우람은 3학년 2학기를 마친 후 1년간 휴학했다. 가족과 여행을 다녀오고 우승 2호를 개소하며 올림피아드 출전 준비도 했으니 꼭 김 교수가 돌아오기를 기다리느라 휴학했다고는 할 수 없지만 결과적으로 그런 셈이 되지 않았나, 김 교수의 연구실 문을 두드리며 우람은 생각했다.

"교수님, 김우람입니다."

"오, 들어오게."

역시나 김 교수의 목소리였다.

"이게 얼마 만이지?"

"정확히 1년 6개월 만입니다."

"내가 반갑지 않나?"

"지금 최대치로 반가움을 표현하고 있는데요."

김 교수는 미동도 안 하는 우람의 눈썹과 입꼬리를 다시 살핀 후 웃음을 터뜨렸다.

"오랜만이라 까먹었군, 자네 원래 무뚝뚝한 편이었지."

우람을 앉히고 찻잔에 더운물을 부으며 김 교수는 명랑한 어조로 말을 이었다.

"어떻게 지냈나? 별일 없었나?"

"그럭저럭 지냈습니다."

"통화할 땐 뭐 좋은 일이 있는 것 같던데."

"아, 네. 실은 이런 일이."

우람이 가방에서 메달을 꺼내 내밀자 김 교수는 펄쩍 뛰는 시늉을 했다.

"WGMO 준우승! 대단한 별일이지 않나. 이 친구 이거, 내가 안 물어봤으면 말도 안 하고 갔겠는데."

"설마요. 그래도 일부러 보여 드리려고 가져온 건데요. 교수님은 잘 지내셨어요? 안식년도 아닌데 1년 넘게 학교에 안 나오셨잖아요."

"이쪽도 참 별일이 다 있었지."

김 교수는 우람 너머 먼 곳에 시선을 두는 듯하더니 고개를 저었다. 우람이 메달을 돌려받아 가방에 넣자 김 교수가 낮은 목소리로 말했다.

"재능 있는 친구인 줄은 진작 알아봤지. 그간 괄목할 만한 성과를 냈다니 더욱 믿고 이야기할 수 있겠어. 실은 말이야, 오늘 보자고 한 건……."

김 교수의 부재에 대한 추측과 낭설이 공대 안팎으로 범람하던 시기가 있었다. 김 교수가 미국 대학에서 종신고용 제안을 받아 떠났다는 설, 대인전투로봇 개발을 위해 무리한 투자를 유치하다 엄청난 빚을 지고 잠적했다는 설, 수능 출제 위원이 되어 감금되었다는 설 등. 모두 신뢰도가 떨어지는 이야기였다. 다른 대학에 재직하게 되었거나 불미스러운 일로 자취를 감췄다면 신임 교수를 채용해 연구실을 넘겨줬을 텐데, 김 교수가 없는 동안 연구실은 굳게 잠겨 있었을 따름이니까. 그나마 수능 출제 위원 설이 가장 그럴싸한 듯했지만, 국내 최고의 로봇공학 연구자를 고등학생 수학 능력 검증 때문에 감금한다는 게 말이 되는가. 그가 자리를 비운 동안 발생할 국가적 손해는 차치하더라도 그가 낸 문제를 어느 수험생이 맞힌단 말인가.

"아직 국내에는 전고 15미터 초과 기체가 없다는 걸 알고 있나?"

우람은 고개를 끄덕였다. 전고 15미터가 넘는 거대로봇을 보유한 국가는 아직 별로 없다. G20 중에서도 5개국 정도. 하지만 상당수 국가에서 적극적인 흥미를 보이고 있었다. 이미 미국 등 극소수 나라들이 지나치게 앞서가 버린 우주 경쟁을 뒤로하고, 과학기술 발전을 둘러싼 국가 간 경쟁 구도를 재편할 수 있는 분야이니까. 김 교수는 회심의 미소를 지었다.

"지금까지는 없었지."

김 교수가 윗옷 앞주머니에서 꺼낸 리모컨 버튼을 누르자 연구실 빈 벽에 프레젠테이션 화면이 떴다. 쇼맨십은 여전하시군. 우람은 벽을 가득 채운 화면을 보며 생각했다. 검은색 바탕과 그 중심을 장식한 붉은색 쐐기 모양 로고 위에 흰 글씨가 떠올랐다.

'프로젝트 브이'

"만화나 영화 속에만 존재하던 한국 고유의 거대로봇을 실물로 제작하는 프로젝트야. 요즘 세대는 잘 모르는 로봇일 수도 있지만……."

우람은 또다시 고개를 끄덕였다. 김 교수가 말하는 로봇에 대해 잘 알아서가 아니라 그런 프로젝트를 이미 들은 적 있기 때문이었다. 미국에서는 트랜스포머, 일본에서는 에반게리온을 실제로 만드는 프로젝트를 진행했다. 프랑스와 이탈리아 등이 건담이나 마크로스 같은 일본 IP를 사서 거대로봇을 만들려 한다는 이야기도 들은 지 꽤 되었다.

"전고가 무려 25미터나 되지. 실은 이 로봇이 이미 완성 초 읽기 단계에 접어들었어."

교수님은 지난 1년 6개월을 거기다 쓰신 거군요. 아마 그 전부터 비밀리에 진행해 온 프로젝트였겠지만, 심기일전할 시간이 필요하셨던 거군요. 단순하지만 예사롭지 않은 진실을 알아차린 우람은 약간의 짜릿함을 느끼며 김 교수를 바라보았다.

"그 로봇은 누가 조종하나요?"

"나는 김우람이, 자네를 추천할 생각이야."

조금 놀라 말문이 막힌 우람을 보면서 김 교수는 고개를 힘차게 끄덕였다. 우람도 곧 납득했다. 지금까지 거대기체가 없었던 나라에 거대기체를 몰아 본 파일럿이 없는 것은 당연했다. 거대로봇 개발이 국가 대항전 양상으로 자리 잡아 가는 이상, 경험이 일천해도 우리나라 사람을 파일럿으로 선정하려 하겠지. 숙련자가 하나도 없는 분야라면 당연히 재능이라도 뛰어난 사람을 뽑을 테고, 김 교수는 우람이 최적의 후보라고 생각했을 테고, 우람도 자연스레 그 생각을 받아들이게 되었다. 일이 뜻대로 풀리지 않을 가능성은 전혀 떠오르지 않았다.

2장

사악한 쌍둥이
EVIL TWINS

보람이 갑자기 라면 먹고 싶지 않냐고 묻기에 우람은 바로 물을 올렸다. 김보람-김우람 남매는 보통 남매와 여러모로 달랐지만 그중 가장 대표적인 차이점이 이거였다. 우람은 보람과 싸우지 않는다. 보람이 어떤 기상천외한 시비를 걸어와도 결코 상대하지 않는다. 라면? 끓여 주지. 묵찌빠 해서 진 사람이 라면 끓여 주기? 무슨 묵찌빠냐, 그냥 내가 끓이고 말지. 급하니까 이리 좀 와 보라고? 그래. 잘 테니까 불 끄라고? 알았어.

오죽하면 보람이 데려온 친구들조차 우람 편을 들 정도였다. 야, 너는 동생이 그렇게 만만하냐? 한 살이라도 오빠면 오빠답게 굴어야지. 그러면 보람은 기다렸다는 듯이 이죽거렸다. 나이 차이 안 나거든. 이란성쌍둥이거든. 5분밖에 차이 안 나지롱. 쟤가 너보다 생일 빠르지롱. 제삼자가 봐도 약이 올라 보람을 쥐어박고 싶을 만한 상황에도 우람은 묵묵히 잔심부름을 해 주곤 했다. 보람이 오빠라서 고분고분하게 구느라 그런 게 아니라, 그냥 할 수 있으니까. 화가 안 나니까. 보람과 우람은 그렇게 타고난 것 같았다. 보람은 시키고, 우람은 해 주고. 보람은 까불고, 우람은 봐주고.

"치즈 두 장 넣어. 아니다, 세 장 넣어."

"남은 게 두 장밖에 없는데."

"그럼 라면 하나에 치즈 한 장씩 넣어서 따로 끓여. "

우람의 중고등학교 시절 친구들은 그래도 보람이 자기네 집 남자애들보다는 낫다고 평했다. 심부름 시키는 거야 얄밉지만 뭐 그렇다 치고, 제 입만 입인 줄 알고 집 안 먹거리 혼자 다 처먹는 오빠나 남동생에 비하면 보람은 얼마나 신사적이냐는 거였다. 그리고 너네 오빠는 잘생겼잖아. 그런가? 성별이 다른 이란성쌍둥이라도 우람과 보람은 꽤 닮은 편이었기에 그런 말을 들으면 기분이 이상했다. 아무래도 자기와 똑같이 생긴 오빠를 잘생겼다고 하기란 힘들었다.

"됐어, 뭘 그렇게까지 해. 한꺼번에 끓여서 나누면 되지."

우람이 소파 앞 티 테이블에 상을 차릴 동안 보람은 티브이 채널을 돌려 댔다. 제일 좋아하는 역사 다큐멘터리 채널을 틀었다가 별 흥미 없는 프로그램이 나오자 계단을 내려오듯 채널 숫자를 하나씩 줄였다.

"잘 먹겠습니다."

김치 통 뚜껑을 따며 입맛을 다시던 우람은 그대로 손을 멈추었다. 어, 내가 지금 뭘 잘못 봤나. 그런 생각이 드는 장면이 스쳐 지나갔기 때문에.

"방금 채널 다시 틀어 봐."

"싫어."

"틀어 봐."

"아, 싫어. 광고잖아."

우람은 말없이 보람을 쳐다보았다. 라면에서 일렁일렁 올라오는 뜨거운 김을 보호막 삼아 보람은 우람의 시선을 있는 힘껏 외면하고 있었다. 그래 봤자 오래 못 버티지. 매번 그런 식이었다. 보람은 견디다 못해 으으 하며 채널을 거슬러 올라가기 시작했다. 채널 상향 버튼을 빠르게 다섯 번 누르고서야 우람이 말한 채널이 나왔다.

"이게 뭔데?"

보람이 짜증스러운 목소리로 물었지만 우람은 답하지 않았다. 광고는 이미 거의 끝나 가고 있었다.

'The first HUN, 바로 당신입니다'

맥락을 모르고서는 의미를 해석할 수 없는 카피가 나온 후에 우람의 눈에 익은 로고가 등장했다. 까만 바탕, 빨간 쐐기, 그리고 '프로젝트 브이'라는 흰 글씨. 이게 지금 무슨 상황이지? 2주 전에 김 교수님 연구실에서 들은 말이랑 다른데. 우람은 서재 컴퓨터 앞으로 달려가 검색창에 프로젝트 브이를 입력했다.

"야, 라면 붙잖아!"

자기가 끓인 라면을 가지고 보람이 생색을 내는데도 우람은 반응할 수 없었다. 겨우 몇 걸음 떨어진 거실에서 나는 소리인데 보람의 목소리가 한없이 멀게만 느껴졌다.

프로젝트 브이

'The first HUN, 바로 당신입니다'

프로그램 소개

거대로봇 시대에 발맞추어 대한민국에서 선보이는

'프로젝트 브이'.

그 첫 번째 파일럿을 찾습니다.

프로젝트 브이 참가 신청하기 (클릭하면 이동)

소개 페이지 바탕에 실루엣만 드러나 있는 로봇은 아무리 보아도 김영만 교수 연구실에서 본 그 로봇이 맞았다. 그런데, 하지만, 그렇지만, 교수님이 나를 파일럿으로 추천하신다고 했는데……. 우람은 한껏 미간을 찌푸린 채로 마우스커서를 기체 소개 메뉴로 옮겼다. 전고 25미터, 검은색 흉부 위에 당당하게 양각된 브이 로고, 한국 고전 애니메이션 캐릭터를 모티

브로 디자인했다는 코멘트, 모든 것이 김 교수의 설명과 일치했다.

"이거 그거네, 표절 로봇."

어느덧 서재까지 따라온 보람이 앞접시에 담은 라면을 호로록 흡입하며 깐족거렸다.

"표절?"

"이거 봐."

우람은 보람이 내민 휴대폰을 받아 들었다. SNS 실시간 인기 검색어가 된 '프로젝트 브이' 아래 '아니, 한국 최초 거대 로봇인데 이게 된다고…???', '나 표절 로봇 너무 쪽팔려서 수치사 가능할 듯', '적당히들 하세요 거대로봇 제작 자체에 의의 있는 거 아님?' 등의 반응이 줄줄이 올라와 있었다.

"이게 뭘 표절했다는 거야?"

우람의 물음에 보람은 휴대폰을 가져가 일본 고전 애니메이션 제목을 검색한 뒤 도로 건넸다. 우람은 검은색과 회백색으로 이루어진 본체와 쌍방향 사선으로 가슴을 수놓은 장식을 유심히 살핀 후 보람을 쳐다보았다.

"디자인 때문에?"

"뭐 그렇지."

"비슷하긴 한데……."

"근데?"

"애니메이션에 나오는 로봇이면 디자인 표절 시비가 붙을 수 있겠지만, 실제로 만든 로봇에 대해서는 그런 분쟁이 일어나기가 힘들걸. 로봇, 그중에서도 인간형 거대기체를 만든다고 하면 디자인보다는 이 기체를 어떻게 움직이냐가 더 중요한 문제잖아."

우람과 보람은 거실로 돌아가 처참하게 불어 버린 라면을 마저 먹기 시작했다.

"디자인은 오히려 정치적인 문제에 가까워. 거대기체 보유국이 각국에서 생산한 애니메이션 속 로봇 디자인을 채택하는 건 뭐랄까, 기술력에다 국가 정체성의 옷을 입히는 거지."

우람의 말에 보람이 고개를 끄덕였다.

"나도 이게 애니일 때랑 실제 물체일 때 평가가 달라져야 한다고 봐. 만약 우리나라가 일본 최초 거대로봇이랑 비슷한 기체를 만들었다면 곤란한 상황이겠지만, 그쪽은 에바를 만들었잖아?"

"내 말이."

"뭐 물론 아주 깔끔하진 않지, 디자인 문제가. 일본 작품에 나온 로봇과 디자인이 흡사한 걸 현실에서 재현한다? 근데 그게 네 말처럼 국가 정체성과 관계있고, 하필 또 국산 거대로봇 1호 디자인으로 활용됐다? 비난하는 사람들도 이해는 돼."

"디자인은 그냥 옷이라니까. 중요한 건 알맹이. 기술, 원자재, 사람. 예를 들어 제작자나 파일럿 같은."

한동안 면발을 후루룩하는 소리만 이어졌다.

"근데 왜 그걸로 만들었을까?"

한참 만에 우람이 물었다. 보람이 트림을 거하게 한 후에 대꾸했다.

"어른들이 좋아해."

"어떤 어른들?"

"엄청 어른들."

"얼마나 엄청 어른?"

"나 병원 있을 때 거대로봇물 엄청 봤잖아. 그거 원작은 너무 고전이라 유튜브에도 전체 다 올라와 있고 그랬어. 근데 댓글 보면 막 자기 1960년대생이고 1970년대에 극장에서 봤는데 막 울었대. 그런 사람 엄청 많았어."

"1960~1970년대면……."

보람의 말에 우람이 손가락을 접어 가며 연대를 헤아렸다.

"할머니 할아버지네."

"그때 좀 찾아봤는데 시리즈도 많이 나오고 리메이크도 몇 번 해서 그 이후 세대 팬도 꽤 많은 거 같았어. 흔치 않은 국산 장편 애니메이션이었고, 확실히 센세이셔널했겠지. 거대 로봇이라는 게 워낙 매력 있잖아. 한 1990년대 후반? 그쯤부터 저작권 인식이 많이 바뀌면서 이게 좀 거북스러운 작품이 된 거지."

"자랑스러운 한국 최초 거대로봇물에서 표절 작품으로?"

"팬들 중에는 표절 아니라고 주장하는 사람들도 많은데,

인터넷이 발전하고 거대로봇 장르를 본격적으로 연구할 수 있는 환경이 되면서 표절했다는 게 중론이 됐어. 그런데도 정부 주도로 실물 크기 설치미술 작품을 만든다든지, 기업에서 CF 같은 데에 활용한다든지. 이상하게 지속적인 호출이 이뤄졌다고 하더라."

보람은 휴대폰으로 자기가 즐겨 찾는 거대로봇물 위키 사이트를 열어 우람에게 보여 주었다. 우람은 그것을 찬찬히 읽은 후에 보람의 휴대폰을 내려놓고 음식물처리기에 남은 라면을 부었다. 퉁퉁 불은 라면은 두 사람이 아무리 먹어도 줄지 않았다.

"도대체 누구 결정이었을까?"

"뭐가?"

"디자인 말이야. 굳이 그 로봇이 아니어도 됐을 텐데……."

"디자인은 중요한 게 아니라니까 그러네."

보람은 아직도 디자인 타령이었다. 빈 냄비에 물을 쏟아부으며 우람이 대수롭지 않게 답하자, 보람은 물소리에 묻힐까 더욱 목소리를 높였다.

"관료주의의 폐해 그 자체 아니냐? 결정권자는 분명 누군가는 좋아할 거라고 생각하면서 그 디자인을 골랐을 거란 말이지. 근데 너무 논란 많고 오래된 작품이라 우리 세대에는 이걸 아예 모르는 사람이 더 많잖아. 너도 몰랐다며."

"결정권자가 좋아한 거라면?"

"그럼 더더욱 관료주의의 폐해지."

우람은 잠자코 설거지를 마치고 돌아섰다. 보람은 소파에 모로 누운 채 휴대폰을 보고 있었다.

"너 이거 나갈 거지?"

"……글쎄."

보람의 물음에 우람은 신중하게, 그러나 간결하게 답했다. 안 그래도 설거지를 하는 동안 그 생각을 하던 참이었다. 가족인 보람에게도 털어놓지 않은 사연. 은사인 김영만 교수가 바로 그 국내 최초 거대로봇 개발에 참여했고, 파일럿으로 자기를 추천하려 했다는 것. 확정되고 나서 말해도 늦지 않으리란 심산이었으나, 결과적으로 발설하지 않길 잘했다.

"한번 해 볼까."

김 교수에게 연락해 어찌 된 일인지 물어볼까 했지만 현 상황에서는 큰 의미가 없는 조치로 느껴졌다. 마침 제작 참여자의 지인인 바람에 파일럿 자리에 날름 앉는 것보다는 실력을 증명하고 당당하게 그 자리를 쟁취하는 게 맞는 흐름 같기도 했다.

"한번 해 볼까가 뭐냐, 너 아니면 누가 하게. 대국민 오디션 느낌으로 하는 거 같은데 우리 시스터 유명해지겠다. 이참에 나도 우리 우람이 덕 좀 보자."

"그거 되면 무슨 덕을 보는데?"

"뭐 없잖아 있겠지."

우람과 보람은 서재 컴퓨터 앞으로 돌아가 프로젝트 브이 사이트를 다시 불러왔다. 사이트 메인에 있는 '참여 신청' 버튼을 누르자 참가 자격 설명과 함께 인적 사항을 입력하는 페이지가 나왔다.

The first HUN - 신청 서류 접수

HUN은 프로젝트 브이 기체의 모델이 되는 애니메이션 원작에 등장한 주인공 캐릭터 이름에서 따온 공식 파일럿 명칭입니다.

참가 자격은 다음과 같습니다.

1. 대한민국 국적의 신체 건강한 남성

병역을 이행하는 데 문제가 없는 만 20세 이상 35세 이하 남성이 해당됩니다. The first HUN으로 선발될 경우 병역특례 혜택이 주어집니다.

2. 태권도 1단 이상 (단증 첨부 필수)

원작에 등장하는 파일럿 캐릭터와 기체는 태권도 3단 이상의 실력을 보유한 것으로 알려져 있습니다.

3. 해외여행 결격사유 없을 것

프로젝트 브이 기체를 2040년으로 예정된 독일 프랑크푸르트 세계거대로봇박람회에 선보일 예정입니다.

"쓸데없이 원작 설정에 충실하네."

보람이 중얼거렸으나 우람은 아무것도 들리지 않았다. 남성…… 신체 건강한 남성…… 병역을 이행하는 데 문제가 없는 대한민국 국적의 남성. 지원자 자격 첫 항에 놓인 글귀에 시선이 박혀 떨어질 줄을 몰랐다. 뒤늦게 우람의 동요를 눈치챈 보람이 급하게 덧붙였다.

"아, 우리 우람이…… 브라더가 아니고 시스터였지."

우람은 힘없이 인터넷 창을 닫고 자리에서 일어났다. 비실비실 자기 방으로 돌아가 침대에 누웠다. 이건 뭐지? 우람이 난생처음 겪는 느낌이었다. 살면서 단 한 번도 성별에 가로막혀 뭔가를 단념해야 했던 적이 없었기 때문에. 목욕탕? 여탕. 화장실? 여자 화장실. 여자가 왜 공대에 가려고 해? 가고 싶고 가도 되니까. 여자가 무슨 로봇격투동아리를 해? 해 보니까 내가 제일 잘함. 심지어 얼마 전 다녀온 WGMO에서는 성별 표기를 할 필요조차 없지 않았나. 우람은 분노와 무력감이 뒤섞인 혼란스러운 감정 속에서 도대체 무엇이 어디부터 잘못되었는지 곱씹었다. 며칠 전까지만 해도 그건 내 자리라고 별 의심 없이 믿고 있었다. 실력을 증명해야 한다면 그럴 각오와 자신도 당연히 있었다. 그런데 갑자기, 이제는 도전자가 될 자격조차 없다고?

"헤이, 시스터. 괜찮냐?"

보람이 문틀에 팔을 기댄 채 물었다. 우람은 괜찮지 않다고 대답하기 싫지만 괜찮지 않은 것이 사실이어서 아무 말도 하지 않았다. 우람의 답을 기다리던 보람은 슬그머니 방 안으로 들어와 우람이 누운 침대 모서리에 앉았다.

"너랑 나랑 바뀌었어야 했는데. 이름처럼."

보람과 우람은 순 한글 이름 대부분이 그렇듯 의미상 성별이 뚜렷하게 구별되지 않았지만 보람은 여자아이가, 우람은 남자아이가 많이 쓰는 이름이라는 것이 부모님 의견이었다. 그래서 원래는 오빠를 우람으로, 여동생을 보람으로 이름 지으려 했는데, 아버지가 출생신고 때 둘의 이름을 바꾸어 쓰는 바람에 보람이어야 할 아이가 우람이 되고 우람이어야 할 아이가 보람이 된 것이었다.

"지금도 솔직히 내가 더 누나 같은데."

"까불지 마라, 김우람."

딱히 까불려던 것도 아닌데. 우람은 속으로 생각했다. 실제로 오빠라고 보람이 우람을 감싸 주거나 위해 준 경우보다는 우람이 보람을 보호해 준 경우가 더 많았다. 둘이 같이 태권도장에 다닐 때도 그러지 않았나. 보람은 꾀를 부리고 우람은 성실하다 평가했던 사범의 말처럼 보람은 밥 먹듯이 도장을 빠지다 2년을 채 못 다니고 관뒀지만 우람은 고등학생이 될 때까지 태권도를 배웠다. 학원가 구석에서 저보다 어린 애들에게

둘러싸여 돈을 뜯기던 보람을 항상 우람이 구해 줬다. 검은띠로 동여맨 도복을 어깨에 둘러멘 우람이 말이다.

"누가 너더러 누나 하래? 네가 나였어야 한다는 거지, 이 멍충아."

"의미 없는 가정 좀 그만둬라."

말은 그렇게 했으나 우람 역시 상상해 보았다. 여자라는 사실에 딱히 불만을 느낀 적 없고 남자가 되고 싶었던 적도 없지만, 남자로 태어났어도 크게 다를 것 없었겠다는 생각을 하던 참이었으니까. 만약 보람이 동생이고 우람 자신이 형이나 오빠였다면 어땠을까. 지금과 크게 달랐을까. 국내 최초 거대로봇 파일럿 선발 대회에 나가기로 한 자신을 보람이 응원해 주고 있었을까.

"내가 생각을 좀 해 봤는데 말이다……."

"무슨 생각."

"우리가 쌍둥이잖냐?"

"그래서."

이미 둘 다 잘 알고 있는 사실을 나열하며 밑밥을 까는 건 보람의 특기였다. 그 장단에 맞장구를 쳐 줄 만큼 여유로운 상황이 아닌데도 우람은 일일이 대꾸했다.

"이름도 비슷하고 키도 비슷하고 아뿔싸 생김새까지 비슷하고. 어럽쇼 주민등록번호 뒷자리도 거의 비슷하네."

"그래서……."

보람이 펼치는 논리의 결론이 거의 짐작되었지만 우람은 초조한 마음으로 물었다.

"내 생각에 아무리 네가 잘났어도 그 대회 우승까지 가긴 힘들 거 같아. 우리나라가 또 인재의 나라 아니냐. 너도 다크호스겠지만 우승감은 꽤 많겠지."

잘나가다가 이게 무슨 소리람. 우람은 짜증스럽게 되물었다.

"그래서?"

"우승자 특혜가 병역특례라니까 인적 사항은 당연히 필요할 거고. 거꾸로 우승자 빼고는 주민등록번호 같은 거 일일이 조회해 보지 않을 것 같거든."

"그래서!"

짜증이 극에 달한 우람이 드물게 언성을 높이자 보람은 놀란 듯 가슴을 쓸며 대답했다.

"네가 나인 척하고 나가도 아무도 뭐라고 안 할 거 같단 얘기지. 내 말은."

"그런가?"

"아까 그 등록 페이지 보니까 필수 인적 사항은 뭐 본인인증 휴대폰 정보 입력하는 거랑 별로 다를 거 없고, 서류 첨부하는 건 단증밖에 없더라."

태권도 1단 단증이라면 보람도 어찌어찌 따 두었다. 보람 말대로 여러 가지가 절묘하게 맞아떨어질 듯했다. 우람은 벌떡 일어나 눈을 굴리다가 물었다.

"근데 그 정도 인적 사항만 입력해도 되는 거면 그냥 내가 남자인 척 지원해도 되지 않을까?"

"우리 학교 사람들이 있잖아. 네가 여자인 걸 아는 사람들. 그중엔 너랑 나 둘 다 아는 사람도 적지만 있긴 있고. 그런데 그 대회에 출전하는 게 휴학생 김보람이라면 어떨까. 김우람이랑 거의 똑같이 생긴 김보람."

일리 있는 지적이었다. 우람과 같은 학교 미술사학과에 다니는 보람은 우람과 나란히 김영만 교수의 교양 강의를 들은 적도 있었다. 눈썰미가 안 좋은 사람들은 캠퍼스 안을 함께 쏘다니는 두 사람을 일란성쌍둥이라 착각하기도 했다.

"무슨 말인지 알겠지? 김보람이라는 이름을 빌려주겠다고. 내가."

"그래도 될까?"

"안 될 건 뭔데."

"내가 우승하면 너도 문제 생기지 않을까?"

"건방지다. 당연하다는 듯이 우승한다는 생각부터 하네."

"건방진 게 아니고 합리적인 거다. 가능성 있는 가정을 하는 건."

"우승하고 싶어?"

"하고 싶지. 하고 싶은데……."

우람은 잠시 생각에 잠겼다가 말을 이었다.

"그보다는 전고 15미터 초과 기체에 한번 타 보고 싶다는 생각이 큰 거 같아. 그런 건 당장은 나 혼자 만들기 힘드니까."

"그래, 그러니까 이 방법을 쓰자는 거야. 우승은 가능하면 하지 말고."

"또 준우승?"

"진짜 건방지네, 김우람. 준우승은 맡겨 놨냐."

우람은 그제야 조금 웃었다. 웃고 나니 드는 생각이 또 있었다.

"근데 오빠는 왜 명의를 빌려주려고 해?"

"백 년 만에 오빠 소리 들어 보네. 나한테도 뭐 콩고물이 있겠지."

"무슨 콩고물?"

"일단 우승 시 군대 안 가도 된다잖냐?"

"오빠 너 원래 면제잖아."

보람은 10대 시절 상당 부분을 병원에서 보낸 소아암 병력자였다.

"희귀 질환 면제인데 거기서 더 면제받고 싶냐? 독한 놈."

"그냥 감사합니다 하고 받으면 안 되냐? 나도 동생 좋은 일 한번 해 보자는데, 좀."

짐짓 화내듯 말하는 보람을 보며 우람은 생각했다. 그래도 오빠라는 자각이 있긴 했구나, 김보람. 오빠고 동생이고 그런 건 상관없는데. 어차피 쌍둥이고 어차피 나랑 똑같으니까.

"동생아, 내가 한창 아플 때 했던 생각이 뭔지 아냐."

보람이 우람의 어깨를 짚으며 분위기를 잡았다. 지금부터 명언 들어간다 메모해라, 그런 태도였다.

"사람이 언제 죽을지는 아무도 모르니까 하고 싶은 건 다 해 봐야 한다는 거야."

어딘가에서 이미, 한 번도 아니고 여러 번 들어 본 말 같았지만 한때 정말로 죽음의 문턱에 반쯤 발을 걸치고 있던 보람이 해서인지 사뭇 묵직하게 느껴졌다.

"그럼 역시 한번 해 볼까."

"그래, 힘 조절 잘해서 우승만은 피해라."

우람과 보람은 서로의 어깨에 팔을 하나씩 걸고 의미심장하게 웃었다. 잘 모르는 제삼자가 목격했다면 막 탄생한 악당 조직으로 오인했을 법한 사악한 웃음소리가 한동안 방 안에 메아리쳤다.

3장

기적의 지원자
THE MIRACULOUS VOLUNTEER

"국내 최초 거대로봇 파일럿을 찾는 대국민 오디션 프로젝트 브이, The first HUN을 찾습니다! 연일 화제의 중심이 되고 있는데요. 오늘은 국내 최고의 거대로봇 제작 권위자 김영만 박사님을 모시고 프로젝트 브이에 대해 들어 보도록 하겠습니다. 박사님, 안녕하세요?"

"안녕하세요? 로봇 만드는 김 박사, 김영만입니다! 우리 다 같이 재미있는 로봇을 만들어 볼까요!"

"하하, 박사님. 오늘은 그런 프로그램은 아니고요."

"아이고, 예. 물론 농담입니다."

"오늘은 곧 본격적으로 시작될 프로젝트 브이와 국내 최초 거대로봇 기체에 대한 소개를 듣고, 본선 진출을 앞둔 지원자들에 대한 이야기 함께 나누려고 김영만 박사님을 스튜디오에 모셨어요. 파일럿 HUN을 찾는 오디션에 무려 12만 6000여 명의 지원자가 몰렸다는 소식, 박사님도 들으셨나요?"

"네 그렇죠, 아무래도 국내에서 최초로 제작되는 거대기체 인 만큼 많은 분들이 관심을 보여 주셔서 제작에 참여한 저로 서는 너무나 반갑고 감사한 마음이었습니다. 이 자리를 빌려 지원자 여러분 모두에게 감사하다는 인사를 드리면서요. 뒤에 화면으로 나오는 차트를 보시면."

"어머, 22세 이하 지원자가 전체의 절반가량 되네요."

"진행자님이 차트를 무척 잘 보시는군요? 이거 제가 안 나 오고 자료만 보내도 됐겠습니다. 보시는 것처럼 만 20세에서 35세까지의 대한민국 남성 12만 6000여 명이 지원한 가운데, 전체 지원자의 평균 나이가 25세로 나왔어요. 20과 35의 중 간값은 27.5죠? 나이로 따지면 27, 28세에 해당하는데, 지원자 실제 평균연령이 중간값보다 낮은 건 진행자님이 말씀해 주신 것처럼 22세 이하 지원자들이 뜨거운 성원을 보내 줘서라고 분석 가능하겠죠?"

"네, 맞아요. 아무래도 파일럿 복무로 높은 연봉과 병역특 례 혜택을 모두 누릴 수 있다는 점에서, 병역의무 이행을 눈앞 에 둔 20대 초반 지원자들의 반응이 뜨거웠던 것 같아요."

"안타깝습니다만 지원 자격으로 제시됐던 태권도 단증 첨 부가 제일 미비했던 연령대도 20대 초반이라고 하네요."

"아쉽게 됐네요."

"네, 아쉽지요. 전체의 대략 절반에 해당하는 지원자들이 태권도 단증을 첨부하지 않아 서류심사에서 제외되었습니다."

"태권도 말고 다른 무술을 연마했음을 참작해 달라고 성토하는 지원자들도 있었다고 하던데요."

"네, 그런 경우 역시 참 안타깝게 되었지요. 태권도 유단자를 찾는 이유는 신체 건강한 무술인을 우대하겠다는 의미도 있지만, 국기(國技) 연마라는 상징성의 차원도 있거든요. 2대, 3대 파일럿 자리를 염두에 두신 분이라면 지금이라도 태권도장에 등록하시기를 추천합니다."

우람은 몰입한 나머지 티브이를 향해 리모컨을 들고 팔을 뻗은 자세 그대로 멈춰 있었다. 소파 반대편 끝에 앉아 있던 보람이 강냉이를 툭툭 던져 우람을 맞히며 핀잔했다.

"화면으로 들어가라. 들어가."

우람은 무릎 언저리를 맞고 떨어진 강냉이를 주워 먹으며 티브이 볼륨을 키웠다. 김 박사가 손가락을 쫙 펼쳐 보이며 흥분된 어조로 말하고 있었다.

"예상을 훨씬 웃도는 뜨거운 열기에 애초 300명으로 예정되어 있었던 1차 선발 인원을 거의 두 배에 가까운 500명!까지 늘렸다고 합니다."

"무려 500명이나요?"

"네, 지원자가 워낙 많았으니까요."

"아, 맞아요, 박사님. 그래서 말인데요. 어떻게 10만 명이 넘는 지원자들 가운데 고작 500명을 빠르게 고를 수 있었을까요? 태권도 1단 이상 단증을 올린 6만여 명의 지원자를 기준으로 잡아도 말이죠. 경쟁률이 수백 대 일에 달하는데 지원자들이 납득할 만한 선발 과정을 설계하는 일도 쉽지 않았을 텐데요."

"생각보다 간단하고 재미있는 과정을 거쳤는데요. 화면을 보시면."

김 박사와 진행자가 앉아 있던 스튜디오 화면을 빨강과 파랑, 두 색깔이 양분해 덮어 버렸다. '시청자 여러분도 따라 해 보세요'라는 자막이 화면 하단에서 깜빡거리더니 이어서 '지금 어떤 색이 보이는지 소리 내서 말하세요'라는 내용으로 바뀌었다.

"홍. 청."

보람이 큰 소리로 말했다. 자막은 곧 '두 색깔에 대해서 거짓말을 해 보세요'로 바뀌었다. 보람은 잠시 생각에 잠겼다가 또 크게 말했다.

"흑. 백."

이윽고 자료 화면이 걷히고 김 박사와 진행자가 다시 등장했다.

"진행자님은 어떤 대답을 하셨나요?"

"빨강, 파랑, 노랑, 초록이요. 이게 무슨 의미인가요, 박사님? 심리테스트 같은 건가요?"

"참 재미있지요? 지원자들의 개인 번호로 송출된 실제 테스트 내용 중 하나를 예시로 보여 드렸습니다. 이런 식의 여러 문항을 출력하고 거기서 수집한 음성 정보를 바탕으로 순발력과 적응성을 평가해 상위 500명을 추려 낸 겁니다. 탑승형 로봇 AI와의 감응성에서 가장 중요한 게 그 두 가지거든요."

"거짓말을 잘하는 사람이 유리한 건가요?"

"방금 그 문항만 보면 그럴 수도 있겠습니다만, 지원자들에게 송출된 테스트는 총 70여 문항이고 15분 안에 빠르게 응답해야 했습니다."

"주어진 상황에 얼마나 적절한 반응을 얼마나 신속하게 보이는가가 중요했다는 말씀이군요."

"네, 그렇죠. 적절한 반응도 좋고, 창의적인 반응이면 금상첨화지요. 드물지만 말이에요. 실제로 전체 응시자의 점수 차는 크지 않았습니다. 특히 1차 선발 커트라인 안에 든 상위 500명은 서로 거의 차이가 없었고요. 몇몇 눈에 띄는 지원자가 있기는 했지만요. 사실상 여기까지가 적성 평가 영역이라고 할 수 있고 나머지는 훈련으로 만들어 갈 부분이라고 말씀드리고 싶습니다."

보람이 엄지발가락으로 우람을 쿡 찌르며 물었다.

"너는 저거 뭐라고 했냐?"

"빨강 파랑?"

"아니, 거짓말."

"한 가지 색만 보인다고 했어."

"그게 무슨 말이야?"

"두 가지 색에 대한 거짓말을 하라고 하니까. 문장의 전제에 대해서도 참이 아니고, 제시된 두 가지 색에 대한 거짓도 되잖아."

"야, 내가 봤을 땐 네가 뭔가 난놈 같긴 하다."

그런가. 우람은 보람의 평가를 흘려들으며 방송에 집중했다. 김 박사와 진행자가 정보성 만담을 벌이는 듯하던 방송 내용은 이제 슬슬 스튜디오를 벗어나려 하고 있었다.

"프로젝트 브이 본 방영을 1개월 앞두고 보내 드리는 파일럿 프로그램! 총 12만 6211명의 지원자 가운데 본선에 진출할 수 있는 도전자는 단 100명뿐. 본선 진출자 100명을 선발하기 위한 마지막 관문, 필기 테스트와 체력 테스트를 위해 1차 선발 인원 500명을 한자리에 불러 모았습니다. 온라인으로 진행된 파일럿 적합성 평가를 통과한 500명의 지원자는 과연 어떤 분들일까요?"

"함께 보시죠."

함성과 함께 화면이 전환되었다. 벚꽃이 분분 날리는 4월 광장을 수놓은 수백 명의 젊은이가 일제히 팔을 머리 위로 뻗은 채 환호하고 있었다.

"야, 봤어? 봤어? 방금 너 나왔잖아."

보람의 호들갑에도 우람은 미동조차 없이 화면을 응시했

다. 가로로 스물다섯 명, 세로로 스무 명씩 앉아 콩알만 하게 나오는 500명의 머리 중 무엇이 자기 것인지 첫눈에 찾아낼 도리가 없어서이기도 했지만, 그럼에도 녹화 날 몇 번째 줄에 앉아 있었던가를 상기하며 진지하게 찾아보려는 중이어서이기도 했다.

"아니, 나인가? 저기 나간 건 김보람이니까."

보람이 머쓱하게 덧붙인 말에 이어 진행자가 한 팔을 쫙 펼치며 말했다.

"대한민국 최초 거대로봇, 브이에 탑승할 단 한 명의 주인공은 누구인가! The first HUN을 찾는 프로젝트 브이, 그 첫 관문에서 여러분께 인사드리고 있습니다."

진행자에게 초점을 맞추었던 화면이 크게 뒤로 물러나며 다시 한번 참가자들의 모습을 포착했다. 또다시 박수와 함성이 터져 나왔다. 우람은 진행자의 오른 어깨 너머 한 지점을 똑바로 가리켰다.

"저기 있다. 김보람."

50인치가 넘는 모니터로 보고 있는데도 얼굴이 깨알만 하게 나왔다. 우람은 안 그래도 쇼트커트였던 머리를 보람만큼 짧게 깎은 자신을 조금 낯선 기분으로 바라보았다. 괜스레 목덜미로 손을 넘겨 부드럽고 짧은 머리털을 만지작거리면서.

"여의도 광장에서 보내 드리는 오늘 특집에서는 1차 선발을 통과한 지원자들이 기초 체력 테스트와 필기 테스트를 거치게 될 텐데요! 서류 접수자 6만여 명 중 500명, 전체 120 대 1의 경쟁률을 뚫고 이 자리에 모인 대한의 건아들 역시 감회가 남다를 듯합니다. 시작하기 전에 인터뷰를 해 보겠습니다."

진행자는 맨 첫 줄 오른쪽 끝에 앉아 있는 곱상한 소년에게 마이크를 건넸다. 사전에 인터뷰를 진행하기로 협의해 둔 듯 자연스러운 동작이었다. 소년은 작고 빠르게 하나, 둘, 셋을 세고 힘차게 인사했다.

"안녕하세요! 마법이 시작되는 순간, 테이크미닛 어진입니다."

"어진 씨, 안녕하세요. 간단한 자기소개 부탁드릴게요."

"래퍼고요, 스무 살이고요. 어 씨가 아니고 신 씨입니다. 신 어진."

"프로젝트 브이에 어떻게 관심을 갖게 되셨나요?"

"아, 저희 그룹 미니앨범 홍보 때문에 방송국을 방문했다가 로비에 크게 걸려 있는 그…… 뭐라고 하죠? 족자 포스터?"

"플래카드요?"

"네, 플래카드에 엄청 멋있는 로봇이 있어서. 원래 저희 그룹 멤버들 다 나오려고 했는데 어릴 때 태권도 했던 사람이 저밖에 없어서……."

"만약 우승하면 그룹 활동은 어려울 수도 있는데 어떻게 하실 생각인가요?"

"어…… 최선을 다해 보겠습니다!"

묘하게 질문의 초점을 벗어나는 아이돌 가수의 답변을 들으며 보람은 크게 웃었다.

"쟤 붙었어?"

"나도 잘 모르겠는데."

"재밌긴 한데 저렇게 어리바리한 애가 그 앱 테스트 어떻게 통과했는지 모르겠네."

우람과 보람이 논평을 주고받을 동안 진행자는 세 번째 줄 가운데로 이동해 새로운 참가자에게 말을 걸고 있었다.

"앞에서 볼 땐 몰랐는데 간격이 꽤 되네."

"서로 부딪히지 않고 체력 테스트 할 공간을 확보해야 하니까."

"무슨 테스트를 했길래 그래?"

"그냥 봐."

두 번째 인터뷰 대상자는 연예인인 직전 참가자보다도 능숙한 태도로 인터뷰에 임했다.

"안녕하세요. 스물일곱 살 서울 평창동에서 온 오진영입니다. 태권도는 3단, 특기는 펜싱입니다. 잘 부탁드립니다."

방송 내용을 두고 까불거리며 쉴 새 없이 강냉이를 집어 먹던 보람이 갑자기 손을 멈추었다.

"어? 저 사람, '그 남자' 아니냐?"

"'그 남자'가 뭔데?"

"그 있잖아. Y그룹, 그, 재벌 3세?"

"그런 사람이 있어?"

"넌 뉴스도 안 보냐?"

보람의 말마따나 우람만 빼고는 다 아는 사람인 듯, 주변 참가자들까지 술렁이는 기색이 고스란히 화면에 나타났다. 직전 인터뷰 대상자였던 신어진이라는 참가자가 아이돌다운 미소년 타입이라면 오진영은 할리우드 배우를 연상시키는 건장한 미남자 타입이었는데, 오진영이 완벽한 치열을 드러내며 씩 웃자 슬로모션이 걸리며 그의 얼굴 주변이 반짝거렸다.

"오디션 프로그램 아니랄까 봐 대놓고 편파적이네. 눈에 띄는 참가자들 미리미리 챙기고."

보람이 중얼거렸고 오진영은 참가 계기와 소감에 대한 답변을 내놓았다.

"거대로봇 분야는 우주로 도약하기 위한 발판이자 전 지구인의 새로운 엔터테인먼트라는 생각을 갖고 있었습니다. 마침 우리나라에서 세계에 자랑할 만한 거대로봇을 개발했다는 소식을 듣고 그 첫 번째 파일럿이 되는 영광을 놓칠 수 없었죠."

"근데 난 '그 남자' 영 싸하더라."

보람이 다시 강냉이를 집어 먹으며 말했다.

"되게 유복하게 왕도 교육 받으면서 자랐는데 뭔가 이상하게 핀트가 엇나가는 사람들 있잖아. 미국 공화당 지지자 같달까? 지지자도 아니고 막 입문한 하원의원쯤. 진화론을 진화설이라고 축소해서 부를 것 같은 스타일."

보람이 얼마나 신랄한 평가를 늘어놓든 그것이 들릴 리 없는 오진영은 줄곧 여유로우면서도 진중한 태도로 답변을 이어 가고 있었다.

"적어도 도전해 봐야만 훗날 아쉬움을 느끼지 않겠죠. 가능하면 최상위권으로 나아가고 싶습니다."

뭐 인터뷰 내용 자체는 겸손하고 건실해 보이는걸. 우람은 보람 쪽으로 몸을 기울여 강냉이를 한 주먹 집어 들며 말했다.

"저 사람 유명해?"

"너 혹시 북에서 왔냐?"

쌍둥이끼리 어떻게 그런 소리를 하지? 우람이 피식 웃음을 터뜨리자 더욱 흥분한 보람이 양손을 탁탁 부딪쳤다.

"Y그룹이라니까, Y그룹. 이 프로그램 메인 스폰서가 T자동차인데 '그 남자'네 회사랑 라이벌이잖아. 펜싱 국가대표 상비군이고. 무슨 아이비리그 출신이고. 잘생겼고. 별명이 '그 남자'라니까? 더 맨. 그 잘난 놈."

"그래서 유명해?"

"원래 유명했는데 오픈리 게이로 커밍아웃해서 진짜 유명해졌지."

"그렇구나."

"아 씨, 괜히 내가 막 분하네. 너는 인터뷰 안 했어?"

"응. 했어도 편집됐을걸. 앞줄에서도 여러 명 한 걸로 기억하는데 첫 번째 줄에서 바로 세 번째 줄로 넘어갔잖아. 웬만큼 눈에 띄는 캐릭터 아니면 안 나올 듯."

"개인기 보여 준다고 나대지 그랬어."

"무슨 개인기?"

"너 진짜 재미없다."

보람은 한숨을 쉬며 소파에 아주 드러누웠다. 우람은 이어지는 세 번째 인터뷰를 보면서 녹화 당일 보고 겪은 장면들을 복기했다. 체력 테스트 종목. 필기 테스트 문항. 3미터 간격을 두고 떨어져 있던 왼쪽 참가자가 주변 사람들에게 같이 잘해 봐요, 파이팅! 하고 외쳤는데 아무도 제대로 답하지 않았던 것. 불과 2주 전이었던 4월 초순, 전날 내린 비가 아직 마르지 않았던, 벚꽃이 날리던 여의도 광장의 공기.

"곧 필기 테스트가 시작됩니다!"

어느덧 참가자들 앞 가설무대에 올라선 진행자가 머리 위로 손을 올려 두 손가락으로 브이를 그리며 외쳤다. 드론 카메라가 지원자들 사이로 떠오른 레이저 라인을 부감 쇼트로 포착하고 있었다. 바둑판처럼 구획된 가로 3미터, 세로 3미터의 붉은 선 안에 서 있는 500명의 참가자 역시 진행자처럼 브이를 그리고 있는 손을 높이 든 채 환호했다.

"와, 돈 좀 썼나 보네."

"돈 덜 쓰려고 야외에서 레이저 쏜 거지."

보람의 감탄에 우람이 심드렁하게 대꾸했다.

"실내 스튜디오에서 각 참가자에게 별실을 제공하는 방식으로는 촬영이 어려웠을 테니까."

그런가 하고 보람이 고개를 갸웃거리는데 진행자가 필기 테스트 진행 규칙을 설명하기 시작했다.

"참가자 여러분 앞에는 스마트비퍼가 놓여 있습니다. 홀로 그램으로 제공되는 문제를 읽고 비퍼 액정을 눌러 응답하시면 됩니다. 레이저 라인을 건드리거나 넘어갈 경우 부정행위로 실격될 수 있습니다."

또다시 환호성이 울려 퍼졌다. 그래, 참가자인지 방청객인지 헷갈릴 만큼 손뼉도 많이 쳐 댔지.

무대 화면에서 '5초 후 테스트 문항이 출제됩니다'라는 자막이 떴다. 5, 4, 3, 2, 1. 참가자들 모두가 줄어드는 숫자를 함께 큰 소리로 헤아렸다. 이윽고 홀로그램 화면에 문제가 출력되었다. 대한민국 최초 거대로봇 제작 프로젝트의 코드네임은? 1번 프로젝트 에이, 2번 프로젝트 케이, 3번 프로젝트 엑스, 4번 프로젝트 브이.

오답자가 있을까 싶을 만큼 간단한 문제가 처음을 장식했다. 너무 쉬웠나요? 진행자는 너스레를 떨었고 문제의 난도는 점점 올라갔다. 프로젝트 브이 제작 기체의 전고는? 다음 중 전고 15미터 초과 거대로봇을 제작한 나라가 아닌 곳은? 합금강의 강도와 고탄소강의 생산성, 가벼운 무게가 특징인 신 철강 소재로, 프로젝트 브이 기체의 주원료인 이 금속 재료의 명칭은?

우람은 필기 테스트 50여 문항의 대략적인 내용과 정답을 거의 모두 기억하고 있었다. 로봇공학 전공자, 그중에서도 상당히 우수한 학생인 우람에게는 애초에 문제라 볼 수도 없는 민망한 수준의 문제들이었다. 파일럿 프로그램은 편집을 거쳐 일곱 문항 정도, 프로젝트 브이 기체의 일반 정보라 할 수 있는 부분만 전하고 있었다. 이윽고 '프로젝트 브이 공식 홈페이지에서 퀴즈 이벤트 진행 중'이라는 자막이 나왔다.

"방송에 공개된 필기 테스트 문제로 이벤트 하나 보다."

"좋네, 홍보도 되고 공부도 되고. 정답도 방금 전부 다 공개됐고."

"오빠 너도 한번 해 봐."

"네가 김보람 이름 달고 저 대회에 나갔는데 내가 이벤트 참가했다 당첨되면 어떡하냐."

그 생각은 미처 못 했네. 우람은 프로젝트 브이 기체 파일럿이 되겠다는 열의와 욕심 외에는 아무것도 안중에 없었다.

"마침 나오네. 야, 딱 3위 안에만 들어. 2등까지 괜찮아. 저거 따서 나 주라."

보람이 가리킨 화면에서는 상위 입상 시 혜택에 대한 정보가 흘러나오고 있었다. 최종 3인 선발전 부가 혜택으로 프로그램 메인 스폰서 T사가 제공하는 최신형 전기 승용차. 보람이 선망의 눈길로 그 차를 바라보는 사이 화면이 중간광고로 넘어가고 있었다. 광고에서도 방금 나온 신형 승용차가 도심을 매끄럽게 주행하는 장면이 나왔다.

"그 정도면 뭐."

"그치? 명의 제공자이자 세상에 둘도 없는 브라더인데. 와, 나 어떡하지. 엄마 차로 미리 연수라도 받아 놔야겠다."

중간광고가 나오는 내내 보람은 환호성을 질렀고 우람은 녹화 당일의 기억을 되새겼다. 정체를 암시하는 비언어적 행동을 보이진 않았던가. 저도 모르게 '여자 같은' 행동을 하는 순간이 카메라에 포착되지는 않았을지 걱정이었다. 반쯤은 장난처럼, 반쯤은 오기로 출전은 해 버렸지만 위로 올라갈수록 위험한 상황이 많아질 터였다. 카메라 안에 담기는 인원이 500에서 100으로, 100에서 50으로, 50에서 또 한 자릿수로 줄어들면 우람의 얼굴이 클로즈업되고 우람의 목소리가 크게 들릴 확률이 높아질 테니까. 우람이 벌써 그런 것까지 염두에 두는 까닭은, 적어도 실력으로는 누구에게도 밀릴 자신이 없기 때문이었다. 설령 프로젝트 브이 기체 설계를 맡은 이들이, 예를 들어 김 교수 같은 사람이 대회에 직접 출전한다고 해도 자신보다 뛰어난 성과를 보이지는 못하리라고, 우람은 담담하게 생각했다. 기체 조종은 신체 조작 능력과 지적 활동이 공조를 이룰수록 높은 시너지를 내니까.

"시작한다."

다시 스튜디오에 앉아 있는 김 박사와 진행자가 시청자들을 맞았다.

"어떻게 보고 계신가요, 박사님?"

"저는 미리 정보를 받아 두긴 했는데요, 정답률과 응답자 전체 평균 점수 같은 사항이 정리된 문서 말이에요. 제가 기대한 것보다 평균 점수가 높았어요. 방금 나온 문제들의 경우에는 프로젝트 브이 홈페이지만 꼼꼼히 보아도 정답을 알 수 있지만, 현장에서는 거대로봇이나 최신 로봇공학에 대한 문항도 많이 출제되었거든요. 그런데도 점수가 이렇게 높게 나왔다는 것은 역시 거대로봇 분야에 우리나라 청년들의 관심이 뜨겁다는 의미겠지요?"

"와, 너도 긴장 좀 타야겠다."

보람이 강냉이를 오독오독 씹으며 얄밉게 끼어들었다. 우람은 별다른 반응을 하지 않았다.

"이제 체력 테스트 현장을 화면으로 만나 보실 텐데요, 어휴, 저는 상상도 못 했어요."

"무엇을요?"

"간단해 보이는 테스트인데 따라 할 엄두는 안 나더라고요. 혹시 박사님이 고안하신 테스트인가요?"

"하하, 설마요. 저는 로봇공학 전문가지 체육학 박사가 아니니까요. 저는 악력, 유연성, 지구력 등 필수 검증 항목만 꼽았고 테스트 설계는 다른 전문가들이 맡아 주신 것으로 알고 있습니다."

"네, 계속 강조해 드렸듯 이날 본선 진출자 선발을 위해 모였던 500명의 참가자들은 평균 태권도 1.87단에 이르는 건장한 청년들인데요. 다시 한번 현장으로 찾아가 보겠습니다."

"함께 보시죠."

"김영만 교수님 함께 보시죠 멘트에 맛 들이신 것 같네. 방송인 다 되셨네."

보람이 농담을 던졌지만, 우람은 대꾸하지 않았다.

"필기 테스트를 마친 참가자 여러분, 수고 많으셨습니다! 곧바로 체력 테스트를 진행할 텐데요, 안전사고를 예방하기 위해 제자리에서 가볍게 몸을 풀어 주세요."

다시 테스트 현장으로 넘어간 화면 안에서 진행자는 한층 더 밝은 목소리로 외쳤다. 시범 삼아 몸 옆으로 굽히기 동작을 선보이기도 했다. 장난스러운 이모티콘 자막이 분위기를 돋우었다.

"그럼 첫 번째 항목, 악력 테스트부터 시작하겠습니다. 스마트비퍼를 손에 쥐고 홀로그램 화면의 안내를 따라 주세요."

'악력 테스트'라는 자막에 이어 예시 이미지와 진행 방식 설명이 떠올랐다. 예시 이미지는 알아보기 쉽게 스마트비퍼를 손에 든 사람과 스마트비퍼를 꽉 쥔 주먹 두 컷으로 이루어져 있었고 설명 또한 간단했다.

1. 주로 사용하는 손으로 스마트비퍼를 쥐고 힘을 꾹 주세요.
2. 스마트비퍼 화면에 측정된 악력이 킬로그램(㎏) 단위로 나타

납니다.

　3. 스마트비퍼를 양손으로 쥐면 안 됩니다. 손목을 다른 손으로 감싸는 것은 가능합니다.

"기계 부서지면 물어내야 합니까!"

가운뎃줄 오른편에 서 있던 누군가가 손을 들고 우렁차게 외쳤다. 무대 쪽에 서 있던 카메라가 재빠르게 그를 클로즈업해 시청자들 앞으로 끌어냈다. 키는 그리 크지 않았지만 옷 위로 알찬 근육이 드러나 보이는 운동선수 타입의 참가자였다. 다른 참가자들이 와하하 웃는 소리가 그의 뒤에서 공허하게 울렸다. 현장 상황 화면 아래 작게 분할된 스튜디오 화면에서 김 박사가 고개를 절레절레 저었다.

"안 부서집니다. 그 정도 악력이라면 자동차를 손으로도 구길 수 있을 거예요. 그런 사람이 로봇을 왜 탑니까. 본인이 로봇이나 다름없는데."

현장에서 진행자도 비슷한 취지로 답하고 있었다.

"절대 부서지지 않으니 걱정하지 말고 힘주세요. 그럼 시작하겠습니다!"

무대 위 홀로그램 자막이 3, 2, 1을 출력한 뒤 '힘을 주세요'라고 바뀌었다. 기계가 부서지지 않겠느냐고 물었던 참가자로 시작해 여러 참가자의 얼굴이 번갈아 화면에 클로즈업되었다. 우스꽝스럽게 붉어지거나 눈알이 튀어나올 것 같은 얼굴들이 있는가 하면 '그 남자' 오진영처럼 우아하게 고뇌하는 듯한 얼굴도 있었다. 한껏 찌푸렸으나 어딘가 귀엽게 보이는 연예인 참가자 신어진의 얼굴도 화면을 스쳤다.

"와 씨, 힘주는 얼굴들 내가 다 창피하다. 여기서는 너 안 나오면 좋겠다."

"왜?"

"똥 싸는 얼굴 전 국민한테 보여 줄 순 없잖아. 네 얼굴이 내 얼굴인데."

보람의 소망대로 우람의 얼굴이 클로즈업되는 일 없이 악력 테스트가 끝났다. 무대 화면에 '최고기록 98킬로그램'이라는 자막이 떴고 스마트비퍼로 추적해 낸 최고기록자의 얼굴이 곧바로 클로즈업되었다. 비교적 평범한 생김새의 해당 참가자는 스스로도 놀란 듯 눈을 크게 뜨며 입을 가렸다. 진행자가 계속 무대에 있어야 했기 때문인지 따로 인터뷰가 이어지지는 않았지만, 방송 화면에는 그의 프로필이 자막으로 간략하게 나왔다. 노석종 30세, 자영업. 전(前) 공군 파일럿.

"아까 그 사람 아니네. 민망하겠다."

보람이 키들키들 얄밉게 웃는 사이 '최저기록 44킬로그램'이라는 문구가 화면에 떠올랐다. 다행이라고 해야 할까, 최저기록자가 화면을 장식하는 일은 없었다. 그 대신 최저기록자의 얼굴이 공개되는 상황을 예상한 참가자들이 서로를 둘러보는 장면이 나왔다.

"야, 저거 설마 너 아니지?"

"나 52킬로그램 나왔어."

"52면…… 아주 낮진 않지만, 최고기록에 비하면 거의 절반이네."

보람이 강냉이 대신 엄지손톱을 입에 물며 중얼거렸다.

"하긴 100킬로그램 가까이 나온 게 더 이상한 거겠지, 나머지도 대부분 너랑 비슷하게 나오지 않았을까. 100킬로그램이면 프로 운동선수급인데."

"손목 쥐고 하는 거랑 안 쥐고 하는 거 기록, 유의미하게 차이 날걸. 운동선수들 정식으로 악력 측정할 때는 순수한 한 손 악력만 잴 거고."

"그래도 다른 사람들이랑 별 차이 안 나겠지?"

"그건 모르지."

최저는 아니리란 건 우람도 예상했다. 성별에 따른 근력 차이가 있다 해도 어쨌든 펜치와 렌치로 단련된 기계공의 손이었으니까. 평소 체력적으로 뒤처진다 느낀 적도 없었다. 다만 수치로 줄을 세우는 상황에서는 중간값 이상을 찍기 어렵겠다고 짐작했다.

"너 필기 만점이겠지? 체력에서 좀 처져도 100등 안에는 들겠지?"

"글쎄."

"불안하게 왜 그러냐, 너."

"혹시 스마트비퍼 망가뜨린 분은 안 계시죠?"

진행자가 현장에서 농담조로 던진 말에 스튜디오에 앉아 있는 김 박사가 웃으며 답했다.

"악력이 500킬로그램은 나와야 합니다."

"다음 테스트 바로 진행하겠습니다!"

진행자의 말에 무대 화면에 또 새로운 자막이 떠올랐다. '몸 굽혔다 펴기 반복하기'. 악력 테스트 때와 마찬가지로 예시 그림과 문자 안내가 함께 제공되었다.

1. 스마트비퍼에 자신의 신장을 입력하세요.

2. 다리를 곧게 편 상태에서 몸을 굽혀 스마트비퍼가 지면에 닿게 합니다.

3. 몸을 완전히 편 채로 만세를 합니다. 100초간 반복해 횟수를 잽니다.

3, 2, 1, 시작.

"저거 진짜 힘들었는데."

우람이 중얼거렸고 스튜디오 화면 속에서 김 박사도 고개를 저었다.

"집에서 따라 해 보면 아시겠지만, 이 동작이 처음엔 쉬운 것 같아도 점점 어려워집니다. 유연성과 근지구력이 모두 필요하거든요."

"네, 저도 현장에서 시험 삼아 해 봤는데 서른 번이 넘어 가니까 허벅지가 너무 땅겨서 더는 못 하겠더라고요. 시간은 30초 넘게 남아 있었는데도 말이에요."

"서른 번이라고요? 어유, 제 나이에는 스무 번 넘기기도 벅 찹니다."

아무래도 그렇겠지. 나이가 어릴수록 유리해. 유연성과 근 지구력을 한마디로 말하면 신체 나이 그 자체니까. 물론 실제 나이와 신체 나이가 일치하리라는 보장은 없지만. 우람은 보 람이 팽개친 강냉이 봉투를 제 앞으로 끌어와 입에 한 움큼 욱여넣으며 생각했다. 악력 테스트와 달리 여성이라고 유리할 것도 불리한 것도 없는 종목이었다. 자기 상체를 반복해서 내 려놓았다가 들어 올리는 것뿐이니까. 그 이상의 부하는 주어 지지 않으니까.

젊은이 500명이 일제히 몸을 굽혔다 펴는 장면은 장관이 었다. 적어도 처음에는 그랬다. 초반 3회까지는 대부분이 몸 을 구부렸다 펴는 속도가 거의 일치했고 그래서 드론 카메라 로 촬영한 화면이 마치 인간이 피어나는 꽃밭처럼 보일 지경 이었다.

"나도 해 볼까."

보람이 벌떡 일어나 휴대폰으로 바닥을 치고 만세를 부르 는 동작을 다섯 차례 정도 반복한 다음 도로 자리에 앉았다.

"보기보다 사람이 할 짓이 못 되네, 이거."

당일에 우람은 방송국에서 나눠 준 스마트비퍼를 지면에 스친 다음 팔을 얼마나 들어야 동작이 1회로 인정되는지 확인하느라 초반 동작이 남들보다 조금 느렸다. 팔꿈치가 눈높이까지 올라오면 비퍼에 표시되는 숫자가 바뀌는 것으로 보아 입력한 신장의 값보다 10~15센티미터 정도 더 올라가면 비퍼의 센서가 반응하는 것으로 추정되었다. 그래서 키를 입력하라고 했구나. 신장 172인 나와 대충 180은 되어 보이는 옆 사람의 비퍼 높이 기준이 똑같을 수는 없으니까. 아마 10~15센티미터라는 기준도 대강의 비율, 예를 들어 신장의 1.1배 높이까지 들어 올려야 한다는 기준으로 정해진 거겠지.

"이게 뭐라고 보니까 재밌냐. 근데 너무 저예산이다. 맨몸 운동 시키고 날로 먹네. 돈이 없나, 방송국이?"

"본방송도 아닌데 여기다 예산 써서 뭐 해."

"하긴 그것도 딜레마다. 정식 프로그램에 나갈 100명만 추리면 되는 건데 거기에 돈 쓰기는 애매한 거."

그렇지만 이것도 방송은 방송이라 볼거리가 있어야 한다는 게 또 다른 딜레마겠지. 고통스러워하는 참가자들의 표정이 클로즈업되었다. 테스트 시작 1분을 넘길 즈음 몇몇 참가자가 배나 겨드랑이에 손을 얹은 채 주저앉았다. 꾸준하고 흔들림 없는 자세로 동작을 지속해 가는 참가자는 몇 없었고 카운트다운 10초를 남겨 둔 상황부터는 그들이 클로즈업 화면을 독식했다.

"아, 이거 보다 보니까 슬로 버피 축소판 같기도 하다. 힘든 게 당연하겠네."

무대 화면에 뜬 최고기록은 52회였다.

"와, 미친 새끼네."

보람이 무심코 내뱉었다. 우람이 물끄러미 쳐다보자 보람은 서둘러 덧붙였다.

"물론 좋은 뜻. 체력이 미쳤다는 뜻."

누가 뭐라고 했나. 우람은 화면에 뜰 최고기록자의 얼굴, 이미 알고 있는 얼굴을 기다리며 생각했다. 김정훈, 23세, 전자 제품 판매원. 서글서글한 인상에 우람과 비슷한 체격을 지닌 그는, 테스트 직전 우람을 비롯한 주변 사람들에게 파이팅을 건넸으나 무시당했던 우람의 바로 옆자리 참가자였다.

'최저기록 20회'라는 자막이 뜨면서 김정훈의 얼굴이 화면에서 지워졌으나 우람은 계속 김정훈에 대해 생각했다. 안 그래도 인상이 좋은 편이면서 자기가 정말 좋은 사람임을 어필하지 못해 안달 난 것 같은 그의 모습이 우람은 조금 부담스러웠다. 갑자기 인사를 건네질 않나, 악력 테스트 최고기록자에게 보내는 박수를 유도하질 않나. 그런 그의 파이팅에 응답하지 못한 것은 고의적으로 무시해서가 아니라 단순히 타이밍이 어긋나서일 뿐이었지만, 우람은 그에게 뭔가 미묘하고도 사소한 빚을 진 듯한 느낌에 내내 불편했다. 그 느낌은 그가 몸 굽혔다 펴기에 응시하는 태도를 보면서 더욱 커졌다.

"야. 야."

"어?"

"무슨 생각 해? 너 몇 번 했냐고 저거."

"38회."

"낮진 않네."

"괜찮은 편이지."

횟수로만 따지면 실로 괜찮은 성적이라고 우람은 스스럼없이 자부할 수 있었다. 하지만 스마트비퍼가 반응하는 높이까지만 팔을 드는 식으로, 즉 시험 조건이 요구하는 한도만 정확하게 넘기면서 체력을 아낀 것치고는 대단한 성적이 못 되었다. 반면 김정훈의 자세는 줄곧 정확하고 절도 있었다. 하나! 둘! 셋! 테스트 시간 100초 동안, 대략 2초당 1회씩 그가 외치는 구령은 주변 사람들의 기를 죽였다. 자신의 기록이 30회를 넘길 즈음 별생각 없이 김정훈 쪽을 보았던 우람도 그만 와 미친 새끼다 하고 생각할 수밖에 없었다. 37! 38! 흔들림 없이 정확하게 구령을 넣는 그의 눈에는 눈물이 그렁그렁했고 핏발선 이마에는 땀이 송골송골 맺혀 있었다. 뭐랄까, 드라마 주인공 같은 느낌……. 역경과 고난에 지지 않으려는 비현실적인 캐릭터를 현실에서 보고 있는 듯한. 그것이 김정훈에 대한 우람의 인상이었다.

"여러분, 많이 힘드셨죠. 잠깐 쉬어 갑시다."

무대 화면에 뜬금없이 모습을 드러낸 이는 김 박사였다. 녹

화 영상으로 등장한 자신을 보는 게 쑥스러운 듯, 스튜디오에
앉아 있는 김 박사가 웃었다. 무대 화면 속 김 박사는 어린아
이들에게 반갑게 인사하듯 양손을 활짝 펼쳐 흔들었다.

"안녕하십니까. 로봇 만드는 김 박사, 김영만입니다. 머리
쓰랴 몸 쓰랴 고된 테스트에 임해 주신 여러분께 감사와 응원
의 인사를 드립니다. 높은 점수를 기록하신 출전자분들 축하
합니다. 낮은 점수를 기록하신 분들도 너무 실망하지 말라는
말씀 드리고 싶어요. 왜냐하면 제가 로봇을 만드는 이유가 그
거거든요. 극단적으로 말해 오늘 같은 체력 테스트에서 전체
빵점을 받을 수밖에 없는 사람이어도 로봇에 탑승할 수 있습
니다. 그런 분들이야말로 로봇이 필요하고요. 로봇은 인간 능
력의 한계를 연장하는 역할을 할 뿐, 인간을 주눅 들게 하기
위한 존재가 아닙니다."

로봇에 접근하는 이와 같은 기본 태도는 김 박사가 강의
때마다 강조하는 부분이었고, 우람과 보람 모두 김 박사가 그
태도를 실천하고 있는 산증인이라는 사실을 잘 알았다. 스튜
디오 탁상 뒤에 있어 보이지 않는 데다 긴 바지에 감싸인 김
박사의 한쪽 다리는 그의 연구팀에서 개발한 의족이었다. 매
일 캠퍼스를 한 바퀴씩 산책하는 김 박사의 습관에는 직접 만
든 로봇 다리의 성능을 자랑하려는 목적도 있었다.

"잘난 사람이 아니라 우리나라에서 선보이는 최초의 거대
로봇과 잘 어울리는 파일럿을 뽑는 대회라는 것만 기억해 주

세요. 물론 단 한 사람만 그 자리를 차지할 수 있기 때문에 등수를 가릴 수밖에 없다는 점은 아쉽지만, 여러분 모두는 이미 The first HUN의 자격이 있습니다."

박수가 나오리라 예상했는지 녹화 영상 속 김 박사는 잠시 숨을 골랐지만, 막상 박수 소리는 그리 크지 않았다. 스튜디오의 김 박사는 그 반응이 조금 민망한 듯 보였다.

"체력 테스트 마지막 종목을 안내해 드리기에 앞서 힌트를 하나 드릴게요. 창의적인 접근법만 있다면 신체 역량을 뛰어넘어 로봇을 더욱 잘 활용할 수 있습니다."

'만보기 챌린지'라는 자막이 화면에 떴다. 김 박사가 3분할 화면 속에서 반복 동작으로 시범을 보이고 있었다. 제자리 뜀뛰기, 주먹 쥐고 흔들기, 팔 벌려 높이뛰기. 시범 화면 위로 김 박사의 안내 음성이 흘렀다.

"제한 시간 100초 동안 스마트비퍼를 최대한 여러 번 흔듭니다. 동작은 각자 자유롭게 선택해도 됩니다. 단, 자기 구역을 벗어나서는 안 됩니다."

설명은 그게 다였다. 무릎을 껴안고 주저앉은 채 김 박사의 따뜻한 인사말을 들으며 몸 굽혔다 펴기의 후폭풍을 다스리던 참가자들은 곧장 시작된 카운트다운에 혼비백산하며 자리에서 일어났다. 참가자 대부분은 김 박사가 선보인 동작을 조금 더 빠르게 수행하는 쪽을 택했다. 우람의 옆자리, 김정훈의 선택은 팔다리를 비교적 좁게 펴는 팔 벌려 뛰기였다. 스마트비퍼를 입에 물고 머리를 흔드는 참가자, 저글링 하듯 공중으로 던졌다 받는 참가자 등 다소 이색적인 동작을 연출하는 이들도 화면에 잡혔다. 이윽고 우람의 모습이 클로즈업되었다.

"아니, 박사님. 저렇게 해도 되는 건가요?"

김 박사와 함께 스튜디오에 앉아 있던 진행자는 당일 녹화 현장 상황을 누구보다도 잘 알면서도 짐짓 놀란 듯이 물었고 김 박사는 껄껄 웃었다.

"수행 동작을 특별히 제한하지 않았으니 물론 되고말고요. 저는 저런 것을 '공학적 접근'이라고 부릅니다."

화면 속의 우람은 후드티 조임 끈을 뽑아 묶은 스마트비퍼를 빙빙 돌리고 있었다.

제한 시간을 무려 30초나 써서 끈에 묶은 우람의 스마트비퍼는 누구보다도 빠른 속도로 기록을 올렸다. 우람의 주변 참가자들은 바쁘게 몸을 흔드는 와중에도 믿을 수 없다는 듯 우람을 보다가 문득 자신에게도 스마트비퍼를 묶을 끈이 없는지 뒤지기 시작했다. 애써 운동화 끈을 뽑다가 시간 낭비라는 것을 깨달은 한 참가자가 손에 스마트비퍼를 쥐고 팔을 붕붕 돌리기 시작했다. 조금 지나자 팔 돌리기로 카운트를 올리는 유행이 점차 번져 갔다. 팔을 세게 돌리다 스마트비퍼를 놓치는 이들도 허다했다.

"저것도 괜찮은 작전처럼 보이는데요."

"그렇죠. 하지만 끈으로 묶으면 손목에 약간 스냅을 주는 것만으로 빠른 회전을 만들 수 있는데 팔을 직접 돌리면 속도 자체가 도구를 쓸 때보다는 느려요. 게다가 관절과 근육이 금세 지치지요. 보세요."

김 박사의 말처럼 팔 돌리기 작전을 택한 참가자 대부분이 피로감을 느낀 듯 반대쪽 손으로 어깨를 주물렀고 팔이 돌아가는 속도도 현저히 느려졌다. 10, 9, 8……

"3, 2, 1! 끝났습니다!"

진행자의 종료 선언과 함께 몇몇 참가자가 나동그라졌다. 우람은 처음부터 끝까지 팔 좁게 벌려 뛰기만을 반복한 김정훈이 자기 쪽을 보고 있는 것을 의식했다.

"아, 놀랍습니다! 최고 기록자의 기록 횟수가 2위와 무려 150회 이상 차이가 납니다."

최고기록 541회라는 자막이 무대를 장식한 후 우람의 얼굴이 클로즈업되었다. 김보람, 23세, 학생. 최고기록을 이미 예상하고 있던 우람에게도 541회는 다소 놀라운 수치였지만, 우람보다는 주변 사람들이 더욱 동요하고 있었다. 김정훈이 감탄한 듯 손뼉을 쳤지만 아무도 호응하지 않았다.

"와, 내 이름 나왔다!"

보람이 일어나 손을 모아 공중에 대고 흔들며 세리머니를 했다. 오늘 모두 수고 많았다는 진행자의 정리 멘트에 이어 스튜디오 화면으로 완전히 바뀐 방송 화면 하단에는 '곧 본선 진출자 최종 100인의 순위가 공개됩니다'라는 자막이 떴다.

필기 테스트는 최상위권일 테고. 체력 테스트 세 종목 중 두 종목 하위권, 한 종목 1등을 했으니까 무난하게 100인 안에 들겠지. 우람은 그런 생각을 하며 강냉이 봉투를 묶었다.

"방금 마지막 종목에서 1등을 차지한 참가자를 주목해 주세요."

우람과 보람 모두 응? 하며 티브이 화면에 집중했다. 진행자가 던진 의미심장한 말과 함께 본선 진출자 명단 공개 카운트다운이 시작된 참이었다.

3, 2, 1. 제일 먼저 공개된 것은 91위부터 100위까지 열 명의 프로필사진이 담긴 화면이었다. 3, 4초 정도 송출된 화면 속에서 우람은 어렵지 않게 김정훈을 찾아냈다. 다섯 명씩 두 줄로 나온 사진들 가운데 김정훈의 얼굴은 두 번째 줄 오른쪽 끝에 있었다. 정확히 100위. 미묘하네. 98위부터 31위까지의 명단은 그런 식으로 빠르게 지나갔고, 30위부터 6위까지는 다섯 명씩 얼굴이 공개됐다.

"내 얼굴 언제 나오냐."

보람이 초조한 기색으로 말했다. 5위부터는 한 사람이 한 컷을 독차지했다. 4위 '그 남자' 오진영. 3위, 2위. 아니, 대체 언제 나오냐고. 이미 우람의 순위를 직감하고 있으면서도 보람은 안절부절못했다. 마침내 1위, 우람의 사진이 공개된 순간, 보람과 우람은 동시에 이마를 짚었다.

"고등학교 때 급성 혈액암을 앓았어요. 원래 운동을 좋아하지 않았지만, 몸이 낫고 나니 건강해지고 싶다는 생각이 간절히 들더라고요. 지금은 적어도 제 또래 보통만큼의 체력은 되는 것 같아요. 아주 뛰어나진 못하더라도 조금씩 더 발전해 가는 모습을 보여 드리려고 합니다."

'난치병을 극복한 기적의 지원자 김보람, 최종 1위 본선 진출 확정'이라는 자막과 함께, 며칠 전 프로젝트 브이 막내 작가라는 사람한테 전화를 받고 했던 말이 정식 인터뷰처럼 나오고 있었다. 체력적 한계에 대한 질문을 받고 보람과 우람이 말을 맞춰 가며 만들어 낸 그 답변은 당연히, 동시에 막연히, 1위와는 거리가 먼 순위를 예상하며 한 말이었다. 한술 더 떠 그때 막내 작가의 요청에 따라 보내 준 보람의 어린 시절 사진들이 아련하게 화면을 장식하고 있었다. 도복 입고 품새를 선보이는 모습, 자전거 헬멧을 쓰고 복숭아를 먹는 모습, 앞니 빠진 입으로 폭소하는 모습. 본선 진출자 모두에게 요구하는 것인 줄 알고 순순히 보낸, 우람과 닮게 나온 보람의 사진들이었다.

"아…… 어떡하냐."

보람이 넋 나간 얼굴로 중얼거렸다.

"진짜 난놈이다, 김우람. 잘난 걸 도대체 숨길 수가 없네."

쉴 새 없이 진동하며 메시지 알림을 밀어 올리는 휴대폰을 우람에게 건네며 보람이 고개를 저었다. 티브이 화면 속 진행자가 명랑하고 활기찬 목소리로 말하고 있었다.

"한 달 뒤 다시 찾아올 프로젝트 브이, 본방송에서는 The first HUN의 후보생들 합숙 훈련 과정을 전하며 찾아뵙겠습니다. 대한민국 최초 거대기체의 첫 번째 파일럿을 찾는 대국민 오디션 프로젝트 브이, 국민 여러분의 많은 관심과 성원 부탁드립니다!"

4장

안 불쾌한 골짜기
UN-UNCANNY VALLEY

5월 첫 월요일, 서빙고역 1번 출구 9시 집결. 또래 젊은이들이 주변을 서성이고 있었다. 집결 마감 시간 24분 전. 우람은 자기 것 대신 들고 온 보람의 휴대폰 화면을 껐다 켰다 하면서 미묘한 초조감을 달래려 애썼다.

괜찮아, 일단 휴대폰은 압수할 테지만 소지품 검사 같은 건 안 할걸, 요즘 세상이 어떤 세상인데? 짐을 챙기는 내내 보람이 없었던 참견이 뒤늦게나마 도움이 됐다. 야, 막말로 거기서 담배를 피우든 전자마약을 하든 걔네는 몰라, 브라자 좀 챙겨 가는 게 뭐 어때서.

아닌 게 아니라 우람은 초압박형 트레이닝 브래지어를 챙겨 갈지 말지 고민했다. 평소 브래지어를 잘 하지 않는 편이지만 방송에 나갈 것을 고려하면 착용하는 편이 나을 것도 같은

데, 한편으로는 브래지어 끈 때문에 정체를 의심받을 가능성도 있으니까. 챙기기 싫으면 말고, 솔직히 너 그냥 카메라 앞에서 막 옷 갈아입어도 갑바가 좀 큰가 보다 할 걸, 보람은 안 해도 되었을 마지막 말 때문에 결국 우람에게 엉덩이를 걷어차였다. 그렇게 아옹다옹하며 챙긴 짐 가방 속에서는 보람의 옷과 우람의 속옷이 기묘하게 대치 중이었는데, 그중 두 점이 트레이닝 브래지어였다.

살구색 심리스 초압박 트레이닝 브래지어. 땀이 비 오듯 쏟아질 격렬한 훈련 상황을 가정해도 마음이 놓이는, 항공 특급 우송료까지 내 가며 갖춘 비장의 무기. 동시에 어마어마한 애물단지이기도 한 것들. 소지품 검사를 통과한 이후에도 세탁 때문에 내내 골머리를 앓을 테니까. 아주 잠시, 정말 조금, 억울하다는 느낌을 우람은 품었다. 오롯이 시험에만 신경을 집중하면 되는 다른 출전자들보다 핸디캡을 하나 더 안고 있다는 것이 조금은, 잠깐은 억울했다.

뭐 그래도 규칙 어긴 건 나고, 이런 것 저런 것 다 감수할 각오로 출전하지 않았나. 쓸데없는 생각들을 접어 휴대폰과 함께 주머니에 넣으며 우람은 돌아섰다. 얼마나 모였는지 주변을 다시 둘러볼 작정이었다.

"김보람 씨 맞죠?"

절묘한 타이밍에 말을 건넨 것은 바로 뒤에 서 있던 여성이었다. 얇고 동그란 금속 테 안경 너머로 쌍꺼풀 없는 큰 눈이 반짝반짝 빛나고 있었다.

"아, 네."

우람은 목소리를 의식적으로 낮추었다. 자기 말고 다른 젊은 여성이 또 있으리라곤 생각지 못했기에 경계심이 높아졌다.

"제가 전화했던 손서진이에요."

"아."

참가자 신상 정보 관련해서 이것저것 여쭤봐도 괜찮겠냐던, 프로젝트 브이의 막내 작가라던, 그 사람이구나. 반갑다고 해야 할까, 왜 그랬냐고 한마디 해야 할까. 우람이 반응을 고민하는 사이 손서진은 방송국 이름과 작가라는 직책이 박힌 명함을 쥐여 주고는 오른손을 내밀었다.

"저번 촬영부터 꼭 가까이에서 뵙고 싶었어요, 앞으로도 기회 많겠지만 미리 인사드리려고요."

"네."

나 아까부터 계속 '아' 하고 '네'라고만 하고 있는 거 맞나? 바보 같아 보이지 않으려나. 아니, 바보 같은 건 둘째 치고, 수상해 보이지는 않을까. 우람은 머릿속으로 계산기를 두드리면서도 손을 내밀어 손서진과 악수를 나누었다. 손서진은 왼손으로 입을 가리며 나직이 말했다.

"이렇게 가까이서 뵙고 보니까……."

벌써 들통난 건 아니겠지. 긴장으로 오른손에서 오른쪽 목에 이르는 근육 줄기가 모조리 뻣뻣하게 굳어 버리는 듯한 감각을 느끼며 우람은 억지웃음을 지었다. 손서진도 웃고 있었다.

"목소리도 정말 좋으세요……."

그렇게 말하고 손서진은 양손으로 얼굴을 가리더니 꺅 탄성을 내질렀다. 목소리'도' 좋다면 뭐가 또 좋단 말이지? 실력 말인가. 아직 뭐 보여 준 것도 없는데. 머쓱해진 우람이 또 아, 네 하며 목덜미를 더듬자 손서진이 또 말을 건넸다.

"휴대폰 같은 개인 기기는 조금 이따가 걷을 거고요. 참가자 100분 모두 집합하면 숙소로 이동할 거예요. 바로 이 앞이에요. 용산 공원 일대에서 쭉 촬영할 건데, 용산 공원이 예전에는 미군기지였거든요. 지원자님들 숙소도 옛날에는 장교생활관이었던 곳이고요. 숙소에도 카메라 설치되어 있으니까 참고하세요."

아, 네…… 감사합니다? 우람이 떨떠름하게 답하자 손서진은 꾸벅 인사하고는 또 꺅 소리를 내며 달아났다. 정보를 얻어서 좋지만 깔끔하게 이해되는 상황은 아니었다. 이런 정보를 100명이나 되는 참가자들에게 작가진이 한 명 한 명 붙어 설명하는 건 아무래도 비효율적인 방식 아닌가. 둘러보니 지원자로 추정되는 젊은이들끼리 삼삼오오 모여 어색하게 인사를 나누는 듯한 장면은 보였으나 프로그램 스태프에게서 뭔가를 전달받는 듯한 상황은 포착할 수 없었다. 그럼 왜지, 왜 나한테만 따로 접근해서 그런 얘기들을 한 거지.

"집결 마감 5분 전입니다!"

커다란 헤드셋을 끼고 V-STAFF라는 글자가 새겨진 티셔츠를 입은 젊은 남자가 손나팔을 한 채 외치고 다녔다. 우람의 눈짐작으로는 스태프를 비롯해 대충 150명은 되는 인원이 역 앞에 모여 있었다.

혹시, 설마…… 벌써 뭔가를 알아차린 건가.

우람은 손서진에게서 건네받은 명함을 주머니에 꽂아 넣으며 가능성을 재 보았다. 만약 손서진 작가가 내게 지원 결격 사유가 있다는 걸 눈치챘다면? 그럼 굳이 왜 나한테 유리할 만한 정보를 미리 알려 준 거지. 눈치채지 못했다면? 더더욱 굳이 왜, 나에게만 그런 이야기를 전달한 거냐고. 합숙 장소 이동 전에 카메라가 이미 설치되어 있음을 안 것은 그 나름대로 소득이었지만, 서바이벌 오디션 형식 프로그램에 출연하는 마당에 아예 예상하지 못한 일까지는 아니었다. 손서진이 전달한 정보는 의미를 부여하기 어려울 만큼 사소했다.

"이동하겠습니다!"

미심쩍은 감정을 완벽히 떨치지 못한 채 지원자들 사이에 섞여 걸으며 우람은 손서진의 말이 정보의 가치보다 발화 자체에 의의가 있음을 알아차렸다. 정보 값보다는 말하고 듣기라는 행위에 목적이 있다는 것. 단순히 나에게 말을 걸고 싶었을 뿐인가. 그러니까, 도대체, 왜?

입소하기 전에 소지품 검사는 없었으나 스마트기기는 자진 제출이란 명목으로 모두 압수당했다. 보람의 예상이 적중한 셈이다. 한편 손서진의 귀띔도 금세 참가자 전원에게 공유되었다.

"어차피 숙소에 아주 치밀하게 카메라를 깔아 놔서 여러분이 뭘 하든 다 발각이 됩니다. 그러니까 소지품 검사는 불필요하고요. 또 어차피 여러분이 받을 훈련이나 테스트가 외부의 도움으로 해낼 수 있는 종류가 아니긴 한데요, 밖에서 안으로 들어오는 말은 상관없지만 안에서 밖으로 나가는 말은 문제가 되거든요. 방송 내용 스포가 될 수 있어서요. 어차피 불이익 될 수 있으니까 미리 좋게 좋게 내놓읍시다. 예?"

조연출이라는 사람이 참가자들을 숙소 건물 앞에 열 명씩 열 줄로 세워 두고 계단 위로 올라가 목에 핏대를 세워 가며 외쳤다. 그가 '어차피'라는 부사를 여러 차례 섞어 전달한 공지에 참가자들이 웃어 댔다.

"저 사람 별명 뭔지 알겠다. 어차피."

우람은 어차피 보람의 것이어서 사용할 생각도 없었던 휴대폰을 순순히 꺼내며 조연출의 별명을 추측한 사람을 돌아보았다. '그 남자'라고 했던가, 오진영이라는 사람. 꽤 뒤쪽에 있는데도 키가 커서 눈에 띄었다. 그리 크지 않은 소리로 던진 농담이 똑똑히 들린 것도 키 때문인가. 조연출도 그 말을 들었을까. 고개를 앞으로 돌리려던 우람은 멀리서 누군가가 손을 든 것을 발견했다.

"그럼 참가자끼리 연애하고 싶으면 어디 숨어서 합니까!"

질문자 주변에서 여러 사람이 웃어 댔다. 조연출을 놀리던 오진영은 그 질문에 정색했다. 어이없어하는 조연출을 대신해 목소리를 높인 것도 그였다.

"하고 싶으면 카메라 앞에서 하세요, 남자끼리는 숨어서 연애해야 한다는 법 있습니까? 2037년도에?"

"……자기도 조금 전까지 조연출분 놀리고 있었으면서 일침 날리는 척."

오진영이 한마디 하고 나서 조용해진 직후였기에 누구 입에서 나온 말인지 모를 그 한마디가 꽤 크게 들렸다.

"방금 말씀하신 분 저랑 개인적으로 대화 좀 하실까요?"

오진영이 또 우렁차게 따졌다. 참가자들끼리 서로 날을 세우는 분위기가 되자 조연출이 나섰다.

"아, 싸우지들 마시고요, 이 텐션 녹화 때나 보여 주시면 좋겠습니다. 질문 나왔으니까 말인데 욕실에는 카메라 없으니까 걱정하지 마시고요. 어차피 한 명 빼고는 다 때 되면 집에 가게 되어 있으니까 불편해도 좀 참아 주시길 바랍니다. 그리고 참고로 제 별명 어차피 맞습니다."

다소 숙연해진 분위기에서 스마트기기 자진 제출과 참가자 비밀 유지 서약서 작성이 이루어졌다.

"숙소는 2인 1실인데요, 방송이랑 홈페이지에서 확인하셨을 예선 통과 순위가 그대로 참가자 고유 번호가 됐고요. 예를 들어 예선 1위였던 김보람 님 001번, 2위였던 정민도 님 002번, 이런 식입니다. 이해되셨어요? 이해 안 되셨어도 어차피 그렇게 갈 거고요. 1번하고 100번 룸메이트, 2번하고 99번 룸메이트, 이렇게 쭉 가서 50번하고 51번 룸메이트. 여기까지 이해 안 되신 분?"

아무도 손을 들지 않자 어차피는 고개를 끄덕였다.

"001번하고 100번부터 두 분씩 문 앞에 붙여 놓은 방 번호 확인하고 들어가시면 됩니다. 어차피 방 앞에도 고유 번호하고 참가자명 적혀 있어서 헷갈리실 일 없을 거고요. 잠깐 쉬고 계시면 건물 내 방송으로 또 공지 나갈 거예요."

줄 가운데에 서 있던 우람이 앞으로 나아가려 하자 참가자들이 움직여 길을 내주었다. 대열 맨 앞에 있던 100번 김정훈은 이미 문 앞에서 우람을 기다리고 있었다. 전반적으로 뭐랄까…… 중학교 때 갔던 과학 영재 캠프 같군. 우람은 김정훈과 함께 숙소로 들어서며 생각했다. 김정훈이 어린애처럼 감탄했다.

"와. 침대 좋다."

우람과 김정훈의 방은 입구에서 가장 가까웠다. 전반적인 꾸밈새는 소박한 비즈니스호텔 트윈베드룸 같았고 생각보다 넓었다. 원래 장교 숙소였다는 점을 감안하면 1인실이었을 텐데. 우람은 김정훈이 오른쪽 침대 옆에 짐을 내려놓는 것을 보며 생각했다.

"앗, 죄송합니다. 저 이런 좋은 방 쓰는 게 처음이라. 어느 쪽 침대가 편하신지 먼저 물어봤어야 했는데."

우람은 김정훈의 말에 손사래를 치며 왼쪽 침대에 앉았다.

"편하실 대로."

저음으로 짤막하게 대꾸하는 자기 목소리가 정말로 보람의 것 같아서 우람은 어색해졌다. 본인 때문에 우람의 표정이 어색해졌다고 생각했는지 김정훈은 양 주먹을 불끈 쥐며 말했다.

"보람 씨랑 같은 방을 쓰게 되어 영광입니다."

"영광씩이나."

"진심으로."

"그럼 저도."

어색하기 짝이 없는 대화가 끊어질 듯 이어지던 참에 김정훈이 별안간 바닥에 넙죽 엎드렸다. 뭐지, 이 사람. 마치 절을 하려는 듯 엎드린 그를 보고 우람은 당황했으나, 김정훈은 곧 자기 침대에 다리를 올리고 손으로 바닥을 짚은 채 팔굽혀펴기를 시작했다. 하나, 둘, 셋, 넷. 빠르게 스무 번. 뭐지 진짜 이 사람, 우람은 김정훈을 의식하지 않으려 애썼으나 자꾸 시선이 그쪽을 향했다. 팔굽혀펴기 한 세트를 마친 김정훈이 용수철처럼 탄력 있게 일어났다.

"너무 긴장되어서요."

"아, 네."

"보람 씨, 저랑 동갑으로 알고 있는데."

"아, 네."

"말 놓으실래요? 앞으로 같은 방 쓸 텐데, 처음에 친해져 두지 않으면 앞으로 쭉 어색할 것 같아서."

"아, 응."

둘 중 한 명이 1~2주 안에 떨어질 가능성은 생각도 안 하는 건가. 방 곳곳에 설치되어 있는 카메라를 의식하며 독특한 캐릭터를 구축하려는 중인가. 우람은 합숙 훈련 입소 전 보람이 입이 마르고 닳도록 가르쳐 준 캐릭터론을 되새겼다. 방송은 무조건 캐릭터다. 특! 히! 오디션 프로그램은 처음부터 끝까지 캐릭터다. 우람이 너는 날 닮아서 가만히만 있어도 캐릭터 생기게 되어 있지만 조심해야 한다. 널 이용해서 자기 서사 만들고 네 주변에서 주목받으려는 놈들을 주의해라. 그놈들한테 카메라 뺏기지 마라. 아, 아니다. 오히려 적당히 시선 분산시키는 게 너한테는 유리할 수도? 모르겠다, 그냥 네 맘 가는 대로 해라. 자가당착에 빠져 아무 말이나 하던 보람을 생각하자 웃음이 조금 났다.

"앞으로 잘해 보자!"

오래된 청춘드라마 주인공처럼 김정훈은 힘차게 악수를 청했고 우람은 응할 수밖에 없었다.

마이크 테스트. 마이크 테스트. 아, 아, 하나 둘 셋 하나 둘 셋. 프로젝트 브이 훈련생 여러분 안녕하세요. 총연출자 심송호 피디입니다. 들리십니까.

김정훈이 네! 하고 소리 높여 대답했다. 이웃한 방에서도 동시에 네! 하는 답들이 튀어나와 온 건물이 울리는 듯했다. 긴 마이크 테스트에 비해 공지는 단순했다.

호명하는 훈련생 로비로 내려와 주시기 바랍니다. 001번 김보람 훈련생.

"파이팅."

김정훈이 또다시 주먹을 쥐어 보이며 힘차게 말했고 우람은 그냥 고개를 끄덕이며 방을 나섰다.

로비에는 면접을 연상시키는 세트가 마련되어 있었다. 존재감 있는 방송 촬영용 카메라가 다섯 대, 사방에 놓인 조명을 제외해도 평범한 면접이라고 볼 수는 없을 듯했다. 세 명의 면접관 가운데 한 명은 프로젝트 브이 파일럿 프로그램부터 진행을 맡아 온 아나운서였고, 또 한 명은 방금 우람을 밖으로 불러낸 총연출자였으며, 나머지 한 명은 유명한 정신과 의사였다. 지하철역 광고판으로 자기 얼굴이 박힌 저서를 광고하는 사람이어서 티브이 프로그램에 별 관심이 없는 우람에게도 그의 얼굴은 익숙했다.

딱히 의학적 효력을 알 수 없는 짧은 면담이 끝난 후 우람이 방으로 돌아가자 침대에 걸터앉아 있던 김정훈이 벌떡 일어났다.

"뭐였어?"

"파일럿 훈련생 정신감정?"

"그게 뭔데?"

"대충 뭐…… 꿈이 뭔지, 왜 이 프로그램에 출연하고 싶었는지 물어보던데."

"가르쳐 줘서 고마워."

김정훈은 턱을 어루만지며 골똘한 생각에 잠겨 드는 듯했다. 그게 대답을 고민할 만한 질문인가. 정신감정이라곤 하지만 의사는 거의 참관만 하고 진행자와 연출자만 뭐라 뭐라 하던데.

"너는 뭐라고 했어?"

"꿈은 거대로봇 기체 파일럿이 되는 것. 출연 계기는 그걸 대한민국 최초로 이룰 수 있는 절호의 기회라서."

"완전 모범 답안이네."

"너라면 뭐라고 답할 것 같은데?"

"꿈은…… 사실 잘 모르겠어. 나 고졸이고 집이 어려워서 취업도 곧바로 했거든. 언젠가 좀 더 나은 일 하고 싶어서 자기계발도 꽤 열심히 하고 있지만 내가 뭘 할 수 있는지 잘 몰라. 여기 나온 것도 내까짓 게 우승할 거란 생각을 해서는 아니야. 그보다는 내가 어떤 놈인지 알고 싶어서인 것 같아. 어디까지 할 수 있는 놈인지."

"그냥 그대로 말하면 되겠는데."

"너무, 그 뭐냐, 볼품없지 않을까? 비루하달까. 목표 의식이 없어 보이기도 하고."

"거짓말이 아닌 게 더 중요할걸. 시청자들은 나보단 너처럼 말하는 사람을 좋아할 거고."

그렇다고 내 대답이 진심이 아닌 건 아니지만. 우람은 진심으로 그렇게 생각했다. 지금까지 내가 받은 교육과 쌓은 경험들은 바로 지금을 위한 거라고 해도 과언이 아니야. 그래서 '완전 모범 답안'인 내 답변은 다른 말로 대체될 수가 없어. 그렇지만 시청자들은 김정훈 같은 사람이 진솔하다고 생각하겠지. 진정성 있는 사람이라서 그렇기도 하지만, 거대로봇 파일럿이 되는 미래를 한 번도 그려 보지 않은 자기 자신을 대입하기도 훨씬 수월하니까. 우람은 일련의 분석에 승리감도 패배감도 느끼지 않았다. 그냥 그런 것이라고 생각했다. 진심으로.

"아, 그건 그렇고. 나 화장실에서 옷 갈아입어도 될까."

"화장실에서?"

우람은 본인이 내심 걱정하던 일에 대해 김정훈이 먼저 양해를 구하자 조금 놀라며 되물었다.

"아니, 여기서 옷 갈아입으면 놀랄까 봐."

"어…… 남자끼린데 뭐 어때?"

진짜 남자라면 이럴 때 어떻게 답할지, 진짜 남자까지 갈 것 없이 적어도 보람이라면 뭐라고 반응했을지 상상하며 우람은 어색하게 말했다.

"혹시 이상하게 생각할까 봐 물어본 거야. 나 등에 문신 있어서."

우람은 남의 일에 상상력을 많이 발휘하는 편이 못 되었다. 일단은 예의가 아니니까, 또 관심이 없으니까, 무엇보다 인간사에 상상력이 풍부한 편이 못 되니까. 그런 우람마저도 김정훈의 난데없는 고백에 오만 가지 상상이 들었다.

"아버지 성함을 새겼거든. 아버지, 어릴 때 돌아가셔서. 내 뒤에 항상 든든히 버티고 계신다고 생각하고 싶었어."

이윽고 우람의 생각은 '김정훈 서사 있네, 캐릭터 굳이 안 만들어도 되겠네'라는 방향으로 발전했다. '우리 아버지도 돌아가셨는데'라고 대답할까 말까 망설이다 우람은 그냥 침대에 드러누웠다. 건물 내 안내 방송은 이제 막 고유 번호 003번을 호출하고 있었고, 고유 번호 100번 김정훈의 순서는 아직 한참 남아 있었다.

이 프로그램에는 도대체 언제 로봇이 나오나, 이틀 차 오전 운동장에서 단체 품새 훈련을 받으면서 우람은 생각했다. 짜증보다는 미묘한 위화감에 가까운 의구심이었다. 로봇 파일럿을 뽑는 오디션에서 왜 로봇 얘기는 일언반구도 없는 거지. 겨우 합숙 이틀 차에 불과했지만, 생각보다 지루해서인지 미국가서도 안 나던 엄마 생각, 오빠 생각이 저절로 났다. 물론, 집 차고에 남겨 두고 온 우승 2호 생각이 가장 간절했다. 아, 냉각 시스템 업그레이드해야 하는데. 아무리 주먹을 지르고 다리를 높게 뻗어도 잡념을 떨치기가 힘들었다.

"중식 후 1라운드 모둠 추첨 있습니다! 오후 1시 정각까지 체육관으로 집합해 주세요."

메가폰을 쥔 스태프가 생활관으로 이동하는 훈련생들을 향해 반복해서 외쳤다.

아직 서너 끼밖에 먹어 보지 않아 데이터가 적긴 해도 밥은 잘 나온다고 할 수 있을 듯했다. 기업 후원을 받았는지 테이블에는 늘 특정 브랜드의 음료수가 놓여 있었다. 1라운드 끝나고는 또 무슨 무슨 그룹에서 뷔페 밥차를 보내 준다는 소문도 돌았다. 먹으러 온 것도 아닌데 그게 뭐가 중요하지. 합숙소 식사는 우람에게 연료 충전 그 이상도 이하도 아니었다. 김정훈이 그새 가까워진 훈련생들을 데려와 우람과 함께 앉기는 했지만, 우람은 별말 없이 제일 먼저 자리를 떴다. 방에서 빠르게 샤워를 하고 나와 혼자 체육관으로 이동했다.

"1라운드는 모둠별 대항으로 진행됩니다. 이 중 절반은 떨어집니다."

체육관에서 메가폰을 잡은 사람은 조연출 어차피였다.

"다섯 명씩 추첨해서 스무 모둠 만들고요, 어떤 모둠끼리 붙을지 또 나중에 추첨할 거예요. 여기부터는 어차피 방송 분량으로도 따야 해서 종목이랑 규칙 설명 한 번에 가겠습니다."

무대에 친숙한 얼굴의 진행자가 등장하자 훈련생들 모두

환호했다. 진행자는 가볍게 인사에 화답한 뒤 무대 화면을 가리켰고 바로 1라운드 종목명이 떠올랐다.

1라운드: 로봇 균형 잡기

어렵다.

드디어 로봇인가 하는 생각보다 어렵다는 생각이 먼저 우람의 뇌리를 스쳤다. 구체적인 규칙 설명을 들어 봐야 알겠지만, 스스로 균형을 잡고 설 수 있는 로봇 디자인을 의미하는 거라면 우람 자신이 주도한다고 해도 모둠 구성원 편성 운에 승패가 크게 좌우될 만한 종목 같았다. 곧바로 진행자의 말이 이어졌다.

"훈련생들은 다섯 명씩 스무 개 모둠을 이룹니다. 한 모둠 앞에 상자가 하나씩 주어집니다. 상자 안에는 교육용 로봇 모듈 팩이 다양한 분량, 무작위 구성으로 들어 있습니다."

픽토그램을 활용해 규칙을 시각화해 보여 주는 장면이 무대 화면 홀로그램 영상에 나타났다.

"각 모둠은 상자 속 구성품을 이용해 균형 잡기에 유리한 로봇을 제작합니다. 제작에 주어진 시간은 단 하루, 스물네 시간입니다."

홀로그램 규칙 설명 영상에 시소 두 대가 떠올랐다.

"규칙은 간단합니다. 로봇이 시소에서 떨어지지 않게 할 것. 이긴 모둠은 합숙소에 남고, 진 모둠은 떠나게 됩니다."

규칙 설명은 그것으로 끝이었다. 옆에 있던 훈련생이 우람의 어깨를 툭 치고 티슈 상자 같은 것을 건넸다. 추첨을 위한 제비뽑기 통이었다. 우람은 A를 뽑았다.

"A조 뽑으신 분, 이리 오세요."

멀리에서 눈에 익은 훈련생이 손을 흔들며 외치고 있었다. 노석종, 공군 파일럿 출신 참가자였다. 모둠 추첨에서 A를 뽑은 사람은 아직 세 사람밖에 없는 듯했고, 다른 조들도 아직 구성원이 다 채워지지 않은 상태였다. 메가폰을 든 어차피가 어색하게 모여 있는 훈련생들 사이를 헤치고 지나다니며 공지를 전달했다.

"빠릿빠릿하게 모여 주세요. 미니 게임 진행합니다."

무대를 보니 진행자도 뭔가를 추가로 전달받고 있는 듯했다. 이제야 로봇과 관련된 경기를 치른다는 생각에 다소 흥분한 우람은 진행자와 대화하고 있는 스태프가 막내 작가 손서진이라는 사실을 의식했다. 미니 게임이라니 대체 뭘까. 무슨 대화를 나누고 있는 걸까. 조연출 어차피가 우람의 옆을 지나가며 메가폰에 대고 외쳤다.

"모둠별로 모이신 분들은 모둠 대표 뽑아 주시고요!"

우람이 속한 A 모둠은 구성원들 중 가장 나이가 많은 노석종을 대표로 삼을 것인지 예선 통과 순위 1위인 우람을 밀 것인지를 두고 설왕설래를 벌였다. 노석종은 '에이 제가 무슨' 하면서도 우람이 '그럼 제가 하겠습니다' 하고 나서자 조금 얼굴이 굳는 듯했다. 우람은 스스로 팀 플레이어에 적합한 성격이 아니라고 생각하는 편이었지만, 굳이 뺄 자리가 아닌데 사양하는 것도 손해라는 의견을 갖고 있었다. '에이 제가 무슨'이라고 해 놓고 리더가 되지 못하자 속상해하는 노석종을 이해하기 어려웠지만 그다지 신경 쓰이지는 않았다.

"A 모둠, 모둠 이름이 뭔가요?"

불쑥 다가온 진행자가 질문했다. 함께 나타난 메인 카메라의 거대한 렌즈에 우람과 모둠원들의 얼굴이 반사되어 보였다. 스태프가 잽싸게 무선마이크를 내밀었지만 아무도 잡으려 하지 않았다. 노석종이 우람의 옆구리를 꾹 찔렀다. 아, 모둠 대표인 내가 해야 하는 일이구나. 그런데 모둠 이름 지으라는 말은 없지 않았나?

"저희 모둠은 알파(ALPHA)입니다."

우람은 진행자와 모둠원들을 번갈아 바라보며 떠오르는 대로 말했다.

"A는 알파, 가장 뛰어남, 첫 번째. 'The first'를 의미합니다."

우람의 즉석 작명이 마음에 들었는지 노석종이 오 하며 감탄하는 듯한 표정을 지었다. 아, 노석종 씨 파일럿 출신이었지. 포네틱 알파벳에 익숙해서인지 바로 받아들이는구나. 나는 그리스어 알파벳을 떠올리며 말한 거지만. 우람은 목덜미를 긁으며 생각했다. 진행자와 메인 카메라가 떠나자 노석종이 좋았어요 하고 엄지손가락을 치켜올렸다. 다른 모둠에서 급하게 모둠 이름을 짓느라 법석을 떠는 장면을 보면서 우람은 자꾸 1번이 되고 A가 되어서 손해를 보는 것이 아닌지 따져 보았다. 이대로라면 너무 눈에 띄지 않을까.

열아홉 개나 되는 모둠 이름 발표를 듣느라 족히 30~40분은 흘러갔다. 스태프들이 부지런히 바닥에 신문지를 펴고 있었다. 불시에라고 느낄 법한 시점에 어느덧 무대로 돌아간 진행자가 외쳤다.

"로봇 모듈 박스를 쟁취하기 위한 미니 게임! 균형감각과 훈련생들의 협동심을 테스트하는 스킨십 게임입니다. 다들 한 번쯤 해 보셨겠죠? 신문지 위에서 오래 버티기 게임!"

해 봤지, 중학교 때 태권도장 캠프 가서……. 소품팀이 신문지 깔고 있을 때 진작 알아차렸어야 했는데. 우람은 이 게임에서야말로 이길 확률이 매우 낮다는 사실을 겸허하게 받아들이기로 했다. 짧으면 10초, 길면 30초 내외의 시간을 좁은 신문지 면적 위에서 서로 부둥켜안고 버텨야 하는데 본체 디자인 시간 또한 짧으면 10초, 길면 30초밖에 주어지지 않으니까. 웬만하면 디자인이 합의되지 않은 상황에서 아옹다옹하다 분열되게 마련 아닌가. 게다가 팀원들의 몸을 부품이라고 치면 서로 크기 차이가 유의미하게 나는 편이 유리한 게임인데, 우람이 속한 알파 모둠의 소속 인원은 모두 체구가 거의 비슷했다. 아주 크지도 아주 작지도 않은, 평범한 체구의 남성이 서로 들거나 업은 채 얼마나 오래 버틸 수 있을까. 주어진 신문지 면적은 다섯 명이 발 하나씩을 올리기에도 모자랐다. 그렇다면 보기 흉하게 아등바등할 필요도 없지 않을까?

"우리 이 게임은 버리고 가죠."

우람이 제안했고 노석종은 정색했다.

"무슨 말씀이세요. 좋은 상자 따야죠."

"어차피 우리 모둠은 이 게임 불리해요. 무슨 상자를 뽑든 그걸로라도 잘해야겠다고 생각하는 편이……."

"아, 글쎄 빨리 올라오기나 해!"

노석종이 버럭 화를 냈다. 모둠원들은 두 번 접은 신문지 위에 한 발씩 올린 채 서로 어깨를 모아 꼭 끌어안았다. 아, 그래도 이건 좀……. 우람은 생각했다. 아무리 내가 공대생이고 남자 같다는 말 많이 들었어도, 초압박 트레이닝 브래지어까지 찼어도, 잘 알지도 못하는 사람들하고 가슴을 딱 붙이는 이런 자세는 좀.

"초시계 카운트 시작합니다!"

체감상 영원에 가까운 시간이 흐른 후에 우람은 뒤로 나동그라졌다. 기록은 6초 55. 끝에서 두 번째 탈락이었다. 비슷비슷한 시점에 여러 팀이 우수수 탈락했지만, 끝에서 두 번째라는 순위 때문인지 모둠원들의 표정이 싸늘했다. 멀리서 1, 2, 3위를 가리는 팀들이 눈에 들어왔다. 기분 탓이었을까. 우람은 신문지 위에 건재하게 서 있는 오진영과 눈이 마주친 듯했다.

오진영은 '알파 좋아하네'라고 입 모양으로 말하고 있는 것 같았다.

"1위 팀에게는 20킬로그램의 로봇 모듈이 들어 있는 박스가 주어집니다. 순위가 낮을수록 0.5킬로그램씩 상자 무게가 가벼워집니다."

우리 팀 부품은 10.5킬로그램인가. 단순 계산이어서 딱히 머리를 쓸 필요도 없었다. 뭐 한 3, 4킬로그램밖에 못 받았다면 문제가 되겠지만 그 정도면 충분하지. 우람은 그렇게 생각했으나 모둠원들은 불만이 많아 보였다.

"누구 덕분에 빨리 떨어지게 생겼는데 세상 한가한 표정이시네."

"예선 1위라고 본선에서도 쭉 1등 하란 법 없는데."

"됐어요, 자기가 알파 메일이라잖아요. 뭐 믿는 구석이 있나 보죠."

내가 언제 알파 '메일'이라고 했나. 기분 나쁘라고 한 소리일 텐데 우람은 왠지 웃음이 났다.

로봇 디자인과 제작에 부여된 스물네 시간은 빠르게 흘러갔다. 3일 차 오후에 모둠 대표들이 숙소 로비에 모여 대진 추첨을 했고, 4일 차에 대진이 확정된 두 모둠씩 체육관으로 이동해 촬영하는 것으로 안내를 받았다. 나머지 인원은 모두 숙소 잔류 대기. 대기, 대기, 대기. 방송 촬영이란 도대체가, 절반은 대기 아닐까. 숙소 화장실에서 드라이어로 브래지어를 말리며 우람은 생각했다.

알파 모둠의 상대는 아이돌 래퍼라고 본인을 소개했던 훈련생 신어진이 속한 모둠이었고, 놀랍게도 신어진이 모둠 대표였다. 모둠 이름도 신어진이라는 이름에서 따온 것이 분명한 '시너지'. 예선에서 봤을 땐 좀 바보 같은 구석이 있다고 생각했지만, 훈련생 100인 명단에 이름을 올린 이상 무시할 수 없는 상대겠지. 대진 1조를 호명하는 안내 방송에 우람은 마음을 다잡았다.

"파이팅."

김정훈이 주먹을 쥐어 보이며 힘차게 말했고 우람은 고개를 가볍게 끄덕였다. 숙소 로비에서 모둠원들을 기다리다가 함께 체육관으로 이동했다. 아침 식사 하셨나요, 아, 네 뭐, 열심히 해 봅시다, 네, 그런 싱겁고 사소한 대화들이 오갔다. 너무 시시해서 방송에는 절대로 나가지 않을 듯한 대화. 물론 대전 장소인 체육관에서는 분위기가 완전히 반전되었다.

"한쪽은 살아남고 한쪽은 떠나게 됩니다. 대한민국 최초의 거대로봇 파일럿, 'The first HUN'을 찾는 여정. 1라운드, 로봇 균형 잡기 조별 대결. 그 1차전이 지금 시작됩니다."

체육관 코트 가운데에는 두 개의 널빤지 시소가 대략 5미터 간격으로 놓여 있었고, 관객석 맨 앞 가운데에 차려 놓은 진행석에서 사뭇 진지하고 거창한 태도로 말하는 진행자 바로 왼쪽에 김 박사가 앉아 있었다. 앗, 교수님. 우람은 눈인사를 건넬까 망설이다 그냥 정면을 보고 섰다. 김 박사도 진행자 멘트가 민망한지 조금 웃었을 뿐 우람을 알아본 내색은 하지 않았다.

"두 모둠이 만든 로봇을 공개합니다!"

체육관 코트 양쪽 문이 열리고 시너지와 알파의 로봇이 동시에 모습을 드러냈다. 방송에는 어떻게 나갈지 모르겠지만 좀 우스꽝스럽고 귀여운 광경이라고 우람은 생각했다. 중형견만 한 크기, 기초적인 형태의 로봇 두 개가 손수레 위에 실린 채 돌돌돌 스태프들 손에 밀려 나오는 장면.

"박사님. 지금 보신 두 로봇, 어떻게 생각하시나요?"

"일단은 스물네 시간 만에 디자인과 제작을 마친 것만도 훌륭하다고 말씀드리고 싶습니다. 우리 훈련생들이 제작에 사용한 부품은 초등, 중학생급 기초 교구라곤 해도 로봇공학 영재용이거든요. 이런 걸 아예 처음 보는 훈련생들도 많았을 텐데 말이죠."

물론 우람에게는 익숙한 물건이었다. 어릴 때부터 갖고 놀았을 뿐 아니라 대학교 로봇격투부에서도 처음에는 사용했으니까. 동력부와 리모트 컨트롤러를 중심으로 어떤 부품이든 창의적으로 연결만 하면 되는 교재여서 취미용으로도 교육용으로도 쓰임새가 뛰어났다.

"제가 봤을 때 '로봇'이라기엔 둘 다 조금, 독특한 형태가 아닐까 싶은데요……?"

"하하, 그렇죠? 참 재미있는 모양이에요. 로봇이라고 하면 대부분 좀 더 발달한 형태, 특히 인간에 가까운 형태를 떠올립니다. 그렇지만 실제로는 한 가지 목적에 충실한, 기초적인 모습을 하고 있는 로봇이 엄청나게 많아요. 예를 들면 우리 일상에서 이미 활약하고 있는 로봇 청소기, 대체로 원반 모양이지요? 산업이나 의료 현장에서 쓰이는 로봇 팔, 관절이 있는 직선형이지요?"

"네……."

진행자는 물론 연출자도 로봇의 모양을 보고 실망했으리라는 짐작이 가능했다. 시너지의 로봇은 동력부를 중심으로 양쪽에 다리 열 개를 장착한 거미 모양이었고, 알파의 로봇은 동력부를 중심으로 바퀴와 패널을 둘러 감싼 무한궤도 형태였다.

"겉모습을 보고 판단해서는 안 돼요. 사람에게 폭 2미터짜리 시소 위에 올라가 하루 종일 균형을 잡고 있으라면 그럴 수 있을까요? 하지만 로봇은 그럴 수 있습니다. 그럴 목적만으로 만들어진 로봇이라면 말이죠."

어떤 로봇이든 인간과 비교하면 목적과 존재 양식이 분명해진다는 것이 김영만 박사의 생각이었다. 그렇다고 그가 인간형 로봇 디자인을 부정하는 것은 아니었다. 젊은 시절 김 박사는 이족 보행 로봇 연구에서 세계에 자랑할 만한 성과를 내놓은 적도 있었다. 인간처럼 두 발로 걷는 거대로봇 기체는 김 박사의 오랜 꿈이었고, 우람도 그에 대해 익히 알고 있었다.

"네, 좋습니다. 그럼…… 각 모둠 로봇 소개를 들어 보겠습니다."

스태프가 시너지 팀에 먼저 마이크를 건넸다. 모둠 대표 신어진이 기다렸다는 듯 마이크를 낚아채 빠르게 말했다.

"안녕하세요. 그룹 테이크미닛 래퍼 어진, 신어진입니다. 저희 그룹, 아니다, 모둠은 다섯이 모여 더 멋진 시너지를 낸다는 뜻에서 시너지라고 지었습니다. 저희 로봇 이름은 시너지와 스파이더를 합쳐서 씬파이더라고 합니다. 참고로 저희 그룹 미니 1집 콘셉트가 스파이더인데 테이크미닛 앨범도 많은 관심 부탁드립니다."

전날부터 달달 외운 소개말을 실수 없이 해낸 모양인지 신어진은 휴 하고 이마를 닦는 동작을 취했다.

"알파 모둠 대표 김, 보람입니다."

우람은 비교적 여유로운 태도로 마이크를 받았지만 자기소개를 하다 실수를 할 뻔했다. 교수님과 눈이 마주친 것 같은데 착각일까. 뭐, 당연히 나를 보고 있겠지. 교수님은 해설자 역할로 오셨고 나는 참가자니까. 너무 긴장하지 말자.

"모둠원들 역할을 소개하겠습니다. 제작부 금다윗, 조보운, 추도영. 저는 설계 총책임을 맡았고요. 파일럿은 노석종. 실제 공군 파일럿 경력을 살려 뛰어난 조종 감각을 보여 주리라 기대합니다. 사실 저희 로봇의 이름은 생각해 보지 않았습니다만 사다리꼴 무한궤도 형태인 점에 착안해 무한 사다리, 줄여서 무사 1호라고 부르면 어떨까 합니다.”

굳이 우람이 의도한 바는 아니었으나, 조원들의 역할을 차근차근 짚어 소개한 우람과 자기 하고 싶은 말만 한 듯한 신어진의 멘트가 대조되어서인지 장내가 고요해졌다. 눈치를 보던 시너지 모둠원들이 소곤소곤 말을 주고받는 듯하더니 점점 목소리를 높여 가며 다투기 시작했다. 처음에는 카메라 앞에 나서고 싶어 하는 신어진을 대표로 밀었고 주목받는 역할을 모두 그에게 맡겼지만, 뒤늦게 그가 조종까지 맡는 게 부당하다고 여긴 모양이었다.

“그럼 로봇을 시소 위로 올려 주세요!”

진행자의 말에 우람은 분배한 역할대로 리모트 컨트롤러를 노석종에게 넘겼다. 노석종은 엄지를 들어 보이며 고개를 끄덕였고 우람도 같은 동작으로 응수했다. 노석종은 능숙한 조종 실력으로 무사 1호를 시소 가운데로 옮겼다. 무게중심이 극도로 낮은 무사 1호는 평평한 널빤지 위에서 어렵잖게 균형을 잡았다. 반면 시너지 모둠의 씬파이더는 스태프와의 상의 끝에 신어진의 손으로 직접 시소 위에 올려놓는 것으로 결정되었다. 알파 모둠원 중 하나가 큰 소리로 항의했다.

“저거 반칙 아니에요?”

“엄밀히는 시소에 오른 뒤 균형을 잡는 것부터 평가하니까,

저걸 반칙이라고 볼 순 없겠죠. 반대로 스스로 시소 위에 오를 수 있는 기동성을 갖춘 로봇이라면, 뭐 저는 가산점을 주고 싶 긴 하지만 사실상 경기 내용에 영향을 미칠 만한 부분은 아닌 것 같습니다."

김 박사가 웃으며 말했다. 아니 뭐 저래. 존나 편파적이네. 마이크를 안 대고 하는 말은 거의 방송에 들어가지 않는다는 걸 알아서인지 우람과 노석종을 제외한 알파 모둠원들은 불평 을 마구 쏟아 냈다. 우람은 씬파이더와 무사 1호를 흔들림 없 는 눈길로 바라보며 생각했다.

아니야. 이미 뻔하잖아. 교수님도 알고 있어. 시작하기도 전 에 우리가 이긴 게임이라는 거.

"경기, 시작합니다!"

진행석 위에 설치된 전광판이 초시계 카운트를 올리기 시 작했다. 이렇게 정적인 게임을 방송에 대체 어떻게 편집해 내 보낼지 궁금할 만큼 두 로봇 모두 미동 없이 버티고 있었다. 씬 파이더는 겉보기엔 엉성할지 몰라도, 거미가 그렇듯 다리 관 절보다 본체 동력부의 무게중심이 낮아 안정적이었다. 보기보 다는 잘 만든 로봇. 누구 아이디어인지는 몰라도. 씬파이더에 대한 우람의 최종 판단은 그러했다. 다리 끝에 흡착판을 단 것 또한 엉뚱하고 우습게 보일 수 있겠지만 상당한 전력이 될 터 였다.

"30초 경과했습니다!"

우람은 노석종이 컨트롤러를 세심하게 조작하고 있다는 사실을 의식했다. 미세하게 시소가 기울기 시작했다는 증거였다.

"이제부터 시소가 움직입니다."

진행자의 말대로 시소가 천천히, 유령이라도 타고 있는 것처럼 위아래로 왔다 갔다 하기 시작했다. 노석종이 조종하는 무사 1호는 오른쪽 왼쪽으로 적절히 이동하며 시소의 균형을 맞추었지만 씬파이더는 시소의 움직임을 고스란히 흡수하며 열 개의 무릎관절을 흔들고 있었다. 신어진은 딱히 씬파이더를 조종하고 있지도 않았다.

"알파 모둠의 무사 1호, 디자인도 디자인이지만 파일럿의 실력이 상당하네요."

김 박사의 한마디에 알파 모둠원들이 예스! 하며 주먹을 쥐었다.

"네, 하지만 시너지 모둠의 씬파이더 역시 의외로 선전하고 있는데요."

"그렇죠? 재미있는 모양에 재미있는 기능. 하지만, 계속 잘 버틸 수 있을까요."

1분 경과. 두 로봇이 올라탄 시소는 이제 바람을 일으킬 만큼 빠르고 세차게 움직이고 있었다. 노석종은 식은땀을 흘리며 손을 바삐 움직였다. 신어진은 흡착판의 성능을 믿어서인지 컨트롤러를 거의 놓은 채였다.

"아무리 봐도 반칙 같다고, 저쪽 로봇은 아예 움직이지도 않잖아."

"그냥 보드에 딱 달라붙어 있는 거 만들 거면 우리도 그냥 그렇게 했지."

글쎄, 그냥 발상의 차이니까. 동요하는 모둠원들과 달리 우람은 팔짱 낀 자세와 냉정한 표정을 유지한 채 계속 보고만 있었다. 딱히 모둠원들의 태도가 실망스럽지도 않았다. 전날에도 겨우 미니 게임 결과에 흥분해 모둠 대표를 비난하던 사람들이니 경기 내용이 조금만 불안해 보여도 금세 아우성을 칠 거라 예상했다. 비난만 할 줄 알았지 메인 아이디어로 채택할 만한 좋은 수는 떠올리지 못하는 사람들이었다. 우람이 전부 다 책임지겠다며 디자인을 내놓지 않았다면, 자기들끼리 탁상공론만 펼치다 로봇을 완성하지도 못했을 것이다. 모둠원들이 딱히 원망스럽진 않았다. 그저 누적된 데이터에서 도출된 자연스러운 결론을 토대로 결정하고 행동할 뿐.

내 생각대로라면 이즈음부터가 진짜 승부처.

우람은 큰 긴장 없이 씬파이더를, 무사 1호가 아닌 씬파이더를 지켜보고 있었다. 설계? 자신 있지. 파일럿? 완전 믿을 수 있지. 그렇다면 상대를 보는 편이 나았다. 자신이 예상하는 사건이 언제 일어날까에 집중하면서. 그 일은 경기 시간이 3분을 넘길 무렵 일어났다.

"아, 이게 무슨 일인가요!"

"씬파이더의 다리와 발 사이 관절이 부러졌네요."

시너지의 씬파이더는 부러진 한 개의 다리를 덜렁거리며 시소 위에서 춤을 추었다. 시종일관 카메라를 향해 웃거나 의미를 알 수 없는 손동작을 날려 대던 신어진의 표정이 급변했다. 뭔가 숨기고 있었나 보네. 한번 해 봐. 어떤 돌파구가 있는지 보자고. 컨트롤러 버튼을 꾹 누르는 신어진을 보며 우람은 생각했다.

"역시 비장의 기술이 있었군요."

"네, 다리를 길게 펼치면 무게중심이 낮아지고 시소 판자에 딱 달라붙을 수 있어서 저항을 덜 받게 되죠."

거미처럼 보이는 열 개의 다리를 시소의 흔들림에 따라 출렁대던 씬파이더는 다리를 양옆으로 길게 펼쳐 판자에 달라붙었다. 저 자식, 바보인가 했더니 여우였잖아. 계속 투덜대던 알파 모둠원들도 신어진의 새로운 기술은 다시 보였는지 눈을 휘둥그레 떴다. 우람은 아주 미세하게 고개를 저었다.

그렇지만 그 전략을 쓰려면 처음부터 썼어야 해. 시소가 흔들리기 시작한 이후, 다리가 하나 부러진 지금은 늦어. 아마 이 로봇이 움직일 수 있다는 걸 보여 주기 위해 봉인한 기술이겠지. 펼치고 접는 동작 말고는 사실상 할 수 있는 게 없을 거야. 또…….

"하지만 저 기술이 의미가 있으려면 본체 밑에도 흡착판이 있어야 하는데 아쉽게 됐군요."

김영만 박사가 그렇게 말한 순간, 씬파이더의 다리가 하나

둘 떨어지기 시작했다. 아이! 진행자의 탄식과 함께 씬파이더가 공중으로 날아올랐다.

"최종 기록 4분 7초! 알파 모둠의 무사 1호가 시너지 모둠의 씬파이더에 승리를 거둡니다!"

경기 종료 선언에 노석종은 컨트롤러를 집어 던지고 괴성을 지르며 우람을 껴안았다. 노석종과 우람을 중심으로 나머지 모둠원들도 서로를 얼싸안았다. 이건 발만 모으지 않았다 뿐 그저께 미니 게임 때와 똑같잖아. 우람은 포옹의 동심원 안에서 자포자기한 채로 생각했다. 6초 55가 훌쩍 지나갈 때까지 알파 모둠원들은 서로 부둥켜안고 있었다.

"컷."

총연출자 심송호 피디의 목소리가 메가폰을 통해 울려 퍼졌다.

"승리 모둠 패배 모둠 둘 다 퇴장해서 인터뷰 땁니다. 대진 2조 입장시키세요."

질 거라고 의심하진 않았지만 어느새 경기에 몰입한 나머지 지금 오디션 프로그램 촬영을 하고 있다는 사실을 깜빡하고 있던 우람이 번뜩 정신을 차렸다. 우람이 체육관을 떠나기 전 잠시 돌아본 진행석에서 김 박사는 대본을 보느라 여념이 없었다. 모둠원들에게 끌리고 밀리며 체육관을 떠나면서도 우람은 오랫동안 진행석에서 눈을 떼지 못했다.

"너무너무 축하드려요."

"아, 네."

우람의 몸을 완전히 돌려세운 사람은 막내 작가 손서진이었다.

"어쩜 그렇게 잘하세요?"

"아무래도 전공이니까."

"미술사학과 출신 아니셨어요?"

아차. 로봇공학도는 김우람이고, 지금 나는 김보람이지. 미술사학과 휴학생 김보람. 우람은 애써 웃음 지으며 실수를 수습했다.

"어릴 때부터 관심이 많았거든요. 미술사학과로 진로 정한 것도 로도스 거상에 관심 갖다가 그런 거라."

"너무 멋있어요. 역시 '기적의 지원자'……."

손서진은 자기 입으로 그렇게 말해 놓고 쑥스러워하며 얼굴을 감쌌다. 꺅. 이 사람 전부터 왜 이러는 거지, 나한테. 우람은 머쓱해하며 또 아, 네…… 하고 대답했다. 왠지 이 사람하고 얘기만 하면 아, 네 말고는 할 말이 별로 없어진단 말이지.

"그 '기적의 지원자'라는 타이틀, 제가 지은 거거든요."

"아, 네. 네?"

"저 완전 팬이에요. 스태프가 막 출연자 한 명 편애하면 안되지만. 응원할 테니까 꼭 끝까지 달려 주세요."

그렇게 말한 후에 손서진은 얼굴을 가리고 체육관으로 달려 들어갔다. 다른 모둠원들이 거기서 뭐 하냐고 부를 때까지 우람은 체육관 입구 앞에 멍하니 서 있었다. 할 수 없이 모둠 원들을 따라 숙소로 이동하는 동안에도, 체육관에 남아 있는 사람들이 신경 쓰여 자꾸만 뒤를 돌아보고 싶어졌다.

5장

보이지 않는 침공
THE INVISIBLE INVASION

"너 인터넷에 이름 쳐 봤냐?"

오랜만에 들은 보람의 목소리는 명랑했다. 우람은 무심코 소리 내 웃고는 주변을 둘러보았다. 웃음소리가 여자 같았을까 봐.

"여기선 인터넷 못 해."

"아, 그래? 그럼 너 팬카페 생긴 것도 몰랐겠네."

"무슨 카페?"

"팬카페가 뭔지도 모르는 건 좀 심하지 않냐? 너 인간 세상에 관심 없는 건 알고 있었는데. 팬이 무슨 뜻이냐, 흠. 특정 주제에 관심과 호감이 있는 대중. 카페는 또 뭐냐, 커피 마시는 카페 말고 인터넷에서 관심사가 같은 사람들끼리 모이는……"

"아니, 뭔지는 알아. 설명할 필요 없어. 날 대체 뭐로 보는 거냐, 너?"

"로봇밖에 모르는 바보."

"근데 내 팬카페가 생겼다고?"

"그래, 인마! 이번 주 방송 나오고 나서 팬카페 회원 만 명 돌파함."

보람의 호들갑이 공용 전화기 수화구 밖으로 튀어나왔을까, 우람은 다시 한번 주변을 둘러보았다. 각자의 가족이나 친구와 통화 중인 다른 훈련생들은 우람에게 별 관심을 두지 않고 있었다.

"방송에 내 분량 별로 없지 않아?"

"분량 많아. 거의 뭐 우승 확정에다가 컴퓨터 브레인처럼 나옴. 솔직히 네가 생각해도 너 멋있지 않았냐?"

우람은 보람의 질문이 이상하다고 생각했다. 보통 그런 생각을 하나? 오진영 같은 나르시시스트가 아니고서는.

"지금 방송에 어디까지 나갔어?"

"모형 우주선 적응 훈련인가, 그거까지 나왔어."

"촬영이랑 방송이랑 시차가 일주일도 안 나네."

"오디션 프로그램이니까 당연하지. 결승 때 생방송 대국민 투표할 거 생각하면 거의 실시간으로 가는 게 맞아."

"그런가."

"그럼 너네 그다음에 뭐 하냐? 지금 몇 명 남았어?"

"아, 전화는 해도 되는데 방송 내용 스포일러는 금지래. 지금도 옆에 스태프들 돌아다녀."

"거참 옹졸하네. 아, 근데 그 우주선은 왜 탄 거냐? 그게 로봇이랑 무슨 상관인데."

"거대기체 조종석은 사람으로 치면 배꼽하고 골반 사이쯤에 있거든. 다중 관절을 설계해서 가능한 본체 움직임의 영향을 안 받게는 하는데, 완전 완충은 지금 기술론 불가능해."

"쓸데없이 비싼 멀미 방지 프로그램이구먼."

모형 우주선 훈련에 대해서는 우람도 보람과 의견이 비슷했다. 절반은 나로우주센터에서, 절반은 러시아에서 공수해 왔다는 훈련용 모듈 열 대는 설치와 철거에 꼬박 하루씩 잡아먹었고, 50인의 훈련생이 실제로 모듈에 탑승한 시간은 각자 5분 정도에 불과했다. 이런 걸 '훈련'이라고 부를 수 있나? 물론 필요한 과정임은 의심의 여지가 없었다. 전고 25미터급 로봇의 조종석은 대략 지상 12미터에서 13미터 사이에 있고, 기체가 갑작스럽게 뛰어오르거나 무릎을 꿇는 등의 동작을 취하면 상하로 10미터에서 20미터 이상 낙차가 발생하며, 당연히 순간 중력가속도가 붙으니까. 주행에 상시로 동반될 진동은 차치하고서라도. 하지만 매일 꾸준한 반복 적응 훈련이 아니라면 무슨 의미가 있는지. 괜찮아질 때까지 연습하게 해 주는 게 아니라 딱 한 번, 누가 제일 잘 버티나를 확인하는 게.

지금까지의 과정에서 두각을 드러낸 것은 다행이었지만 뜻밖까지는 아니었고, 그것들 하나하나가 훈련보다는 일회성 테스트에 가까웠다는 사실을 우람은 불편하게 의식했다.

"아. 끊어야겠다. 나중에 또 얘기하자."

"그래. 아 참, 꼭 2등 해라. 3등도 좋고."

"노력해 볼게."

전화를 끊은 직후 우람은 아주 약간의 죄책감을 느꼈다. 이상한 말이지만 그것도 약속은 약속이고 따라서 우람은 거짓말을 한 셈이 되니까.

미안. 나 우승할 거야.

우승하고 싶다는 소망이나 해야겠다는 결심과는 다른 차원의 이야기였다. 도저히 우승하지 않을 자신이 없었다. 앞으로 어떤 종목, 어떤 과제가 나오든 뒤처질 것 같지 않았다. 훈련이 아니라 테스트인 이상 우람이 다른 훈련생들보다 낮은 성적을 기록할 수는 없었다.

다른 참가자들이 흰띠, 노란띠라면 우람은 적어도 빨간띠 정도는 되니까. 초등학생 리그에 출전한 대학생쯤 되니까. 다 큰 어른이 초등학생과 대결해 이긴다고 자랑스러울 리 없지 않은가. 우람에게 자신이 HUN으로 선발되는 것은 자연스러운 수순으로 인식되었고, 이 사실을 자각할 때마다 은은한 짜증이 치밀어 올랐다. 이를테면, 내가 지금 이걸 대체 왜 하고 있는 거지? 하는 의아함. 이런 번거로운 짓 안 했어도 그건 원래 내 자리였다고. 대회까지 나왔으니까 혹시나 나보다 더 적합한 사람이 있다면 순순히 양보하려고 했는데, 없잖아. 내가 최고잖아.

우승한 후에는 필연적으로 본명과 성별을 밝혀야 한다는 사실 또한 우람의 머리를 어지럽게 하는 요인이었다. 하등 쓸 데없는 성별 규정 같은 걸 도대체 누가, 왜 만든 걸까. 어떤 원시인이 로봇 파일럿이 남자들만의 일이라고 생각한 걸까.

아무리 고심해도 결론은 같았다. 우람은 내심 각오하고 있었다. 이변이 없는 한 우승을 할 텐데, 그러면 모든 진실을 밝힐 수밖에 없다는 것. 그로 인해 기껏 쟁취한 파일럿 자리를 반납해야 할 수도 있겠지만, 우람의 우승은 남자만이 거대기체 조종석에 탈 수 있다는 한심한 발상을 정면으로 반박하는 유일하고도 결정적인 증거가 될 터였다. 그래서 더더욱, 우승이 아니면 의미가 없었다.

어차피 다른 경우의 수가 존재할 리도 없고.

모형 우주선 적응 훈련은 말 그대로 훈련이어서 당락에 영향을 미치지 않았지만 자진 하차자가 일곱 명이나 발생했다. 훈련생들은 카메라 앞인 것도 잊은 채 구토를 해 댔다. 대부분의 훈련생이 머리나 귀의 통증을 호소했고 기절한 사람도 있었다. 기절한 훈련생들은 남은 훈련 과정을 본인 의사로 포기한다는 각서에 서명하고 모두 다 떠났다. 우람의 룸메이트 김정훈을 제외하고.

우람에게도 벅찬 훈련임에는 틀림없었다. 우주선이 대기권을 통과할 때의 충격을 재현하는 고속 회전 원심력 모듈은 우람이 타 본 것 중 가장 난폭한 롤러코스터보다 세 배 정도 더 불친절했다. 소형 기체를 조종해 본 덕분에 진동 속에서 중심 잡는 감각에 익숙했기에 구토를 참을 순 있었지만, 거기까지가 한계였다.

그자비에. 지방과 근육과 골격 등이 서로의 연결을 포기하는 듯한 느낌이 드는 초고속 회전 한가운데에서 우람은 문득 WGMO에서 만난 소년을 떠올렸다. 걔도 이런 훈련을 거쳤겠지. 우승 2호와 동급인 언더 5미터 기체지만 제트 팩 추진기가 달린 걸 조종하니까.

훈련이 끝나고 숙소에 돌아온 후에야 우람은 약간의 구토를 했다. 위장이 울렁거리는 것인지 심장이 뛰는 것인지 속이 영 소란해서, 침대에 누웠으나 바로 잠이 올 것 같지 않았다. 힘껏 쥐어짠 빨래처럼 지쳐 있었음에도 불구하고.

"김정훈."

우람은 뒤척이다가 건너편 침대에 있는 룸메이트를 불렀다. 김정훈은 대답하지 않았다. 내 목소리가 너무 작았나. 김정훈에게 먼저 말을 건넨 적이 별로 없어 확신이 서지 않았던 우람은 목을 가다듬고 다시 말했다.

"김정훈, 자?

"아니."

"오늘 고생 많았어."

"너도."

평소보다 쌀쌀맞네. 늘 살갑게 말을 건네 오고 물어보지도 않은 이야기까지 줄줄 늘어놓던 김정훈이었기에 우람은 조금 머쓱해졌다. 하긴 심경이 복잡하겠지, 실신까지 했으니. 우람은 턱을 어루만지며 한참 동안 말을 고르다가 뻔한 말 한마디를 겨우 내뱉었다.

"앞으로도 열심히 하자."

김정훈처럼 기절한 훈련생들은 모두 현장 상주 의료진과 상담한 후 당일 퇴소를 결정했다. 이번에는 고작 5분 훈련한 것에 불과하지만 실제로 조종석에 들어가면 신체적 부담이 더 클 거라고 의료진이 설명한 탓이었다. 당연히 그 의학적 소견은 김정훈에게도 적용되었지만, 김정훈은 절대 퇴소할 수 없다는 강경한 견해를 밝혔다. 말이 좋아 실신이지, 구토와 실금 증상을 보이며 초주검에 이르렀다. 그래도 김정훈은 고집을 꺾지 않았고, 의료진은 경고인지 충고인지 알 수 없는 소견을 마지막으로 내놓았다. 의지는 높이 삽니다. 하지만 김정훈 훈련생이 최종 선발되었을 경우, 임무 수행 도중 정신을 잃으면 어떻게 될까요. 예를 들어 서울 시내 한복판에서요. 만에 하나 김정훈이 우승하더라도 조종석에 들어갈 수 있을지 확언할 수 없는 상황이 된 것이었다.

전혀 다른 이유에서 우람 또한 그렇듯이.

"잘 자."

우람은 대답하지 않는 김정훈에게 인사하고 벽을 향해 돌아누웠다. 잠이 안 올 것 같다는 생각을 우람은 아주 잠시 했고, 생각과는 다르게 금세 잠들었다. 어찌 되었거나 모두에게 그랬듯, 그날은 우람에게도 고된 하루였기 때문이다.

"남은 훈련생은 마흔세 명. 다음 단계로 진출할 수 있는 훈련생은 절반도 채 되지 않는 스무 명뿐. TOP 20을 선발하는 다음 과제는."

진행자가 무대 화면을 가리키자 홀로그램 타이틀이 떠올랐다.

'VR 로봇격투'

거의 동시에, 다음 방송 분량에서 웃음 포인트로 나갈 법한 장면이 연출되었다. 우람 혼자 자리에서 일어나 환호한 것이었다. 불과 며칠 전 우주인들이나 받는다는 고강도 중력가속도 적응 훈련을 거쳐 자진 하차 훈련생까지 발생한 마당이어서 훈련생들은 전체적으로 가라앉고 위축되어 있었다. 우람은 자신을 멀뚱멀뚱 쳐다보는 나머지 훈련생들의 시선을 느끼며 다시 앉았다.

"대한민국의 자랑, 빅엔(Big N) 게임스와 T사가 공동 개발한 VR 프로그램을 활용해 가상공간에서 거대로봇 기동 능력을 평가합니다."

무대 아래에는 여러 개의 탁자가 길게 한 줄로 배치되어 있었다. 스태프들이 분주하게 드나들며 탁자 위에 VR 헤드기어를 내려놓았다. 난 또 저 탁자 위를 뛰어서 건너 보라고 할 줄 알았네, 뭐 파일럿한테는 균형감각이 중요하다느니 하는 핑계를 붙여서. 예상한 바에 비하면 얼마나 재미있는 과제인가. 드디어 거대로봇 파일럿을 선발한다는 목적에 걸맞은 종목이 나오지 않았나.

"이번 경기에서 우수한 성적을 거둔 훈련생에게는 작은 혜택이 주어집니다."

진행자가 손짓하자 홀로그램 영상이 바뀌었다. 검지 하나만을 펴 무언가를 가리키는 손 모양.

"일명, 약자 지목권. 일대일 대전으로 이루어지는 다음 경기 상대를 직접 고를 수 있는 권리입니다."

그제야 훈련생들이 술렁이기 시작했다. 자기보다 못한 실력을 지닌 상대를 지목해 이기는 건 상당히 편리한 전략이니까. 눈에 보이지 않는 힘, 예를 들어 중력가속도 같은 것에는 주눅이 들더라도 바로 옆에 존재하는 누군가는 왠지 만만하고 제칠 수 있다고 믿는 게 인간의 심리니까. 아주 구체적으로 존재하는 바로 옆 사람보다 딱 한 주먹, 딱 한 걸음, 딱 1점만 앞서면 이기는 게 경쟁이니까. 이긴다는 건, 잘하는 것과는 조금 다른 차원의 개념이니까.

"VR 기어를 쓰면 서울 도심을 모델링한 메타버스 필드가 펼쳐집니다. 목표는 다른 훈련생이 탄 기체를 기동 불능 상태로 만드는 것. 규칙은 프리 포 올, 다른 말로 데스 매치라고 하죠. 제한 시간 30분 동안, 마흔세 명의 훈련생이 동시에 대결하게 됩니다."

무대 화면에 진행자의 설명을 부연하는 자막이 주르륵 떠올랐다.

제한 시간: 30분.

규칙: 프리 포 올(Free for All). 기동 정지 시 60초 후 랜덤 구역에서 재생성.

"경기 종료 조건은 두 가지입니다. 제한 시간이 소진되거나 단 하나의 기체만 남을 경우."

그러니까 프리 포 올 게임들이 다 그렇듯 킬 수를 많이 모은 플레이어에게 높은 점수가, 데스 수가 많이 누적된 플레이어에게 낮은 점수가 부여되겠군.

"이 게임은 뭐, 날로 먹겠네."

앞줄에서 누군가가 중얼거렸다. 우람은 그 도발적인 발언이 모든 훈련생의 이목을 끌 거라고 생각했으나 의외로 그렇지 않았다. 다들 무관심한 걸까, 아니면 저 사람 말이 맞는다고 생각하는 걸까. 우람은 비스듬히 보이는 그 자신만만한 훈련생의 옆얼굴을 유심히 보아 두었다.

"한 가지 더. 사실 이게 가장 중요한 규칙이 아닐까 싶은데요. 모니터링 결과 특별한 사유 없이 기체 주행을 30초 이상 정지할 경우 자동 탈락입니다."

다른 훈련생의 킬 수를 올려 주고 데스가 누적되는 손해를 피하려고 숨어 버리면 아예 실격이라는 말이었다. 진행자는 방금 전한 내용과는 전혀 어울리지 않는 쾌활한 어조로 말을 이어 갔다.

"VR 경기지만, 재현도가 매우 높습니다. 이 프로그램을 앞으로 거대로봇 파일럿 정규 훈련 과정에 적용할 예정이라고 하니 이번 경기, 훈련생 여러분께 매우 중요한 도전이 될 것 같습니다. 자, 이제 앞으로 나와서 VR 기어를 착용해 주세요!"

훈련생들은 일사불란하게 헤드기어가 놓인 탁자로 이동했다. 어디 보자. 고글 일체형. 켜기 전에는 선글라스를 낀 것처럼 현실 환경이 보일 테고, 켜고 나면 버추얼 리얼리티 환경이 보이겠지. 이마 쪽에 전극이 있군. 실제 거대기체 운용 시에도 신경 연동 운전을 하게 되는 걸 생각하면 VR 프로그램은 정말 실용적인 훈련 방안일 터였다. 우람은 기어를 유심히 관찰한 후 착용했다.

"기어 오른쪽 다이얼을 3초간 터치하면 화면이 켜집니다."

진행자의 목소리를 기어 안쪽 스피커로 들을 수 있었다. 화면을 켜자 헤드기어가 우람의 두개골 형태와 귀 위치를 인식해 자동으로 조여들었다. 오, 이건 정말 자본의 힘이 느껴진다.

우람의 눈앞에 제공된 버추얼 리얼리티 환경은 낯익고도 낯선 풍경이었다. 차도 사람도 하나 없는 광화문 세종대로 사거리. 사방으로 펼쳐진 도로와 늘어선 건물과 간판과 신호등, 모든 요소가 실제로 광화문 앞에 나와 있는 것처럼 실감이 났지만 미묘하게 밝은 색감과 구름 한 점 없는 맑고 파란 하늘이 비현 실적인 감각을 일깨웠다.

"애국가 3절 가사 떠오르네."

기어 디자인에서 노이즈 캔슬링까지 고려하지는 않았는지 근처에서 누군가가 중얼거린 말이 귀에 들어왔다. 그러고 보니 그렇네. 우람은 홍얼거렸다. 가을 하늘 공활한데 높고 구름 없 이. 아, 그렇구나. 초가을 오후 기온과 명도로 환경 값이 세팅 되어 있나 보군.

아직은 그 넓고 텅 빈 곳에 우람만이 존재했다. 아마 다른 훈련생들도 마찬가지로 서울 중구 한복판에 오롯이 혼자 있 는 감각을 만끽하고 있겠지. 우람은 가장 가까이 있는 빌딩을 거울 삼아 자기를 비추어 보았다. 벽돌과 유리로 된 줄무늬 거 울이 로봇의 모습을 흐릿하게 비추어 냈다. 전고 25미터 거대 기체의 머리는 어림잡아 10층 높이쯤 위치했다.

"아무리 버추얼 리얼리티 프로그램이라고 하더라도 로봇 기동에는 적응이 필요하다고 하네요. 그래서 오늘은 본경기 대신 적응 훈련을 도와줄 친선경기를 치러 보려고 합니다."

광화문 사거리 하늘 위에 홀로그램 타이틀이 떴다.

'거대로봇 미니 마라톤'

뭐라고? 하는, 분통 섞인 탄식이 여기저기에서 쏟아져 나왔다. 반면 진행자의 목소리에는 웃음기가 섞여 있었다.

"우선 훈련생 여러분을 집합시켜 드릴게요."

앗 하는 사이 우람은 순간이동을 경험했다. 새로운 공간은 방금 있던 사거리에서 500~600미터 떨어진 시청 광장이었다. 똑같이 생긴 로봇이 우글우글했다. 우람은 벌써 재미있어져서 웃음을 참느라 입술을 깨물었지만 다른 훈련생들은 계속 볼멘소리를 늘어놓고 있었다.

"무슨 마라톤이야, 갑자기."

"대충 게임 빨리 하고 끝내지, 뛰긴 뭘 뛰어."

"아, 저기."

똑같이 생긴 기체 중 하나가 하늘을 가리켰다. 미니 마라톤 진행 규칙이 홀로그램 자막으로 떠 있었다. 10킬로미터 단축마라톤. AR로 제공되는 안내를 따라 달리세요.

훈련되지 않은 일반인에게 갑자기 장거리달리기를 하라고 하면 당연히 해내기 어려울 것이다. 하지만 로봇은 조종 원리만 터득하면 어디까지든 달릴 수 있다. 전고 25미터인 로봇의 보폭은 대략 8미터에서 10미터에 이른다. 인간에게는 10킬로미터가 단축마라톤일지 몰라도 거대로봇에게는 미니 게임으로 적당한 수준인 것이다. 우람은 그 점을 상기하며 가볍게 제자리뛰기를 했다. 로봇에게는 그런 워밍업이 필요치 않다는 사실을 떠올리곤 혼자 피식거리면서.

하늘에 거대한 숫자 5가 떠올랐고 초당 하나씩 카운트가 줄어들었다. 4. 3. 2. 1. 출발!

출발신호에 반응해 달리기 시작한 기체는 전체의 절반 정도에 불과했다.

나머지 절반은 주저앉거나 넘어졌다. 무사히 조금 달려 나간 기체 중에서도 몇 기가 넘어졌다. 넘어진 기체에 발이 걸려 또 넘어지는 기체도 있었다. 우람은 물리엔진이 잘못 적용된 3D 캐릭터처럼 바닥에 나동그라져 팔다리를 기괴하게 흔드는 기체들을 보다가 출발했다.

충분히 훈련되지 않은 사람이 신경 연동으로 거대로봇을 조종하는 것은 갓난아기의 뇌로 성인의 몸을 다루는 것과 비슷하다. 우람이 짐작하기로는 훈련생들 가운데 절반 이상이 완주는커녕 걸음을 옮기기도 힘든 수준이었다. 우람은 그런 사실은 크게 의식하지 않은 채 그저 시야에 떠 있는 커다란 분홍색 화살표를 따라 달렸다. 세종대로를 지나 율곡로를 거쳐 퇴계로까지, 안국역, 동대문역, 동대문역사문화공원역, 명동역을 지나 다시 시청 광장으로 돌아오는 루트였다. 완주 기록 7분 21초 42. 거대로봇의 이동속도가 성인 남성 평균의 스무 배가량이라는 점을 고려하면 별로 우수한 기록이라 할 수 없었지만, 어쨌든 1위였다. 2위 오진영이 8분 후반대, 3위 노석종이 9분 초반대 기록을 끊었다. 완주에 성공한 나머지 훈련생은 20분에서 30분 사이에 시청 광장으로 돌아왔고, 완주하지 못한 사람은 총 다섯 명이었다. 진행자의 언급에 따르면 20분간 3킬로미터도 가지 못한 상태에서 경기가 종료된 참가자가 꼴찌였다.

"모두 수고하셨습니다. 이제 기어를 벗어 주세요."

진행자 멘트에 이어 조연출 어차피가 해산을 선언했다. 저녁 식사 시간이었다. 헤드기어를 UV 살균 케이스에 넣어 적재하는 스태프들과 하나둘 자리를 뜨는 훈련생들 사이로 온몸이 땀에 흠씬 젖어 있는 김정훈이 보였다. 우람은 직감할 수 있었다. 바로 그가 조금 전 경기의 꼴찌, 20분간 3킬로미터도 못 간 훈련생이라는 사실을.

석식 직후 주어지는 두 시간의 자유 시간에는 가족이나 친구에게 연락을 취할 수 있었다. 일과 중 유일하게 외부와 소통이 가능한 때라 대부분의 훈련생이 이 시간을 손꼽아 기다렸는데 가히 원시적인 형태의 공중전화가 딱 여섯 대만 있어서 경쟁이 치열했다. 줄을 서서 기다리던 훈련생들 중 나이가 많은 몇몇은 군대도 이것보단 나았다고 투덜거리기도 했지만 우람은 큰 불만을 느끼지 못했다. 2주 정도는 자유 시간 내내 줄만 서 있다가 끝내 그 낡아빠진 공중전화를 만지지도 못했으면서도 그랬다. 어차피 대부분은 집에 돌아갈 거잖아. 그러면 점점 내 차례가 빨리 돌아오겠지. 그렇게 생각했기에 우람은 평온했고, 절반 넘는 훈련생이 떠난 시점부터 여유롭게 보람과 통화를 할 수 있었다.

하지만 오늘은 얘기가 다르지. 우람은 전에 없이 흥분한 상태로 수화기를 들었다. 보람에게 어서 빨리 오늘 이야기를 들려주고 싶어 저녁 식사도 허겁지겁 해치우고 달려온 참이었다.

"다음 방송은 진짜 재미있을 거야. 기대해."

"와, 시스, 아니 브라더. 오늘 기분 좋은가 보네."

"응. 스포는 못 하지만 진짜 멋있는 거 하거든, 이번에는."

우람의 말에 보람은 오랫동안 크게 웃었다.

"뭐길래 그 난리를 치냐. 노파심에 말하는 건데 지금까지도 재미있었다."

보람이 호들갑을 떨면 우람이 건조하게 맞장구치던 평소와는 딴판임을 의식하니 우람도 웃음이 날 것 같았다. 다만 보람의 웃음소리가 평소와는 조금 다른 듯해 신경 쓰였다. 우람은 자기도 모르게 전화기를 더욱 바싹 끌어 얼굴에 붙이고 물었다.

"근데 너 지금 어디냐."

"그런 건 왜 물어보냐?"

"집 아닌 것 같아서. 뭔가 소리가 울리는데."

"뭐가 울려? 하…… 자기 집착이 너무 심한 거 같아. 우리 서로 거리를 좀 두자."

보람은 짐짓 새침하게 너스레를 떨었다. 우람은 대꾸하지 않았다. 즉각적으로 아 씨 토 나와 개소리하지 마 하고 받아칠 수도 있었지만 참았다. 우람이 질겁하는 것이야말로 보람이 바라는 반응임을 눈치채셨다. 농담조로 눙치고 넘어가도록 놔둬선 안 될 것 같은 직감이 들었다.

"짜증 난다 진짜, 누구 닮아서 그렇게 감이 좋냐?"

잠깐의 침묵을 흘려보내고 나서 보람이 헛웃음을 지으며 말했다.

"나 병원 들어왔어. 검사 다시 해 보자고 해서. 별일은 아냐. 금방 집에 갈 듯. 근데 네가 전화한 타이밍이 너무 안 좋은 거야."

뭐? 우람이 기막혀하며 왼쪽 귀에 대고 있던 전화기를 오른쪽으로 옮겼다.

"걱정을 어떻게 안 해?"

"안 그래도 신경이 쓰이더라고, 나도. 너랑 똑같이 생긴 암 환자가 병원에 있으면 사람들이 엥? 할 거 아냐. 근데 난 나름 프라이빗한 병실에 있고, 너도 알다시피 본인 동의 없는 의료 정보 누설은 위법이잖냐. 걱정하지 마. 진짜."

"내가 지금 그 걱정을 하는 게 아니잖아……."

우람은 이마를 짚으며 뇌까렸다. 어떻게, 내가 암 병력이 있는 오빠보다 내 신상을 먼저 염려한다고 생각할 수 있지. 섭섭한 한편 죄책감도 들었다. 순간적으로 우람의 뇌리를 스쳐 간 여러 계산 가운데 자기가 빌려 온 김보람이라는 명의에 대한 우려가 전혀 없지는 않았기 때문에. 그럼에도 단호하게 말할 수 있었다. 계산기를 이미 두드려 보았기에 더 자신 있게 말할 수 있었다. 그깟 거 백번 들켜도 상관없어. 네 몸이 더 중요해. 진짜 김보람.

"그 걱정을 왜 안 함? 그럼 내가 대신 해야겠다. 병원에서도 다 그 프로그램 본방 보고 재방 보고 하이라이트 클립 틀고, 암튼 난리도 아냐. 복면이라도 쓰고 다녀야겠어. 암튼 그러니까, 멋있는 거 진짜 멋있게 잘해. 알겠지?"

말문이 막혀 있는 우람과 달리 보람은 내내 여유로웠다.

"아, 그리고 네 룸메이트 있잖아. 걔랑도 거리 좀 둬라. 그럼 난 이만."

뭐라고? 왜? 우람은 통화 종료 신호음 너머로 연신 되묻다가 허무하게 전화기를 내려놓았다. 입원한 와중에 김정훈은 왜 신경 쓰는 거야. 아. 그러고 보니 김정훈도 오늘 상태 별로 안 좋아 보였는데. 보람의 오지랖과는 무관하게 우람은 애초에 김정훈을 크게 의식하고 있지 않았다. 오히려 보람이 언급한 바람에 방에 돌아가면 마주칠 김정훈이 신경 쓰이게 되었다. 둘도 없는 친동기가, 그것도 쌍둥이 오빠가 입원한 것이 더 신경 쓰이고 걱정되어야 인지상정이겠지만, 당사자가 자기 걱정은 말라 하고 룸메이트나 조심하라 해 버려서 우람은 김정훈 생각밖에 못 하는 상태가 되었다. 아니, 거리를 두라 마라할 거면 적어도 이유는 말해 줘야지.

방으로 돌아가 보니 김정훈은 침대에 드러누워 있었다. 팔짱을 끼듯 모은 양팔로 얼굴을 가린 채. 우람은 보람과의 통화를 떠올렸다. 네 룸메이트 있잖아. 걔랑도 거리 좀 둬라. 그러자 낮에 치른 VR 미니 마라톤에서 목격한 김정훈의 실력, 그 놀라우리만치 처참했던 기록과 대조적으로 만화처럼 명랑하고 의욕적이었던 지금까지의 태도들이 떠올랐다. 그랬던 그가 지금 무리 잃은 아기 코끼리처럼 우울해하며 자빠져 있다. 거리를 두고 자시고 할 것도 없이.

우람은 차분하게 씻고 옷을 갈아입었다. 욕실을 한참 쓰고 나온 후에도 김정훈은 들어갈 때 목격한 자세 그대로 누워 있었다. 불을 끄고 누울 때까지 우람은 김정훈에게 말을 걸 생각이 없었다. 바로 그때 김정훈이 길게 한숨을 내쉬며 돌아누웠다. 신경 쓰이게.

"김정훈."

김정훈은 바로 대답하지 않았다. 우람은 조금 망설였다. 말건 적 없는 걸로 치고 그냥 자는 척할까. 그래도 자는지 안 자는지 확인하는 척은 해 볼까. 얘기하기 싫다면 무시하겠지.

"자?"

"아직."

우람은 문득 로봇이 되고 싶다는 생각을 했다. 처음 하는 생각은 아니었지만 자주 하는 생각도 아니었다. 로봇을 조종하는 사람이나 로봇을 만드는 사람이 되고 싶지, 로봇이 되고 싶지는 않으니까. 근본적으로는. 하지만 완벽하게 효율적으로 설계되어 감정적으로든 물리적으로든 쓸데없는 에너지 소모가 없는 로봇이 될 수 있다면 그것도 꽤 괜찮을 것 같다는 생각은 종종 들었고, 그런 순간들 중 하나가 바로 지금이었다. 오빠가 친하게 지내지 말라고 했던 사람에게 굳이 말을 걸고 속으로 후회하는 순간.

"너 운전면허 땄냐?"

우람이 물었고 김정훈은 조금 늦게 대답했다. 갑자기 그런 건 왜 묻냐는 투였다.

"응. 1종 보통."

"운전 얼마나 했어?"

"고등학교 졸업하자마자 땄어, 운전면허. 동네 영업할 때는 차가 필수라서⋯⋯. 모르긴 해도 한 10만 킬로미터는 탔을 거야. 왜?"

"꽤 했네."

김정훈은 말이 없었다. 대체 그런 게 왜 궁금하냐는 생각을 계속하고 있겠지. 우람은 김정훈이 이해하기 좋도록 말을 고르는 중이었다.

"운전석에 앉아 있는 너 자신을 상상해 봐."

우람은 김정훈이 누워 있을 건너편 침대를 향해 휙 돌아누웠다. 어두워서 김정훈의 실루엣이 번데기처럼 보였다. 우람은 그 거대한 번데기가 꿈틀거리고 있는 것 같다고 생각했다. 김정훈 역시 이쪽으로 돌아눕고 있는 걸까.

"운전을 할 때…… 자동차는 운전자의 연장된 신체일까, 운전자 자신일까? 얼핏 별 차이 없는 것 같지만 이게 운전 효율을 결정하는 중요한 분기점이라고 봐, 나는. 손에 망치를 들고 있는 사람과, 손이 있어야 할 자리에 망치를 이식한 사람의 차이라고 할까. 너는 지금 긴 커브 길을 달리고 있어. 커브를 부드럽게 돌려면 길의 곡률만큼 핸들을 꺾는다는 의식 대신, 길 저편에 시선을 두고 그곳을 향해 몸을 부드럽게 움직인다는 감각이 필요하지. 무슨 말인지 알지? 도구를 사용하고 있다는 의식이 도구 사용 효율을 저해한다는 거야."

내가 지금 말을 잘 하고 있는 걸까? 우람에게는 거의 처음부터 그것이 매우 자연스러운 감각이었기에 설명이 쉽지 않았다. 걷는 법을 말로만 가르칠 수는 없다. 헤엄치는 법이 그렇듯, 두발자전거로 균형 잡는 법이 그렇듯.

"이제 운전석을 자동차 대신 로봇으로 옮겨 보자. 탑승형 로봇을 걷게 만들려면 어떻게 해야 할까? 이때 가장 쓸모없는 생각이 바로 로봇의 팔다리를 움직이겠다는 발상이야. 자기 몸을 컨트롤할 때는 그러지 않잖아. 내 팔과 다리가 규칙적으로 축 운동을 하도록 만들어야겠다, 이런 생각을 하지 않는다고. 아주 간단해. 여기에서 저기로 가야겠다 하고 생각하지. 어떨 땐 아예 생각 자체를 안 하기도 해. 몸을 의식하지 않는 거야. 무슨 말인지 알겠어?"

알아듣고 있을까? 굉장히 단순한 건데. 김정훈은 여전히 말이 없었지만, 우람은 힘주어 말했다.

"네가 그 로봇이고 그 로봇이 너인 상태가 되어야 자연스럽게 움직일 수 있다는 거야."

한참 만에 김정훈이 드디어 목소리를 들려주었다.

"왜 그런 얘기를 해 주는 거야?"

그래서 이번에는 우람이 할 말을 잃었다. 말하다 보니 왠지 흥이 올랐달까, 더 잘 설명하고 싶은 의욕이 들었달까. 그래서 저도 모르게 가르치듯 길게 말해 버린 것이 그제야 부끄러워졌다. 그렇지만 방금 받은 질문에 답하는 건 어렵지 않았다.

"좋아하니까."

왜 그런 당연한 것을 묻냐는 투로 답한 후, 우람은 급하게 덧붙였다.

"······로봇을."

그 후 날이 밝을 때까지 김정훈은 아무 말도 하지 않았다.

우람이 거대로봇 조종을 자동차 운전에 빗댄 것은 약간의 공통점에 기댄 전적인 우연이었지만 프로그램 제작진도 비슷한 생각을 한 모양이었다. 미니 마라톤 이후 곧장 시작될 예정이었던 VR 로봇격투가 총 600분의 적응 훈련 이후로 연기된 것을 보면. 열 시간이라니 도로 주행 연습 시간이야 뭐야. 처음부터 우수했던 우람에게는 모두에게 공평하게 주어진 연습 시간이 그다지 유리할 것 없었지만, 우람은 오히려 만족스러웠다. 이제 좀 붙어 볼 만한 사람이 나오려나.

하루 네 시간씩 이틀간 적응 훈련을 하고 사흘째 되는 날 두 시간 훈련을 하고 나서 프리 포 올 VR 로봇격투를 시작할 예정이었다. 보람은 VR 훈련 이틀 내내 전화를 받지 않았고 우람은 슬슬 짜증이 났다. 다가올 경기에 대한 기대감, 그것이 연기되어 느끼는 약간의 불만과 또 아주 약간의 안도, 관여할 수도 마음껏 짐작할 수도 없는 바깥 상황에 대한 무력감과 불쾌감 등이 마구 뒤섞인 짜증이었다. 전반적으로 공격적인 정서였고 우람은 이 감정이 오히려 경기를 치르는 데 도움을 주리라 스스로 진단했다.

긴장은 비효율적이야. 적어도 여기서는 긴장할 필요가 없어. 실전보다 훨씬 난도가 낮으니까.

VR 기어를 착용하면서 우람은 길게 숨을 돌렸다. 오른쪽 다이얼을 지그시 누르자 익숙한 광경이 펼쳐졌다. 실제와 한없이 유사한 세종대로의 풍경이. 여기가 곧 배틀 필드가 된다니 믿을 수가 없구먼. 우람은 산책하듯 가볍게 그 일대를 거닐며 전투에 이용할 만한 지형지물을 살폈다.

거대로봇을 개발하는 국가들은 저마다 비슷한 구실을, 예를 들어 극한까지 발달한 우주항공기술을 지상형 로봇 개발에 이용해 그 나라의 과학 문화 발달 수준을 과시하겠다는 이유 등을 내세우지만, 유사시에 거대로봇이 전투에 활용될 수 있다는 점은 절대 밝히지 않는다. 발화하지 않는 건 포기하지 않겠다는 의미다. 우리는 전쟁을 위해 거대로봇을 만들겠습니다 하면 당연히 국내외의 거센 반발에 부딪힐 테니까. 물론 거대로봇이 투입되는 전투 상황은 어디까지나 극단적인 가정일 뿐이다. 하지만 언제나 그럴 가능성은 존재하고, 그것이 공식적으로 밝혀진 적 없다고 해서 눈치채지 못할 만큼 사람들은 순진하지 않다.

아마도 오늘 연출될 장면은 이 쇼에서 가장 중요한 하이라이트일 테지. 거대로봇의 전투력을 확인할 자료이기도 하고 현대 과학기술의 집대성이 대격돌하는 진풍경이기도 하니까. 어디까지나 가상공간에서 이루어지는 가상의 전투이기 때문에 여러 가지 맥락에서 '안전'하기도 하고.

"30초 뒤, VR 로봇격투 본경기가 시작됩니다."

15분 전부터 5분 간격으로 귀에 꽂히던 안내 멘트가 카운트다운으로 바뀌었다. 20초, 10초, 5, 4, 3……. 우람은 눈을 세게 감았다. 미니 마라톤을 치를 때 경험했던 순간이동의 감각이 또다시 일어났다. 카운트다운 종료와 함께 눈을 뜨자 눈앞에 '**PAUSE: 일시정지**' 메시지가 떠 있었다. 과연 꽁꽁 묶인 것처럼 기체 가동이 불가능했다.

"여러분의 기체는 서울시청 광장 반경 2킬로미터 내에 임의로 배치되어 있습니다. 신호와 함께 경기를 시작하겠습니다."

하늘에 격투 종목 규칙이 다시 떠올랐다. 제한 시간: 30분.

규칙: 프리 포 올(Free for All). 기동 정지 시 60초 후 랜덤 구역에서 재생성. 우람의 시야에 세 대의 기체가 들어왔다.

"경기 시작!"

시야 안에 있던 세 대의 기체 중 정면에 있던 것이 맹렬한 속도로 우람을 향해 달려왔다. 우람 역시 응전 태세로 그쪽을 향해 달렸다. 그러고는 가속도를 그대로 받아 점프한 후, 상대 기체를 바닥에 찍어 눌렀다.

이름하여 마리오 점프다, 이 녀석들아.

"이런 미친."

주변에서 누군가가 중얼거리는 소리가 들려왔다. VR 아스팔트 도로에 로봇 모양의 구멍이 깊숙이 새겨졌다. 아, 역시 김보람 훈련생! 처음부터 대단한 기량을 보여 줍니다. 마이크로 증폭된 진행자 멘트 역시 시스템 내에서가 아니라 바깥에서 들려왔다. 저건 말이죠, 역시 로봇이라 가능한 동작이라고 할까요. 사람의 경우에도 도움닫기를 하면 자기 키 이상을 뛸 수 있지만 잘 설계된 로봇은 서전트점프로도 자체 전고 이상의 도약력을 보여 줄 수 있거든요. 물론 수십, 수백 톤에 이르는 거대로봇이 수십 미터 점프하면 거기서 나오는 파괴력은, 뭐 굳이 제가 설명하지 않아도 짐작하실 수 있겠죠. 김 박사의 도움말을 흘려들으며 우람은 시야에 있던 나머지 로봇들을 향해 몸을 돌렸다. 자기들끼리 짝지어 몸싸움을 벌이던 두 로봇 역시 우람의 점프에 깔려 동시에 데스 판정을 받았다.

하늘에 뜬 자막에는 생존 기체 수와 10초 내 재생성될 기체 수가 표시되어 있었다. 경기 시작 3분 만에 생존 기체는 열두 대가 남은 것으로 나타났다. 우람에게는 그것이 어딘가에 전투력이 뛰어난 기체가 적어도 한 대 이상 있다는 의미로 파악되었다. 평균 일대일 이상을 해낼 수 있는 기체.

지난 이틀간의 적응 훈련에서 확인한바, VR 로봇으로 미사일을 쏘거나 총격을 퍼붓는 등의 기능은 수행할 수 없었다. 적응 훈련 열 시간 만에 우람 수준, 또는 그 이상으로 로봇의 운동능력을 끌어올린 훈련생이 있으리라는 추측은 비현실적이었다. 어떤 변수가 있는 걸까. 지형지물의 경우, VR 세트 건물들은 실제보다 튼튼해서 로봇이 무슨 짓을 해도 부술 수 없었다. VR 맵의 일부로서 훼손할 수 없게 설정된 모양이었다.

생존 기체 스물세 대. 스물여덟 대. 서른세 대. 재생성 속도가 처치 속도를 따라잡았다. 훈련생들이 이제 서로 눈치를 보며 몸을 사리기 시작했다는 의미였다. 우람은 처치 점수 적립 효율이 좀 떨어지더라도 활동 반경을 넓히며 생존 기체를 적극적으로 찾아다니는 전략을 수립했다. 눈에 띄는 기체들은 생각보다 빠르게 찾아낼 수 있었다. 한동안 귀에 들어오지 않던 진행자와 김 박사의 멘트가 우연히 다시 들린 것도 바로 그때였다.

드디어 김보람 훈련생과 오진영 훈련생이 만났네요.

해설이 아니었어도 우람은 그 기체가 오진영의 것임을 알아볼 수 있었다. 맨손으로 싸우는 다른 기체들과 달리 길고 기이하게 생긴 뭔가를 휘두르며 싸우는 모습, 펜싱 국가대표 상비군이라던 '그 남자'가 분명했다. 그리고 손에 들고 있는 저건…… 내가 생각하는 그게 맞나.

오진영의 기체는 청계 광장 소라 기둥을 들고 앙 가르드(En garde) 자세를 취하고 있었다.

저게 제가 알기로 딱 10미터 정도 되거든요, 사람으로 치면 그 펜싱 사브르 정도 비율이 될 거예요. 정말 재밌는 전략을 택했죠, 오진영 훈련생. 김 박사는 웃으며 설명했지만, 우람은 웃음이 나오지 않았다. 가까이 가면서 관찰해 보니 오진영은 정확히 두 군데만 공격했다. 자기와 마주 보고 있는 상대의 경우 정강이 앞쪽에 해당하는 부분을, 돌아서서 달아나는 상대의 경우 후두부 바로 아래 등판을. 우람의 추측이 틀리지 않다면 그 두 군데가 배터리 파트일 터였다. 오진영에게 공격당한 기체들은 그리 심각한 파손이 아닌데도 차곡차곡 소멸되었다.

배터리 파트가 어딘지 어떻게 정확히 알고 있는 거지?

오진영의 독주를 막아야 한다는 생각, 그러려면 우선 소라 기둥을 빼앗아야 한다는 생각이 들었지만 선뜻 전진할 수가 없었다. 우람은 프로그램에 참여하기로 마음먹은 후로 거의 처음, 아니 일생 거의 처음으로 무력감을 느꼈다. WGMO에서 그자비에를 봤을 때와는 전혀 다른 섬뜩함이었다. 대부분의 지형지물이 파손되지 않는 VR 세트에서 오진영의 손에 맞는 무기가 될 만한 기물만 깔끔하게 분리되었고, 오진영은 그것까지도 사전에 알고 있었던 듯한…… 배터리 파트의 정확한 위치를 알고 있는 것과 마찬가지로……. 오진영의 그 정밀한 작전과 타격 전체에서 설명하기 어려운 위화감이 느껴졌다.

"여러분!"

우람은 생각을 다 끝내기도 전에 일단 외쳤다. 한시가 급했다. 오진영이 우람의 기체를 인지하고 다가오기 시작했다.

"우선 저 기둥을 빼앗아야 해요. 한번 처치되고 재생성되면 무기를 잃어버릴 겁니다. 힘을 합쳐서 제압하는 수밖에 없어요."

우람은 주변 훈련생들에게 호소했다. 다소 치사한가, VR 훈련임을 이용해 오프라인 콘택트로 동맹을 요청하는 게. 하지만 치사한 걸로 치면, 오진영의 주 전략이야말로 그렇지 않은가. 수상하기 이를 데 없지 않은가. 최대한 빠르게 작전을 폐기하지 않으면 오진영을 제외한 누구도 그에게 대항할 수 없게 된다. 우람은 간절한 마음으로 주먹을 쥐었다. 근처를 배회하는 기체 중 몇몇이라도 작전에 합류해 준다면. 단 한 기만이라도.

"아, 목소리 들으니까 알겠다. 난치병이구나. 존나 반가워요, 난치병 님."

오진영의 웃음기 섞인 목소리가 근처에서 들려왔고 소라

기둥을 든 기체 또한 우람의 기체를 향해 다가오고 있었다. 주변을 배회하던 기체들은 합류는커녕 휘말리기 싫다는 듯 자리를 피하고 있었다. 제기랄. 우람 역시 오진영의 사정거리 안에 들어가지 않으려고 뒷걸음질을 치기 시작했다.

"알아서 찾아올 줄 알았다니까. 죽을 자리를."

오진영의 기체는 앞에서 다가오고 있었지만, 그의 목소리는 뒤쪽에서 들렸다. 우람은 목덜미에 소름이 돋는 것을 느끼며 줄곧 뒷걸음질을 쳤다. 오진영과의 거리는 점점 가까워지고 있었고 새로운 전략은 떠오르지 않았다. 오진영한테 처치당하는 건 기정사실이라 치고…… 그와 함께 저 무기를 봉인할 전략은 없나…… 지금이라도 돌려차기를 하면…… 아니지, 내가 아무리 빠르고 정확한 발차기를 할 수 있다고 해도 펜싱 상비군 칼보다 빠를 순 없어……. 여기서 죽고 재생성된 다음에 오진영을 피해 다니면서 점수를 올리는 것밖에는 방법이 없나. 불현듯 떠오른 것은 WGMO 레스큐 종목 경기를 치를 때 보았던 전기톱을 든 악당이었다. 등 뒤를 가로막은 대형 빌딩 때문에 더는 뒤로 물러나지 못하게 된 채, 우람은 잠시 생각을 멈추었다.

바로 그 순간, 기적이 일어났다.

"뭐야!"

오진영이 악을 썼다. 기체 하나가 우람의 오른편에서 놀라운 속도로 달려 나오더니 오진영의 기체에 그대로 보디 태클을 걸었다. 정면에 있는 목표물, 즉 우람을 향해 오른팔을 길게 뻗고 있던 오진영은 왼편이 완전히 무방비였기에 갑자기 튀어 나온 다른 기체에 속수무책으로 당해 쓰러졌다. 정작 문제의 기체는 마치 조깅을 하다가 실수로 어깨를 부딪힌 사람처럼 잠시 휘청하는가 싶더니 그냥 그대로 번개같이 달려갔다.

뭐지 이게, 말로만 듣던 데우스 엑스 '마키나'?

우람은 어안이 벙벙해졌지만, 오진영의 기체가 재생성되기 전에 소라 기둥을 강아지 풍선처럼 구부려 놓는 것은 잊지 않았다. 뒤에서 오진영이 괴성을 질러 댔지만 더는 신경 쓰이지 않았다. 경기 시간 13분대에 일어난 일이었다.

"이제 경기를 종료합니다! VR 기어를 벗어 주세요!"

우람의 최종 스코어는 16 킬, 노 데스. 너끈히 최종 5위 안에 안착할 만한 점수였다. VR 기어를 벗자 VR 환경과 현실 사이의 미묘한 시야 차이 때문에 약간 어지러웠고 이마에는 땀이 송골송골 맺혀 있었다. 우람은 진행자와 김 박사가 앉아 있는 무대를 바라보았다. 다음 라운드에 진출할 20위까지의 명단과 점수가 떠오르고 있었다. 우람은 자기도 모르게 20위를 먼저 확인했다. 20위 김정훈, 1 킬, 노 데스. 휴, 김정훈 통과했구나. 우선은 안도감이 찾아왔고 곧 자기가 왜 안도하는지 모르겠다는 머쓱함이 들었으며 마지막으로 혹시나 하는 생각이 떠올랐다. 혹시 그 데우스 엑스 마키나가 김정훈은 아니었을까.

우람은 기뻐하거나 탄식하고 있는 훈련생 무리에서 김정훈을 찾아내려 애썼다. 눈에 띄게 땀에 젖어 있는 단 한 명의 훈련생, 김정훈이었다. 역시 계속 달리고 있었던 거구나. 데스 수가 0인 걸 보면 아마 무척 빠르게 계속 달린 거겠지. 우람은 김정훈에게 다가가 고맙다거나 잘했다고 말하고 싶은 충동을 느꼈지만 오진영에게 가로막혔다.

"운이 좋네요, 난치병 님."

14 킬, 1 데스를 기록한 오진영은 결국 전체 5위가 되었고 경기 중 자기가 당한 것처럼 우람의 어깨를 자기 어깨로 치고 지나갔다. 우람의 충동은 김정훈한테 인사하기에서 오진영의 멱살 잡기로 바뀌었고, 그 충동을 거의 실행에 옮길 뻔했지만, 김정훈이 다가와 우람을 붙잡은 덕에 무산되었다.

"이번 종목의 추가 혜택 기억하고 계시죠? 상위권 훈련생들은 대결하고 싶은 상대를 지목할 수 있는 '약자 지목권'을 얻습니다. 내일 발표될 다음 라운드 종목 발표에서 약자 지목권을 행사해 주시면 되겠습니다. 여러분, 오늘 모두 수고 많으셨어요!"

진행자의 안내를 마지막으로 촬영 종료가 선언되었다. 우람은 어색한 걸음으로 김정훈과 함께 걸었다. 무슨 말이라도 해야 할 것 같았지만 할 말이 영 떠오르지 않았다. 아, 고맙다는 말을 하려고 했지. 겨우 생각이 거기에 이르렀을 때 김정훈이 먼저 말을 건넸다.

"가르쳐 줘서 고마워. 로봇 움직이는 법."

"고맙기는. 내가 더 고맙다."

"실은 요 며칠간 내가 널 좀 피했는데……."

뭐? 내가 널 피한 게 아니라 네가 나를 피했다고? 우람은 귀를 의심하며 김정훈을 보았다. 아니, 하긴 나는 김정훈 조심하라는 경고를 듣고 오히려 김정훈한테 말을 더 많이 걸었지. 머쓱하기도 하고 대꾸할 말이 없기도 해서 어, 응 하고 얼버무리는 우람에게 김정훈은 무척 부끄러워하며 말했다.

"집에 전화했다가 동생한테 들은 건데, 인터넷에 너랑 나랑 사귀는 내용으로 소설 쓰는 사람들이 있대."

"너랑 나랑 뭐라고?"

"그러니까 말이야."

김정훈은 털어놓고 나니 속이 시원하다는 듯 웃었다. 웃은 건 자기면서 갑자기 정색을 하고 변명도 했다.

"아니, 그렇다고 네가 싫다는 게 아니고. 오히려 좋거든. 아니, 그런 식으로 좋아한다는 건 아니고. 아니…… 뭐라고 해야 하지. 난 너 존경해."

존경이라니 이건 또 무슨 소리람. 차라리 고백하는 게 덜 부끄럽겠다. 우람은 귓불 끝까지 꽉 차오른 열기를 느끼면서 어두워져서 다행이라는 생각을 했다.

"아무리 생각해도 최종 1인에는 네가 어울려. 당연히 네가 될 거라고 생각해. 그래서 네가 하는 거 지켜보는 게 즐겁고 자극이 돼. 그렇다고 양보하겠다는 뜻은 아니야. 나도 열심히 해야겠다고 생각하게 된다는 거지."

"고마워."

"내가 고맙지. 로봇 움직이는 법도 네가 가르쳐 줬잖아."

하지만 몇 마디 말로 가르쳐 준다고 실력이 갑자기 늘 수 있을까. 첫 훈련에서는 3킬로미터도 가지 못했던 훈련생이 단 사흘 만에, 열 시간 만에 30분 내내 달릴 수 있게 된 건 김정훈이 일으킨 기적이었다. 100명을 뽑는 대회에서 100위를 기록했던 그가, 소위 턱걸이로 들어온 그가 한 주 하루 한 시간, 일분일초가 다르게 성장하고 있는 건 우람에게도 조금 자극이 되었다.

"앞으로는 그런…… 소설 같은 것 때문에 너를 피하지 않을 거야."

김정훈이 다짐하듯 그렇게 말했고, 우람은 조금 웃었다. 우리 원래 그렇게 친하지 않았거든. 오히려 서로 피하려고 노력하다 더 가까워졌는지도 모르겠다. 자연스럽게 우람의 뇌리에 보람이 떠올랐다. 설마 김정훈과 거리를 두라는 게 그것 때문이었나? 자기 몸이나 걱정할 것이지.

6장

비밀은 없다
THE UNVEILED TRUTH

밴드가 늘어난 건가, 아니면 살이 좀 빠진 건가. 우람은 뒷
짐 진 채 화장실 거울을 등지고 서서 신중하게 척추를 더듬었
다. 고개만 살짝 돌려 거울을 보니 어깨뼈는 뾰족하게 솟아올
라 있었고, 브래지어 밴드는 느슨하게 떠 있었으며, 등 뒤로 보
낸 손이 그 틈을 어렵잖게 드나들 수 있었다. 살…… 빠지면
안 되는데. 근손실 오는데. 우람은 어깨를 크게 돌려 풀어 준
후 브래지어 위치를 잘 다잡고 티셔츠를 뒤집어썼다. 안 그래
도 남자들하고 경쟁하는 판인데 피지컬에서 밀릴 순 없다고.
화장실에서 우람이 무슨 생각을 하고 있는지 알 리 없는 김정
훈은 머리 다 말렸으면 밥 먹으러 가자고 목소리 높여 부르고
있었다.

　그럭저럭 합숙 촬영 기간이 1개월을 넘어가고 있었다. 합

숙소 체류 인원이 스무 명으로 줄어들면서 나타난 뜻밖의 변화 중 하나는 협찬품의 질과 양이 대폭 개선되었다는 점이다. 인원이 100명일 때도 넉넉하게 인원수 이상으로 들어오던 에너지 드링크 협찬이 기능성 애슬레저 웨어로 진화했고, 공동 식당의 원산지 표시도 단출한 '국산'에서 메인 스폰서 T그룹 F&B 계열사의 유기농 브랜드 로고로 변경되었다. 심지어 전날에는 훈련생들이 숙소를 비운 사이 침대까지 교체했다. 리클라이너 및 마사지 기능이 있는 초고가 침대를 보고 김정훈은 감탄했지만, 우람은 불안에 떨며 옷장 안을 살폈다. 혹시 캐리어 속에 꼭꼭 숨겨 둔 압박 브래지어를 들켰을까 봐. 비밀번호를 걸어 잠가 둔 캐리어는 나가기 전에 본 그대로 얌전히 놓여 있었지만, 우람은 옷장 안에 고개를 박고 한동안 심호흡해야 했다.

얼마 전부터는 팬들이 보내 주는 간식차 출입도 허용되었다. 하루가 멀다 하고, 심지어는 하루 서너 대씩 커피나 크로플, 샌드위치를 나눠 주는 차가 드나들었다. 누구 팬클럽의 어떤 간식 후원이 몇 시에 들어올 것인지 치밀하게 조율한 결과였다. 프로그램 모니터링은커녕 인터넷 접속도 못 하고 있는 훈련생들에게는 그 모든 것이 인기를 실감하게 하는 척도였다. 프로그램에 쏟아지는 관심과 기대는 모두 물적 자원으로 환산 가능했고, 도심 속 무인도나 다름없는 합숙소는 끊임없이 쏟아져 들어오는 자원들로 한껏 풍요로워졌다.

그렇게 사랑을 받는데도 우람이 오히려 마르는 데에는 이유가 있었다. 연출팀은 끼니때마다 훈련생 전원을 길다란 테이블에 앉힌 채 협찬품을 먹고 마시는 장면을 땄다. 때로는 한 끼에 두 가지 이상 협찬 품목 홍보 장면을 촬영하는 무리수를 강행했다.

"어차피 이게 다 제작비고 여러분 출연료거든요."

아무도 투덜거리지 않았는데 조연출이 변명조로 말했다. 많아 봐야 세 식구, 어머니가 바쁠 때, 그러니까 평소에는 보람과 단둘이서 끼니를 때우는 게 일상이던 우람에게는 그런 상황이 영 불편했다. 매번 스무 명이 어깨가 닿도록 바투 모여 앉아 밥 먹는 장면을, 그 서너 배 정도 되는 인원이 숨죽이고 지켜보며 촬영하는 것.

"오늘 찍을 거 많아서 단체 품새 생략하고 바로 체육관 이동할게요. 어차피 그쪽에도 화장실 있으니까 다 같이 한 번에 갑니다."

찍을 게 많다는 건 오늘 바로 경기를 치르겠단 뜻인가. 준비할 시간 정도는 줘야 하는 거 아닌가. 우람은 턱을 움직여 음식을 부드럽게 만드는 저작운동에 집중하려 노력하며 생각했다. 이건 연료고 나는 로봇이다. 완전충전을 해야 최상의 성능이 나온다. 생각이야 쉬웠지만 실제로는 보통 일이 아니었다. 촬영도 촬영이려니와, 맞은편 왼쪽 자리에서 열렬하고도 집요하게 노려보는 눈길 때문에 식사에만 집중할 수가 없었다.

우람으로서는 그 눈의 주인이 누구인지 알게 된 지도 얼마 되지 않은 참이어서 의아하기까지 했다.

프로 게이머 장헌. 스무 살. 서바이벌 FPS 장르 VR 게임 세계 랭킹 8위, 한국 랭킹 1위에 빛나는 인재. 장헌에 대해 알려 준 김정훈은 어떻게 그를 모르냐며 놀라워했다. 자기도 그 게임을 해 본 적은 없지만, 우리 또래 남자라면 모를 수가 없는 스타라고. 세계 8위 한국 1위는 고등학생이었던 장헌이 데뷔한 지 18개월 만에 세운 기록이었고, 프로 게이머로서는 피지컬이 한창인 나이라 앞으로 더 승승장구할 거라고 했다. VR 게임에 특화된 훈련생답게 지난 경기 1위 또한 22 킬, 2 데스를 기록한 그가 차지한 터였다. 그 덕분에 평소 게임에 별 관심이 없던 우람도 상당히 깊은 인상을 받긴 했다. 지금까지는 그다지 눈에 띄는 편이 아니었는데. 본경기 직전 친선 미니 게임까지만 하더라도.

그러고 보니 저 사람이었지, VR 기어 받자마자 이 게임은 날로 먹겠네 하고 외친 사람. 그때만 해도 빈 수레가 요란하다더라 하는 마음으로 반신반의했는데, 과연 프로는 다르다 이건가.

김정훈의 귀띔이 아니었어도 우람은 결국 그를 경계하게 되었으리라는 생각을 했다. 이글이글 타는 듯한 눈길에서 타인보다 수십 배는 강한 그의 경쟁심을 읽어 낼 수 있었기 때문이다. 우람은 잘 모르는 사람에게 필요 이상의 관심을 두어 본 적이 없었지만, 잠재적 경쟁 상대를 관찰하고 분석하는 건 자연스럽고 정당한 행위라고 생각했다. 그러나 누군가에게 대놓고 적대적인 관찰을 당하는 게 썩 아무렇지도 않지는 않았다. 이럴 때 김보람이라면 어떻게 했을까. 장헌이 쏘아 대는 눈빛을 정면으로 응시하다가 야무지게 윙크를 날리지 않았을까. 그걸 상상하고 나서야 우람의 기분은 조금 나아졌고, 코웃음이 피식 새지 않게 참다 보니 오히려 표정이 더욱 굳어졌다.

좀 얽힌 것 같네. 우람은 가슴팍을 두드리며 체육관으로 이동하는 행렬에 합류했다. 남은 훈련생은 스무 명에 불과했지만, 골프 카트를 타고 이동속도를 맞추며 촬영하는 스태프들이 있어 어쩐지 퍼레이드 같은 느낌이 들었다. 남은 인원 가운데에는 이제 우람이 실질적으로 안다고 할 만한 이가 거의 없었다. 지난 경기로 인연을 맺었던 사람으로는 공군 파일럿 출신 노석종만 생존했고 나머지는 룸메이트 김정훈 단 하나. 처음부터 우승 후보로 꼽히던 '그 남자' 오진영이나 우람의 뒤를 이어 예선 2위를 했던 정민도를 비롯한 우수한 훈련생들 역시 건재했다. 그 말인즉슨 이제 운의 영역을 완전히 벗어났다는 거지. 총인원의 5분의 1만 남은 이제는, 방심할 수 없다.

지금까지 딱히 방심한 적이 있나 싶지만.

"대한민국 사상 최초 거대로봇 기체 브이, 그 조종석에 앉는 단 한 명의 파일럿은 과연, 누가 될 것인가. The First HUN을 찾는 프로젝트 브이, TOP 10을 선발하는 본선 세 번째 라운드에 이르렀습니다."

훈련생들이 체육관에 미리 세팅된 의자에 앉자, 진행자는 종전보다 한층 힘이 들어간 멘트로 본격적인 촬영의 시작을 알렸다. 우람은 진행자의 단상과 훈련생들이 앉은 의자가 체육관 한쪽에 몰려 있고, 그 반대편 끝에는 크로마키 촬영용 그린스크린이 설치되어 있다는 사실을 의식했다. 오늘은 대체 뭘 하려고 그러는 거지. 설마 또 VR인가.

"경기 시작에 앞서, 지난 라운드에서 얻은 혜택을 사용할 기회를 드리겠습니다. 먼저, 지난 경기 순위를 다시 한번 확인해 주세요."

무대에 설치된 홀로그램 화면에 훈련생 스무 명의 이름이 순위와 함께 떠올랐다. 1위 장헌, 2위 김보람, 공동 3위 마파람 정민도, 5위 오진영…… 20위 김정훈. 우람은 신경 쓰지 않으려 했으나, 앞쪽에 앉아 있는 장헌이 우람을 돌아보며 이죽거렸다. 왜 저래 진짜? 우람은 정말이지 순수하게 그의 동기가 궁금해졌다.

"지난 경기 우수 기록 보유자에게는 다음 경기 상대를 지목할 수 있는 혜택을 드리기로 약속했는데요. 1위 장헌 훈련생부터 희망 상대를 확인해 보겠습니다."

스태프들이 일사불란하게 무대로 탁자를 옮기고 그 위에 훈련생들 의자처럼 5행 4열로 소품을 배치했다. 인원이 적다 보니 무대가 그리 멀지 않아 그게 무엇인지도 어렴풋이 확인할 수 있었다. 검은색 바탕에 금색 글씨가 들어간 손바닥만 한 아크릴 명찰들. 소품이 준비되자 촬영이 곧장 재개되었다.

"장헌 훈련생, 약자 지목권을 행사해 주세요."

맨 앞줄에 앉아 있던 장헌이 의자를 박차다시피 하며 일어나 무대로 나갔다.

"저의 상대는,"

게임 채널 방송 출연 경험이 풍부할 장헌은 메인 카메라가 놓인 쪽을 향해 자기가 고른 명찰을 힘차게 뻗어 내미는 쇼맨십까지 보여 주었다.

"김보람 훈련생입니다."

예상대로의 전개였기에, 정확히 말해 장헌이 그 전개를 너무도 강하게 암시해 왔기에 우람은 별로 놀라지 않았지만, 장내는 술렁거렸다. 하긴 지난 경기 후로 장헌이 얼마나 의욕적으로 나를 견제하려 했는지는 당사자인 나밖에 모르겠지. 우람은 다소의 피로감과 불편한 식사 직후의 체기를 다스리느라 가슴과 어깨를 가볍게 두드리며 생각했다. 1위가 굳이 2위를 선택한 것도 볼거리겠고.

"김보람 훈련생과 대결하고 싶은 이유는 무엇이죠?"

진행자가 자못 흥미진진해하며 묻자 장헌은 명찰을 으스러뜨릴 듯 손에 힘을 주며 대답했다.

"저한테서 2 데스를 따 갔기 때문입니다."

"아, 그럼 인정이지. 1 데스도 아니고 2 데스면."

훈련생 중 누군가가 말했고 나머지 훈련생들이 웃음을 터 뜨렸다. 우람은 웃지 않았지만 장헌의 동기는 이해할 수 있겠 다는 생각이 들었다. 1 데스와 1 킬이 상쇄된다고 치면 장헌은 이전 경기에서 20 킬을 따낸 셈이니 두말할 나위 없이 16 킬 인 우람보다 우수한 성적을 거둔 셈이지만, 데스가 딱 두 번인 데 각각 다른 플레이어가 아니라 우람에게만 당한 거라면 그 에 대한 원한이 생길 법했다. 한 번은 우연이라 생각하고 다시 우람을 잡으려고 했는데 도리어 말려들어 한 번 더 죽었을 테 지. 아마 미친 듯이 약이 올랐을 테고. 한 플레이어에게 2 데스 를 당했는데 정작 그 플레이어는 노 데스라는 걸 알았으면 아 무래도 화가 나겠지.

자동으로 우람의 약자 지목권은 박탈되었다. 확실히 이건 예상치 못한 상황이네. 우람은 가벼운 짜증과 기묘한 흥분을 동시에 느끼며 생각했다. 약자 지목권은 떨어뜨리고 싶은 사 람을 정확하게 겨냥하는 무기가 될 수 있어 매우 중요했다. 라 운드별 경기 종목을 개전 직전에야 알려 주는 프로그램 운영 방침상, 강력한 우승 후보일수록 미리 제거해 두는 편이 유리 했다. 당연히 우람은 오진영 지목을 염두에 두고 있었지만 모 처럼의 기회가 무산된 셈이었다.

나머지 훈련생들은 직전 라운드 1위와 2위, 둘 중 한 명의 탈락이 확정된 상황을 내심 반기는 눈치였다. 공동 3위 중 한 명인 마파람은 안정적으로 최하위인 김정훈을, 또 다른 3위 정민도는 10위권 안에 든 노석종을 지목했다.

"저, 질문이 있는데요."

5위 오진영이 상대를 고를 차례가 되자 손을 번쩍 들고 미소를 지었다. 진행자는 대답하면서 오진영이 아닌 연출자석을 바라보았다.

"네, 오진영 훈련생. 뭐가 궁금하시죠?"

총연출자 심송호 피디가 오케이 사인을 보내면서 출연진 머리 위에 설치된 붐마이크를 가리켰다. 마이크 없이 그냥 말해도 된다는 신호인 듯했다.

"이미 지목된 사람을 다시 한번 지목하면 그 사람은 경기를 두 번 치르나요?"

카메라는 여전히 돌아가고 있었지만, 촬영은 잠시 지연되었다. 연출 및 작가진이 심송호 피디를 중심으로 모여들어 짧은 회의를 했기 때문이다. 조금 후 스태프들이 흩어졌고 심송호 피디가 비장한 표정으로 양팔을 교차해 가위표를 만들었다.

"한번 지목된 훈련생은 이후 다시 지목할 수 없습니다. 꼭 대결하고 싶은 훈련생이 있더라도 그 사람이 이미 지목되었다면 다른 사람을 생각해 주세요. 순위가 높은 훈련생의 권리가 우선이니까요."

진행자의 말에 심송호 피디는 양팔의 위치를 바꾸어 동그라미를 그려 보였다. 연출자의 단순한 수신호를 임의로 해석해 매끄럽게 진행하는 모습이 우람의 눈에도 대단해 보였다.

애초에 규칙을 빈틈없이 만들었다면 더 좋았겠지만. 오진영은 어쩔 수 없다는 듯 어깨를 으쓱해 보이더니 한 손으로 눈을 가리고 다른 손으로 아무 명찰이나 집어 드는 도발을 선보였다. 누구와 맞붙든 상관없다는 자신감인가, 어차피.

상위 그룹에서 10위권 내의 훈련생을 지목하는 사례가 몇 번 발생해 약자 지목권은 12위에게까지 돌아갔다. 뒤로 갈수록 선택의 여지가 없어지기는 했지만. 확정 대진표가 홀로그램 화면에 떠올랐다. 진행자는 확정된 조 편성을 하나하나 읊은 다음 힘주어 외쳤다.

"그럼, 이번 라운드의 대결 종목을 공개하겠습니다!"

CF

CF? 치명적 실패(Critical Failure)? 우람은 눈썹을 모으고 눈을 가늘게 떴다. 화면을 가득 채운 CF라는 알파벳 두 글자가 잘 보이지 않는다는 듯이. 로봇, 그중에서도 거대로봇 조종과 관련된 CF라는 약자로 무엇이 있는지 잘 떠오르지 않았다. 어째서인지 곧장 떠올라 버린 'Critical Failure'라는 조어만 계속 뇌리를 맴돌았다. 뭐…… 기체 조종 중 사고 발생 시 대처 능력 관련 종목…… 그런 건가? 우람은 자신의 가정이 억지스럽다는 것을 잘 알면서도 계속 그쪽으로 파고들었다. 일반적인 의미의 'CF'가 대결 종목이 되는 것만큼은 받아들일 수 없기 때문이었다.

"오늘의 특별 심사위원이자, 여러분의 일일 멘토가 되어 주실 분들을 불러 보겠습니다!"

진행자 멘트와 함께 호리호리한 남녀 열 명이 입장했다. 캣워크로 체육관 입구부터 진행자 무대까지 행진한 그들은 블랙, 그레이, 크림슨 컬러의 세련된 정장을 걸치고 있었다. 브이기체의 상징 색깔로 된 옷을 입은…… 모델들이군. 모든 요소가 설마 하는 그 방향을 또렷이 가리키고 있는데도 우람은 계속 현실을 부정하려 애썼다. 로봇이랑 모델이랑 무슨 상관이지. 저쪽에 설치되어 있는 녹색 크로마키 세트는 무슨 용도지. 정말 궁금하다.

"대한민국을 대표하는 모델 10인과 함께 거대로봇 테마 공익광고를 촬영하는 것, 이것이 오늘의 미션입니다!"

진행자의 말을 들으면 들을수록 점점 의미를 모르겠다는 생각만 들었다. 세계와 함께 드디어 거대로봇 시대에 진입한 대한민국을 기념하는 공익광고, 물론 찍을 수 있다. 올림픽 유치 기원이나 엑스포 관람 독려, 경제나 기후와 관련된 국민 의식 제고, 그런 광고를 전혀 본 적 없는 것도 아니니까. 소위 국뽕 공익광고의 주인공으로 대한민국 최초의 거대로봇과 그 파일럿 HUN 후보들이 출연하는 것도 썩 말이 안 되는 일은 아니다.

"오늘 모신 이분들은 심사뿐 아니라 여러분께 CF 모델로서의 애티튜드도 가르쳐 드릴 예정입니다."

그런데 그게 왜 대결 종목이 되는 거냐고. 찍으면 찍는 거지, 그걸로 당락을 결정짓는 건 무슨 의미냐고. 사실상 로봇하고는 하나도 상관이 없잖아? 모델들이 각자 포즈를 잡으며 짤막한 자기소개를 하고 있었지만, 우람의 귀에는 그 어떤 말도 제대로 들리지 않았다. 이 상황을 어떻게 받아들여야 좋을지 황당하기만 했다.

쾅 하는 굉음이 체육관에 울려 퍼진 것은 다섯 번째 모델이 자기소개를 마칠 즈음이었다.

"이런 씨발, 나랑 지금 장난해?"

자리에서 일어나 의자를 집어 던지며 돌발 행동을 한 사람은 다름 아닌 장헌이었다.

"지금 대놓고 얼굴 반반한 새끼들 뽑아서 올리겠다는 거 아니에요!"

장헌은 분을 이기지 못한 듯 의자를 다시 집어 바닥을 마구 내리치며 괴성을 질렀다. 이건 또 무슨 상황이야. 안 그래도 내내 체기 때문에 힘들었는데 속이 더욱 답답해지는 것을 느끼며 우람은 탄식했다. 장내 분위기는 얼음물을 끼얹은 듯 가라앉았고 장헌이 소란을 피우는 소리만이 층고 높은 체육관 안을 쩌렁쩌렁 울렸다. 애꿎은 다섯 번째 모델이 죄지은 사람처럼 어쩔 줄 몰라 했고, 진행자는 어떻게 좀 해 보란 듯 스태프 쪽을 바라보았지만, 누구 하나 선뜻 나서지 못했다. 우람처럼 대체 이게 무슨 일인지, 실제로 벌어지고 있는 상황이 맞는지 아리송해하는 사람들이 있는가 하면, 상황을 파악하긴 했지만 섣불리 움직였다가 소란에 휘말릴까 몸을 사리는 사람들도 있을 것이었다. 어쩌면 제작진에게는 자극적인 장면이 포착된 김에 방송 분량을 더 뽑아 보려는 의도도 있을지 모른다는 의심이 우람의 뇌리를 스쳤다.

"이럴 거면 내가 왜 쟤랑 한다고 했겠냐고! 이 씨발, 내가 연예인 뽑는 오디션 나왔냐고 지금!"

장헌은 손에 꼭 쥐고 있던 김보람 명찰을 바닥에 내동댕이쳤다. 아. 나랑은 화난 이유가 조금 다르구나, 저 사람은. 우람은 그제야 장헌을 약간 이해할 수 있을 것 같았다. 승부욕이 남다른 사람이고 나를 꼭 이겨야겠다고 마음먹었는데, CF 촬영처럼 외적 요소가 중요한 종목에서는 자기가 불리하다고 생각해서 저러는 거구나. 그렇게 생각하고 보니 마음이 차갑게 얼어붙었다. 누군 이따위 경연 하고 싶어서 하는 줄 아나.

"아니 씨발 진짜, 너네는 화도 안 나냐! 형! 파람이 형! 형도 씨발, 뭐라고 좀 해 봐!"

수십 초간 외롭게 난동을 피우던 장헌이 갑자기 마파람을 붙잡고 늘어졌다. 마파람의 얼굴이 새빨갛다 못해 시커멓게 물들었다. 마파람은 얼굴을 양손으로 가리고 몸을 숙이며 중얼거렸다.

"닥쳐……."

오진영이 풉 하고 웃음을 터뜨렸다. 노골적인 비웃음이었다. 못생긴 장헌이 제 딴에는 저보다 더 못생긴 듯한 마파람을 걸고넘어진 게 우스웠으리라. 훈련생들은 물론 스태프들도, 진행자를 비롯해 오늘 초면인 모델들까지도 웃음을 참는 기색이 역력했다. 애초에 장헌은 물리적으로 그다지 위협적이지 않았다. 우람보다 조금 작은 듯한 키에 깡마른 팔다리. 예선 참가 자격에 태권도 단증 보유 조건이 있었으니 격투 감각이 전혀 없지는 않겠지만, 그건 이 자리에 있는 다른 훈련생들도 모두 마찬가지였다. 다른 훈련생들이 그의 난동을 굳이 말리지 않는 이유는 마음만 먹으면 언제든 제압할 수 있다 여기기 때문이 아닐지 우람은 새삼 생각했다. CF 촬영으로 로봇 파일럿을 찾겠다는 제작진의 의도가 어이없는 건 모두 공감할 만하고, 그 상황에 극단적으로 반발하는 사람을 구경하는 건 자극적인 재미 요소일 수도 있으니까. 하지만 대개, 공개된 분노는 퍼포먼스의 성격을 띤다. 우람은 이미 자신에게 불리한 행동을 한 장헌이 그쯤에서 물러설 리 없다는 점을 우려했다.

"웃어? 씨발, 이게 재밌어?"

장헌은 주변을 두리번거리며 분풀이 대상을 찾았다. 스태프 중 가장 체구가 작고 어려 보이는 사람. 장헌의 다음 행동을 예상한 우람을 비롯한 몇몇 훈련생이 자리를 박차고 일어났다. 장헌이 발견한 목표물은 막내 작가 손서진이었다.

스태프들은 씩씩거리며 달려오는 장헌을 보고 각자 들고

있던 장비나 자신의 몸을 보호하며 한 발짝씩 물러났으나 손서진은 그럴 수 없었다. 장헌의 목표물이 자신이라는 사실을 정확하게 인지하고 있었지만, 대부분의 사람들이 자기를 향해 달려오는 차량을 인식하고도 몸이 굳어 움직이지 못하듯, 손서진도 맞서거나 피할 생각을 못 하고 우두커니 서 있었다. 안 그래도 커다란 눈만 점점 더 동그랗게 뜨면서. 어느덧 손서진이 쓴 안경에 비칠 만큼 가까이 다가온 장헌이 손을 들어 올렸다. 느슨하게 묶어 올린 동그란 머리채를 잡아채려는 것이었다. 손서진은 눈을 질끈 감았다.

"장헌 씨, 아무리 화나도 그러면 안 되죠."

김정훈이 숨을 몰아쉬며 말했다.

손서진의 머리채는 무사했다. 전속력으로 달려간 우람과 김정훈이 가까스로 장헌을 제지하는 데에 성공했기 때문에. 김정훈은 장헌의 팔을 잡아 꺾었고 우람은 손서진의 어깨를 감싸며 그 앞을 막아섰다.

"괜찮아요."

우람이 손서진에게 말했다. 손서진은 우람의 품에 와락 얼굴을 묻고 깊은 한숨을 내쉬었다.

"너무 놀라서 그래요, 잠깐만 이러고 있을게요."

손서진이 들릴락 말락 한 소리로 말했다. 우람은 자기가 더 놀랐다고 말하고 싶은 심정이었다. 지금까지의 상황과 별개로, 갑자기 가슴에 얼굴을 묻다니. 설마 이런 일로 정체를 들키는 건 아니겠지…… 조금 후에 자세를 바로 한 손서진은 죄송하고 감사하다는 인사 말고는 아무 말도 하지 않았다. 우람은 괜찮아요 하고 한 번 더 말한 다음 고개를 돌리고 트림했다. 그거 잠깐 뛰었다고 소화가 갑자기 되네. 내내 살짝 얹혀 있던 아침 식사가 느닷없이 내려간 듯했다.

심송호 피디를 비롯한 책임자급 관계자들이 장헌과 면담하는 동안 조연출 어차피가 메가폰을 잡았고, 나머지 훈련생들은 모델들에게 워킹과 포징을 배웠다. 대진 편성에 따라 훈련생 두 명이 모델 한 명에게 집중 멘토링을 받게 되어 있었기에 우람은 사실상 개인 과외나 다름없는 시간을 보냈다. 여성 모델과 짝을 이루어 걷고 있는 우람을 향해 김정훈이 손나팔로 좋겠다, 놀리기도 했다. 수줍어하며 웃은 쪽은 우람이 아니라 멘토 모델이었다. 우람은 뭐가 좋다는 거지, 생각하면서 뻣뻣한 자세로 걸었다.

"근데 정말 프로포션이 좋으세요. 워킹은 하루아침에 어떻게 못 하지만 몸은 타고나는 거잖아요. 목도 길고 등도 곧고, 모델 하셨어도 됐겠다."

"키가 작아서 글쎄요."

"요즘은 키 그렇게 안 중요해요."

"그래도."

"제가 괜히 하는 말이 아니라요, 정말 비율이 일반인 남성 같지 않아서 그래요. 같은 키의 여성과 남성이 있을 때 여성의 키가 좀 더 커 보이는 현상이 있거든요. 얼굴 크기랑 기성복 허리 위치 때문에요. 보통 여성복 허리 위치가 좀 더 높아요. 즉 얼굴이 작고 다리가 길다는 뜻."

그건 내 비율이 여자 같다는 말인가. 이건 칭찬인가 칭찬이 아닌가……. 그보다 오늘 무슨 날인가. 오늘따라 계속 아슬아슬하게 들킬 것 같은 느낌이 드네. 우람은 허리에 손을 얹은 멘토 모델의 포즈를 따라 하며 억지웃음을 지었다.

"혹시 여자 친구는."

여자 친구는커녕 여자인 친구도 별로 없는데요. 우람은 그렇게 대답하고 싶은 충동을 삼키고 고개를 저으며 웃었다.

장헌이 돌아온 것은 크로마키 촬영이 시작되기 직전이었다. 우람과 대화도 제법 나누며 친근한 태도로 지도를 이어 가던 멘토 모델은 장헌에게는 어떻게 말을 붙여야 할지 난감해했다. 장헌도 이미 경연을 포기한 듯 그다지 의욕적인 태도가 아니었다. 분명 나한테는 이득이긴 한데, 이 상황을 좋게 해석해야 하나……. 우람은 입술을 깨물며 생각했다.

크로마키 촬영은 그다지 어렵지 않았다. 기본적으로 대결 상대와 같은 버전의 동작을 그린스크린 앞에서 취하기만 하면 되었고, 장헌과 우람의 동작은 '천천히 걷다가 팔짱 끼고 카메라 응시하기'가 전부였기에. 우람에게는 눈에 띄지 않고 의상을 입는 것이 더 어려운 일처럼 느껴졌다. 혼자 화장실에 가서 점프슈트 유니폼의 등 지퍼를 올리고 와 보니 이마에 땀이 송골송골 맺혀 있어 메이크업 스태프에게 잔소리를 듣기도 했다.

촬영은 늦은 밤까지 계속되었다. 각각의 영상은 15초 남짓이었지만 그것을 스무 번씩, NG가 나지 않을 때까지 찍었으니까 당연하다면 당연했다. 거기에 평가 시간까지. 모델들은 프로답게 지친 기색 하나 없이 심사위원 투표에 참여했다. 투표 과정은 직관적이고 단순했다. 대진 편성대로 훈련생들이 한 쌍씩 앞으로 나서면 심사위원들은 두 사람의 영상을 확인한 후, 개중 나은 훈련생의 이름을 스마트패드에 써서 보여 주었다. 첫 번째로 호명되어 장헌과 함께 무대에 나간 우람은 만장일치 열 표 몰표를 받았지만, 장헌이 또다시 소동을 피울까 눈치를 보았다. 풀이 죽다 못해 넋이 나간 듯한 장헌은 계속해서 고개만 떨구고 있었다.

"하지만, 이것으로 끝이 아닙니다. 마흔여덟 시간의 시청자 참여 투표가 최종 점수에 반영되고, 현장 심사 점수 절반과 시청자 심사 점수 절반을 합쳐 공익광고 주인공이 될 훈련생을 가려낼 예정인데요, 최종 확정된 광고에 출연한 훈련생만이 다음 라운드에 진출할 권리를 얻게 됩니다!"

훈련생들은 단체로 아아 하고 장탄식을 내뱉었다. 이게 끝이 아니라니 그건 또 무슨 소리야. 심송호 피디가 허공을 향해서 주먹을 돌려 댔고 조연출 어차피가 고개를 절레절레 저으며 앞으로 나와 외쳤다.

"죄송한데, 반응 한 번만 다시 찍을게요. 오늘 촬영 어차피 이제 다 끝났으니까 마지막 한 번만 좀 밝게, 명랑하게 부탁드립니다."

어차피의 수신호를 따라 마음에도 없는 함성을 와아 하고 내지르면서 우람은 장헌의 표정을 확인했다. 난동을 피운 뒤한나절 내내 시무룩하고 억울해 보이던 장헌은 언제 그랬냐는 듯, 마치 진심인 듯 와! 하며 기뻐하고 있었다. 시청자 참여 투표라면 아직 자기에게도 승산이 있다고 믿는 눈치였다.

"혹시 그거, 광고 봤어?"

촬영으로부터 이틀이 지난 날은 CF 가편집본 훈련생 시사회가 있던 날이기도 했고, 보람이 오랜만에 우람의 전화를 받은 날이기도 했다. 우람은 다급하게 물은 후에 아차 하고 후회했다. 퇴원은 잘했냐는 질문부터 할걸.

"봤지. 우리 시스, 아 브라더, 너무 멋있던데."

우람이 나온 장면은 다음과 같았다. 허허벌판 위를 걷는 우람. 그 뒤로 고인돌이 일어서고 그것이 움막집으로, 다시 기와집으로, 또다시 현대적인 빌딩으로 변해 가는 CG가 펼쳐진다. 마치 생물처럼 꿈틀거리며 점점 고도화되어 가는 도시를 배경으로 우람이 팔짱을 끼고 턱을 살짝 들어 올린다. 배경이 잠시 어두워지는데, 이내 밝아지면 우람과 같은 포즈를 취한 브이 기체가 우람의 뒤에 우뚝 서 있는 것으로 끝난다.

"그건 언제 찍었어?"

"엊그제."

"엊그제 찍은 영상에다가 CG를 그렇게 붙였다고? 외주를 얼마나 돌린 거야. 영상이 한두 개가 아니던데. 너네 프로그램이 대한민국 그래픽 업종 먹여 살리는구나."

"투표는 했어?"

"야, 김보람 아이디로는 투표 못 하지."

"아, 그러네."

"대신 엄마 아이디로 함."

"역시."

우람과 보람은 동시에 작고 짧은 웃음소리를 냈다. 몸 괜찮냐고 물어보려면 지금이 딱 맞겠다고 우람은 생각했지만, 언제나 그렇듯 입은 보람이 조금 더 빨랐다.

"힘들진 않냐?"

"그런 거 찍는 게 뭐가 힘들었겠냐."

"아니, 너라면 로봇하고 별 상관없는 미션 하는 게 더 힘들었을 것 같아서."

귀신같네. 우람은 목덜미를 긁적이며 생각했다.

"나 이번에 떨어질지도 몰라. 나랑 같은 버전 찍은 장헌이라는 사람 있잖아, 그 사람 국가대표급 프로 게이머라며."

"근데?"

"현장에선 내가 좀 더 잘한 것 같은데 시청자 투표를 붙여놔서."

"야, 너 뭘 걱정하는 거야? 그 미친 새끼 개난리 피운 거 방송에 다 나왔어. 누가 개한테 표를 줘."

"아니, 원래 팬 많을 거잖아…… 글로벌하게."

보람이 하, 헛웃음 소리를 냈다.

"네가 아직 네 인기를 실감 못 해서 그런 소리 하지. 난 알겠더라. 제작진이 국민 참여 투표 얼마나 붙이고 싶었을지. 오디션 프로그램의 꽃이 뭐겠냐. 실시간 투표. 다른 거 다 필요 없고, 그걸 해야 프로그램 반응이 얼마나 좋은지 화력 확인이 딱 되거든. 그거 하려고 얼마나 핑계 찾았겠냐. 근데요, 그중에서도 네가 제일 잘나가요. 여기서도 지금 난리다, 난리."

"여기가 어딘데?"

우람이 틈새를 파고들자 보람이 입을 다물었다.

"어디냐고, 너 지금."

"아직 병원이야."

"너……"

"뭐, 그렇게 됐다."

보람은 머쓱해했고 우람은 장헌이 했던 것처럼 난동이라도 피우고 싶은 심정이었다. 하나뿐인 쌍둥이 오빠가 아프다는데, 어쩌면 위급한 상황일 수도 있는데 나는, 바깥세상이 어찌 돌아가는지도 모르고 내가 지금, 여기서 뭐 하고 있는 거지. 말을 잇지 못하는 우람 대신 보람이 너스레를 떨었다.

"야, 행여 기권 같은 거 하지 마라. 나랑 약속했잖아. 내가 그거 빌려주는 대신에 자동차 타 오기로."

그러고 보니 그런 약속을 했지. 우승은 될 수 있으면 참고, 딱 준우승권 안에만 들어서 이름을 빌려준 보람에게 3위 이내 입상자 부상인 신형 전기차를 준다는 약속. 눈에는 눈물이 맺혔지만, 입에서는 어이없는 웃음이 새어 나왔다.

"근데 보니까 네가 우승하겠더라. 솔직히 나 닮아서 뭐 썩빠지진 않지만 굳이, 구운이 따지자면 네 약점은 그쪽일 거라고 생각했거든. 외모. 근데 그걸로도 거기서 상위권 먹고 있는 거 보면 계산 딱 나오지. 방심하면 우승하게 생겼다고, 지금."

"진짜 말 아무렇게나 하네."

"어어? 내 안목 무시하지 마라, 너. 미학과 미술사학에 정통한 미의 화신한테 감히."

"뭐래냐. 학부생, 그것도 휴학생 주제에."

"미의 화신 부분은 인정하는 건가."

농담을 주고받으며 통화를 마치니 어느새 눈가가 말라 있었다. 평생을 들어 온 보람식 응원은 우람에게 최선의 처방이었다. 혹시라도 촬영 도중 난장을 피운 미친 인간한테 밀려 HUN이 될 기회를 잃을까 전전긍긍했던 지난 며칠이 멍청하게 느껴졌다. 승용차도 꼭 타 주고, 우승도 꼭 할게. 그러니까 빨리 퇴원해라, 김보람. 우람은 어깨를 펴고 걸었다. 어쩐지 통화 전보다 키가 조금 커진 듯한 기분이 들었다.

투표 기간으로 정해진 마흔여덟 시간 때문에 촬영이 다소 지연된 것을 만회하기 위해서인지, 결과 발표는 투표가 끝나는 즉시 이루어진다는 공지가 있었다. 중식 후 자기 방에서 휴식을 취하던 훈련생들은 건물 내 전체 방송이 켜질 때 나는 신호음을 듣고 자세를 고쳤다.

여러분, 안녕하십니까. 프로젝트 브이 총연출자 심송호 피디입니다.

합숙소 입소하던 날처럼 총연출자가 직접 건물 내 방송으로 당락을 발표하는 모양이었다.

지금 숙소 바깥에는 차량 두 대가 대기하고 있습니다. 호명하는 훈련생들은 A 차량에 탑승해 주시고, 호명되지 않은 훈련생들은 B 차량에 탑승해 주시기를 바랍니다. 훈련생 참가 번호 순으로 부르겠습니다.

우람은 김정훈을, 김정훈은 우람을 바라보았다. 심송호 피디는 천천히 이름을 불러 내려갔다.

노석종. 김중평. 마파람. 정규영…….

마지막으로 불린 이름은 장헌이었다. 우람과 김정훈의 이름은 끝까지 불리지 않았다. 둘 다 떨어졌거나 둘 다 붙었거나. 아마 후자겠지, 우람은 그렇게 생각하면서도 심호흡했다. 훈련생들로서는 확인할 길 없는 시청자 참여 투표에 합격과 탈락이 달려 있다 보니 낙관적으로도, 비관적으로도 결과를 장담하기가 어려웠다. 김정훈 역시 같은 생각을 하는 듯했다.

"일단 나가자."

총연출자의 말대로 숙소 앞에는 관광버스 두 대가 서 있었고, 두 차량 모두 앞좌석에 촬영팀 스태프들이 앉아 있었다. 우람과 김정훈은 B 차량의 맨 뒷자리로 가서 앉았다. 정민도, 오진영 등 줄곧 안정적인 성적을 거둬 온 훈련생들도 뒤에서부터 자리를 채워 앉았다. 훈련생 열 명이 모두 탑승하자 각 차량은 출발했다. 차량 맨 앞자리에 타고 있던 조연출 어차피가 자리에서 일어나 마이크를 들고 돌아섰다.

"지금 우리가 어디 가는지 궁금하시죠?"

네 하고 대답한 것은 훈련생들이 아니라 스태프들이었다. 어차피는 이럴 줄 알았어 하며 고개를 저었다.

"이제 사람 몇 없어서 각자 더 열심히 리액션 쳐 주셔야 해요. 어차피 반응 좋을 때까지 소스 계속 딸 거니까 처음부터 열렬하게 호응 좀 부탁드립니다. 예?"

김정훈이 네! 하고 우렁차게 대답했다. 훈련생들은 씩씩한 유치원생을 연상시키는 김정훈의 태도에 맥없는 웃음을 터뜨렸다.

"김정훈 훈련생 좀 본받읍시다."

어차피는 그렇게 말하고 다시 안내를 시작했다.

"지금 우리가 어디로 가고 있는지 알려 드릴까요? 알고 싶으세요?"

김정훈은 또다시 훈련생들이 마지못해 낸 목소리를 혼자

서 다 덮을 듯 크게 대답했다. 네!

"동시에 출발한 두 차량 중 한 대에는 탈락자들이, 한 대에
는 다음 라운드 진출자들이 타고 있습니다. 어차피 탈락자들
차는 다시 숙소로 돌아가죠. 짐을 싸야 하니까. 그런데 다음
라운드 진출자들 차는 어디로 갈까요?"

어차피는 장난스레 웃으며 훈련생들을 향해 물었다. 훈련
생들은 멀뚱멀뚱 서로를, 또는 어차피를 쳐다보았다.

"다음 라운드 진출자들은 여의도로 갑니다."

훈련생 중 하나가 창밖을 가리키며 탄성을 내질렀다. 차량
은 막 강변북로에 진입하고 있었고 바깥으로 한강이 내다보였
다. 우리 차가 지금 여의도로 가고 있는 걸까. 우람도 두근거리
는 마음으로 차창의 커튼을 부여잡았다. 바로 그 순간, 우람의
눈앞으로 노석종과 장헌을 비롯한 다른 훈련생 열 명이 탄 차
량 A가 지나갔다. 아니, 왜 이렇게까지 헷갈리게 연출을 하는
거야.

"용산에서 여의도, 차 안 막히면 딱 10분 걸리는데."

김정훈이 중얼거렸다. A 차량과 B 차량은 앞서거니 뒤서거
니, 나란히 달리고 있었다. 제발. 제발. 우람은 양 무릎을 꾹 쥔
채 믿어 본 적도 없는 신에게 기도했다. 아무 신이나 좋으니까,
아니다 기왕이면 로봇의 신이시여, 제발요. 제발.

"어차피 도착하면 알게 되실 거니까 너무 조바심 내지 마
세요."

어차피는 얄밉게 말하고 도로 자리에 앉았다. 한낮의 강변 북로는 교통 상황이 나쁘지 않은 편이었지만 관광버스 두 대와 방송사 미니밴 여러 대가 동시에 달리는 상황이어서인지 좀처럼 속도가 붙지 않았다.

"우회전한다."

김정훈이 말했다. 우회전까지는 A 차량과 B 차량이 모두 하는 듯했다. 대체 어디에서 기로가 갈리는 거지, 의심할 즈음 우람과 김정훈이 탄 B 차량은 유턴을 하기 위해 1차선에 진입했고, A 차량은 그대로 직진해 멀어져 갔다. 우람은 김정훈을 쳐다보았다. 김정훈이 고개를 끄덕였다.

"여기서 유턴하면 한강 건너는 거야."

"그러면."

"우리 붙었어."

어차피가 그렇게 눈치를 줘도 나오지 않던 뜨거운 환호성이 그제야 훈련생들로부터 터져 나왔다. 우아하게 창턱에 팔을 괸 채 한강을 바라보는 오진영만 빼고. 오진영은 그것도 예상 못 했냐는 듯 픽 웃을 뿐이었지만, 우람은 그런 오진영까지도 얼싸안고 방방 뛸 수 있을 만큼 기뻤다.

김정훈의 말대로 B 차량은 원효대교를 건너 여의도에 들어섰다. 정차하자 어차피가 다시 자리에서 일어나 마이크를 들었다.

"어차피 만화처럼 국회의사당 뚜껑 열고 로봇 출동하는 건

무리긴 한데…… 아시는 분은 아시겠지만, 여의도에는 예전에 지하철역으로 쓰던 시설을 개량해 만든 지하 벙커가 있어요. 그 지하 벙커에는 뭐가 있을까요?"

설마. 설마.

"맞아요, 여러분은 지금 브이 기체 실물을 견학하러 가는 겁니다."

우람은 으아악 하고 괴성을 지르며 허공으로 주먹을 내질렀고 한 박자 늦게 다른 훈련생들이 와하하 하고 웃음을 터뜨렸다. 우람은 부끄럽지도 머쓱하지도 않았다. 드디어 그걸 내 눈으로 보는구나. 지난 미션을, 그 어이없는 경연을 돌파한 보람이 있구나. 평생의 세뱃돈과 크리스마스 선물을 한꺼번에 받는다고 해도 이렇게 기쁘지는 않을 거라고 우람은 생각했다. 얼마나 좋은지 버스에서 내릴 때는 다리 힘이 풀려 주저앉을 뻔했고 벙커로 이동하는 내내 꿈속에서 달리거나 주먹을 내지를 때처럼 팔다리가 비실거렸다. 수십 명이 전자 출입 명부를 기록하고 촬영팀 전용 출입 패스를 차느라 한참을 지체했는데도 자꾸 웃음만 나왔다. 김정훈이 보람아, 정신 차려 하고 흔들어 대도 마찬가지였다.

"지금 여러분이 타고 계신 시설은 실제로 브이가 지상으로 출동할 때도 사용될 초대형 승강기입니다. 전고 25미터짜리 로봇의 승강을 전제로 만들어졌기 때문에 보시다시피 사람을 기준으로 하면 100명 이상이 동시에 탑승할 수 있고요……."

안내를 맡은 연구원의 말이 끝나기 무섭게 훈련생들과 촬영팀은 지하 40미터 깊이에 위치한 브이의 베이스캠프에 도달했다. 승강기 문이 열리자 우람은 고개를 들며 울컥 치밀어 오르는 눈물을 참았다. 내리자마자 마주친, 매끈한 스포츠카를 연상하게 하는 검은색 구조물은 다름 아닌 발이었다. 브이의 기반이었다. 거기서부터 하늘로 뻗어 올라가는 아름다운 탑은 어떤 각도에서는 섬세한 유선형으로, 어떤 각도에서는 힘 있는 원기둥형으로 보였고, 치밀한 관절 구조는 미니멀하고 천재적인 설계에 겸손하게 감추어져 있는 듯했다. 매트한 도장 위에 도는 팽팽한 반사광은 육감적인 동시에 성스러웠고, 살아 숨 쉴 듯 탐스러우면서도 감히 산 것의 유한한 육신이 가닿지 못하는 견고함을 암시하고 있었다. 꿈으로도 꿔 본 적 없는 환상적인 기체가 우람의 눈앞에 서 있었다.

저 로봇에 꼭 타고 말 거야.

너무나 가까운 곳에서 올려다보아서 브이의 머리통이 까마득하게 높아 보였지만 우람은 눈이 마주친 것 같다고 확신했다. 너는 내가 아니어도 되겠지만 나는 꼭 너를 타고 말 거야. 나보다 너를 잘 몰 수 있는 사람은 없을 거야. 내가 그렇게 만들고 말 거야. 우람은 거듭 다짐했다.

"오늘은 단순 견학만은 아니고요, 탑승 연습과 안전 교육을 함께 진행하려고 합니다."

안내역을 맡은 연구원은 브이의 양발 사이에서 명치까지

뻗어 있는 간이 승강기 앞으로 견학 참가 인원들을 이끌었다.

"브이의 조종석은 다리 위 가슴 아래, 그 사이에 자리 잡고 있는데요. 조종석 바닥을 기준으로 하면 지상 11미터 지점입니다. 사람에 빗대면 포궁 위치라고 할 수 있겠죠."

연구원이 하강 스위치를 누르며 말했다.

"또 이 탑승 승강대 전체 높이는 15미터입니다. 끝까지 올라가실 필요는 없다는 얘깁니다."

초대형 승강기나 브이 자체와는 대조적이게도 조종석으로 올라가는 간이 승강기는 구식이었고 하강하면서 삐그렁 삐그렁 하는 소름 끼치는 소리를 냈지만, 우람에게는 그마저도 음악처럼 들렸다.

"그럼 어느 분부터 올라가 보실까요?"

"아, 저희 훈련생들 고유 번호가 있습니다."

번쩍 손을 든 우람을 쳐다보면서 어차피가 말했다.

"뭐가 그렇게 급해요, 어차피 김보람 씨부터 할 건데."

안내역 연구원이 무전기에 대고 뭐라 말하자 다른 연구원이 헬멧을 가져왔다. 누가 순서를 가로채기라도 할세라 우람은 앞으로 나가서 헬멧을 받아 쓰고 탑승 승강대 앞에 섰다. 연구원이 내부 스위치를 차례로 가리키며 안내 사항을 전달했다.

"보시면 이게 열림, 이게 닫힘. 그리고 이쪽이 상승, 하강. 이게 일반 엘리베이터랑 다른 게 뭐냐면요, 층 표시가 따로 없어서 버튼 누르는 만큼 올라가고 또 버튼 누르는 만큼 내려갑니다. 올라갈 때 여기쯤에서 멈춰야겠다 싶으면 버튼에서 손을 떼면 됩니다. 조종석 탑승구가 개방되면 그걸 발 받침 삼아서 탑승하면 됩니다. 요령이 생길 때까지는 자기가 생각한 것보다 조금 더 올라가는 게 나아요. 왜냐면 탑승구보다 낮은 위치에 멈추면 기어 올라가야 하니까. 반대로 내려올 때는 지면에 완전히 닿기 전에 하강 버튼에서 손을 떼셔야 합니다. 왜인지 아시겠어요?"

"지면에 쾅 하고 부딪히지 않게 살짝 띄워서 멈추고, 거기서 뛰어내리는 게 안전하단 말씀이시죠?"

"네, 좋습니다. 이분 말씀 다 들으셨죠?"

훈련생들의 대답을 등지고 우람은 승강기 문을 열고 안에 섰다. 우람의 체구를 기준으로 하면 세 명 정도가 억지로 끼어 탈 수 있을 만한 너비였다.

"준비되셨으면 올라가 보세요."

우람은 설레는 마음으로 내부 스위치를 눌렀다. 우선 문 닫힘. 그리고 상승. 보기와는 다르게 상승 속도가 빨라 우람은 조금 주춤했다. 스스로 주춤, 했다고 느낀 바로 그 순간, 스위치를 누르고 있는데도 상승이 멈췄다.

"저기 이거, 눌러도 안 움직이는데요!"

단숨에 3미터 정도 올라온 터라 우람은 아래를 향해 큰 소리로 외쳤다. 간이 승강대의 철골 구조 사이로 연구원이 펄쩍 뛰는 모습이 보였다.

"뭐라고요!"

"안 움직인다고요!"

"안 들려서 소리친 게 아닙니다!"

하긴 3미터 정도면 목소리가 안 들릴 정도로 높진 않지. 우람은 상승 스위치에서 손을 떼며 생각했다. 모처럼 브이를 탑승해 볼 절호의 기회였는데, 고장인가. 아쉽게 됐군. 일단 내려가야겠다고 생각하며 우람은 하강 버튼을 눌렀다. 이번에도 승강기는 꿈쩍도 하지 않았다. 그 대신 예의 삐그덩 삐그덩 하는 소름 끼치는 소리를 내며 진동할 뿐이었다. 우람은 등 언저리가 차게 식는 듯한 감각을 느끼며 바닥에 대고 외쳤다.

"위로도 안 움직이고 아래로도 안 움직입니다!"

"뭐라고요!"

연구원은 아까와 똑같은 반응이었다.

"동력은 들어오는 것 같은데 안 움직이는 게 아무래도 승강대 바깥쪽이 약간 휜 것 같은데요!"

"그럴 수도 있겠네요! 문은 열립니까!"

우람은 열림 스위치를 눌러 보았다. 역시나 열고 닫는 기능에는 문제가 없는 듯했다. 우람이 승강대 문을 여는 것을 본 연구원이 손나팔을 하고 외쳤다.

"위험하니까 일단 거기서 나오시고요! 내려오실 수 있겠습니까!"

우람은 발아래와 승강대의 철골 구조를 번갈아 살펴본 후 잠시 망설였다. 아무리 3미터밖에 안 되는 높이라지만, 일단 문밖으로 나가서 승강기 옆쪽으로 돌아가 사다리를 타듯 한 발 한 발 아래로 내디뎌야 하는 상황이었다. 뛰어내릴 수 있게 뭐라도 받쳐 주면 안 되나. 하지만 짐작대로 승강대 자체가 휜 상태라면 언제 얼마나 더 기울어질지 모르므로 최대한 빨리 탈출하는 편이 나았다.

"일단 한번 해 보겠습니다!"

우람은 승강대 바깥쪽에 오른손 손가락들을 단단히 엮으며 덧붙였다.

"더 휠 수도 있으니까 일단 반경 15미터 바깥쪽으로 다 대피하세요!"

마름모꼴 구멍이 숭숭 뚫린 철골로 이루어진 바닥을 통해 연구원들과 훈련생들과 촬영팀이 흩어지는 광경을 확인한 우람은 한 발짝씩 승강대 뒤편으로 조심스레 옮겨 갔다. 이럴 줄 알았으면 보람이가 클라이밍 해 보자고 할 때 할걸. 승강대 바깥쪽 틈새 구멍은 운동화 신은 발을 꽂아 넣기에는 애매하게 작았다. 발을 비스듬하게 기울여 끄트머리만 간신히 끼워 가며 엉금엉금 대여섯 걸음을 이동한 우람은 승강대가 크게 흔들리는 것을 느꼈다. 느리게 덜컹 삐그렁 하는 끔찍한 소리가 났고 우람의 가슴도 철렁 내려앉았다. 그나마 우람이 매달려 있는 쪽이 아니라 그 반대편으로 기울고 있는 듯하다는 점이 다행이었다. 적어도 철골에 깔리는 일만은 면하겠네. 그렇지만 최대한 빠르게 내려가지 않으면 매달린 채로 충격파를 흡수해서 깔리는 거랑 결과적으로 큰 차이가 없을지도 몰라.

승강대가 확실하게 기울어진 상황이니만큼 우람은 모험을 감행하기로 했다. 압정처럼 승강대에 박아 넣었던 발을 하나씩 뺀 다음, 팔에 온 힘을 집중해 몸을 가로에 가깝게 만들고, 기울어진 기둥을 따라 굴러 내려오는 것이었다. 죽는 것보다는 낫지만, 그래도 너무 많이 다치면 안 되는데…… 그러면 HUN이 될 수 없는데…… 하고 생각하며 우람은 철골 틈에서 손을 뺐다. 승강대의 뻐그렁 하는 소음이 배 속을 울리는 것을 느끼면서, 울퉁불퉁한 승강대 표면을 몸통 무게만큼 착실하게 느끼면서 우람은 고속으로 굴러떨어졌다.

의무실 침대에서 깨어난 우람은 벌떡 일어나 제일 먼저 가슴을 만져 보았다. 압박 브래지어가 잘 있는지 확인하기 위한 것이었다. 어깨에서 명치까지를 탄탄하게 누르는 얄팍한 물건의 존재가 아주 미세하게 만져졌다. 아, 다행이다. 그대로 있구나. 독한 진통제를 먹고 잔 탓에 여기가 어디인지, 자기가 왜 여기에 있는지 잠깐 기억나지 않아 당황스러웠지만 붉은 녹과 찐득한 기름때가 얼룩덜룩하게 옮은 옷이 그대로인 것을 발견하자 의무실에 오기까지의 정황이 떠올랐다. 견학은 중도 취소되었고, 촬영팀은 외부 병원에 갈 것인지 숙소로 돌아가 의료진에게 우람을 맡길 것인지 옥신각신하다 우람의 의견대로 일단 숙소에 복귀하였으며, 우람은 부축 없이 제 발로 의무실에 와서 스스로 증상을 설명했다. 전신이 욱신거리기는 했지만 심각한 문제는 아닌 듯해서 마음이 놓였다. 침대 밖으로 두 다리를 내밀던 우람은 진통제를 먹고 잠들기 전 만났던 의사 최진희를 기억해 냈다. 최진희는 팔짱을 끼고 닫힌 문에 기대 있었다.

"좀 더 쉬어요. 어차피 오늘 일정 남은 거 없으니까. 밥도 이따 스태프들이 갖다줄 거예요."

"아닙니다, 더 폐 끼치고 싶지 않습니다."

"폐는 무슨, 아픈 사람 덕에 의사가 일을 하지."

최진희는 우람의 침대 발치에 의자를 끌어와 앉았다.

"자기 전에 엑스레이 찍은 건 기억하죠? 뼈는 다 멀쩡해요. 일단 팔다리밖에 확인 못 하긴 했지만, 아까 들은 대로라면 전신에 멍이 심할 테고 근육통도 있으니까 당분간은 무리 안 하는 게 좋습니다."

"아, 참고하겠습니다. 감사합니다."

통증 때문에 얼굴을 찌푸리면서도 서둘러 운동화를 챙겨 신는 우람을 최진희는 한동안 잠자코 지켜보았다. 바닥을 신발코로 탁탁 두드리며 문을 향해 가던 우람을 불러 세운 것은, 최진희의 다음 발언이었다.

"그런데 당신, 남자 아니죠?"

하마터면 어떻게 알았냐는 말이 입 밖으로 튀어나올 뻔했다. 우람은 어떻게라는 말을 삼키며 돌아섰다. 최대한 태연한 표정, 무감한 표정, 어떻게 그런 말을 할 수가 있냐는 듯 숫제 좀 불쾌한 표정을 지으려 애썼다. 저 의사는 엑스레이를 찍고 소매와 바짓단을 걷어 본 게 다야. 확실히 아는 건 아무것도 없어.

그런데 최진희야말로 우람이 짓고 싶었던 바로 그 포커페이스를 얼굴에 걸치고 있었다. 최진희는 덤덤한 표정으로 말을 이었다.

"남자는요, 골반 엑스레이를 찍으면 성기의 흔적이 흐릿하게 나타나거든요. 아무리 작아도 말이죠. 제가 보람 씨 바지 속을 직접 본 건 아니지만 그 속에 남자 물건이 없다는 건 확실히 알아요."

우람은 마른침을 삼키며 조금 뒷걸음질 쳤다. 최진희는 자리에서 일어나 넓은 보폭으로 우람 앞에 다가와 섰다.

"왜 그랬어요?"

7장

목소리
THE VOICE

"대한민국 최초의 거대로봇 파일럿을 찾는 대국민 오디션. 프로젝트 브이! 현재 열 명의 후보만 남았습니다. 국내 유일의 거대로봇 기체 브이의 조종석에 앉을 단 한 명의 조종사, The first HUN은 누구인가. 이제 대망의 TOP 3 선발을 앞두고 있습니다. 올림픽체조경기장 특설 야외 스튜디오에서 보내 드리는 이번 종목은."

시작부터 진행자는 지난 라운드보다 더욱 흥분한 듯했다. 오히려 우람은 크게 긴장하지 않은 편이었다. 뭘 할 것인지 예상되지 않았고 절반 정도는 대체 뭐 하자는 것인지 알 수 없었던 지난 경기들과 비교하면 훨씬 쾌적한 조건이었기 때문에. 모처럼 용산 공원 체육관을 벗어나 널찍한 스타디움에 시원스레 경기장이 꾸려졌고, 눈앞에 도열해 있는 기체들도 우람에게 더없이 친숙했다.

"언더 5미터 로봇 트레저 헌팅!"

진행자의 말과 함께 경기장 공중에 홀로그램 자막이 떠올랐다. 'U-5M 로봇 트레저 헌팅'. 경기 타이틀 아래 표시된 게임 규칙을 진행자가 말로 풀어 설명했다.

"제한 시간 30분 동안 전고 3미터급 기체 TH-Y034를 운행하며 '트레저 브이'를 찾아, 경기장 중앙에 위치한 '브이 홀'에 골인시키면 득점합니다."

트레저 브이와 브이 홀의 홀로그램 모델이 규칙 맨 아래에 투사되었다. 프로젝트 브이 로고가 들어간 붉은색 공, 그리고 가운데에 브이 로고가 새겨진 푸른색 원. 홀로그램 모델로부터 시선을 아래로 옮기면 푸른색 브이 홀을 실제로 확인할 수 있었다. 그러니까, 이미 쉽게 말해 줬지만, 더 쉽게 말하자면 말 그대로 로봇 타고 보물찾기라 이거지. 우람은 트레저 브이의 홀로그램 모델을 응시하며 생각했다. 세트 안 곳곳에 저 빨간 공이 있다는 거고. 경기장 세팅은 미래적인 한편 황량하기도 해서 짓다 말았거나 세월에 풍화되고 노후화된 과학 테마 엑스포 공원 같은 느낌이었다. 어디에 무엇이 놓여 있어도 이상하지 않을 분위기였다.

재미있겠네. 로봇 제어 응용력과 문제해결 능력을 평가하는 거겠지. 다른 규칙이 더 없다면 세트를 최대한 활용해 봐도 좋겠어.

"종합 성적 압도적 선두를 달리고 있는 기적의 지원자, 아름다운 천재 김보람!"

과연 규칙에 대해서는 더 이상의 설명이 없었고, 그 대신 출연자 소개가 이어졌다. 경기장 공중 홀로그램 화면이 규칙을 밀어내고 훈련생들의 얼굴을 클로즈업해 띄웠다. 진행자는 시각효과에 질 수 없다는 듯 목소리를 높여 열성적으로 외쳤다. 평생 어떤 종류의 시험에도 탈락해 본 적 없다는 엘리트 정민도, 전 국민이 사랑하고 전 세계가 주목하는 그 남자 오진영, 그 밖에도 온갖 쑥스럽고 낯간지러운 수사가 열 명의 후보 이름 앞에 동원되고 있었다. 나 참, 아름다운 천재 김보람이란다. 진짜 김보람이 들으면 턱 빠지게 좋아하겠지.

"100명 중 100위였습니다. 지금은 열 명 중 10위입니다. 앞으로 세 명, 그리고 단 한 명만 남는다면 어떻게 될까요? 돌풍을 일으키는 또 다른 기적의 주역, 김정훈!"

마지막으로 호명된 김정훈의 소개는 화려하다 못해 서사적이었다. 훈련생 소개가 종합 성적 순위 순으로 나오는 건 그렇다 치고, 김정훈이 확실히 인기가 많은가 보다. 하긴 별명도 제일 많다지. 어려운 집안 사정 때문에 흙수저로 불리다가 지금은 세라믹 수저, 고려청자 수저 같은 별명으로 불린다고 했던가. 이름도 훈이라서 HUN이 되는 건 그의 운명이라는 글도 있었지. 최진희는 인터넷 여론 같은 건 신경 쓸 필요 없다고 잘라 말했고 우람도 그에 동의했지만, 그런 글들을 보기 전과 보고 난 후 김정훈을 대하는 시선이 묘하게 달라졌다는 사실을 인정하지 않을 수 없었다.

"솔직하게 말해도 돼요. 여기는 카메라 같은 거 없으니까."

어떻게 대응해야 좋을지 몰라 선 채로 굳어 버린 우람에게 최진희는 담담하게 말했다.

"초반에 여기도 카메라 설치한다는 거 내가 얼마나 말렸는데. 옷 벗을 일도 있는 데라 큰일 난다고."

우람은 최진희의 손짓을 따라 얌전히 침상에 걸터앉았다. 이제라도 다시 잡아떼야 좋을지, 솔직하게 말하되 무릎이라도 꿇고 눈감아 달라 애원하는 게 좋을지 갈피가 잡히지 않아서 입을 열 엄두도 나지 않았다. 침대 앞 의자에 앉아 우람의 말을 기다리던 최진희는 한참 만에 먼저 입을 뗐다.

"뭐, 무슨 생각 하는지는 대충 알겠어요. 그게 인정한다는 뜻이라는 거, 알고는 있죠? 왜냐면 진짜 남자라면 애초에 고민할 필요도 없는 문제니까."

물론 우람도 알고 있었다. 아, 바지라도 벗는다고 난리를 칠 걸 그랬나. 그렇지만 의사가 고작 그 정도로 눈 하나 깜짝할 턱이 있나. 바지를 입으나 벗으나 의사에게 환자는 환자일 뿐일 텐데. 내색은 하지 않고 있었지만, 우람은 머리라도 쥐어뜯고 싶은 심정이었다.

"할 말 없으면 내가 궁금한 걸 물어보죠. 육안으로 식별되는 신체적 특징은 뭐…… 괜찮은 것 같고. 생리는 어떻게 하고 있어요? 촬영 기간이 한 달이 넘는데."

"주기가 원래 좀 긴 편이지만 일단은 경구피임약을 먹고 있습니다."

이제 빼도 박도 못하게 여자인 걸 실토한 셈이네. 자포자기 하는 심정이 되자 이상하게도 웃음이 나왔다. 우람은 허허 웃으며 천장을 바라보았다.

"그건 그럼 괜찮겠네. 혹시 대책 없으면 내가 스태프들한테 내 거라고 하고 사 오라고 할까 했어요."

이건 무슨 소리지? 우람은 멍하니 치켜들었던 턱을 제자리로 돌려놓았다. 최진희는 여전히 담담하다 못해 냉정해 보이는 얼굴이었다.

"비밀을…… 지켜 주실 생각인가요?"

그게 뭐? 하는 듯한 표정으로 최진희 역시 우람을 똑바로 바라보았다.

"현실적으로 봤을 때 내가 굳이 고발할 이유가 있을까요?"

우람에게는 알쏭달쏭한 말이었다. 지금껏 우람은 들키지 않는 데에만 주의를 기울였을 뿐, 실제로 성별이 발각될 경우에 대해 깊이 생각한 적이 없었다. 가령 어쩌다 탄로 날 것인가. 우승해서 병역 관련 신체검사를 받게 된 경우밖에 떠오르지 않았다. 들킨 후에는 어떻게 될 것인가. 그야 그 또한, 우승한 이후일 테니 실력이 아까워서라도 방송 제작진과 정부 측에서 어떻게든 대책을 세우지 않을까……. 돌이켜보면 지나친 낙관이었다.

"출전한 당사자니까 잘 알겠지만 이 대회, 겉보기엔 그럴싸할지 몰라도 말도 안 되게 허술한 부분이 있잖아요. 당장 나부터가 그렇지, 방송 매 회차 자막으로 의료진 전문 상주 중이라고 나가거든요? 그게 나야. 나 혼자라고요. 낮에야 보조 인력도 좀 있지만 촬영 기간 내내 합숙소에 상주하는 사람은 나밖에 없어요. 응급의 1인 상주라면 몰라, 의료진 상주라니. 뻥이 좀 센 거 아닌가?"

최진희의 표정이 처음으로 변했다. 본인이 던진 농담 비슷한 말이 마음에 들었는지 웃기 시작했다. 우람은 혼란스러웠다. 어쨌든 최진희가 폭로를 안 한다니 좋은 신호 같기는 한데, 들킨 주제에 안심하는 것 또한 언어도단인 듯했다.

"암튼 보람 씨 정체를 밝힌 장본인으로서 지게 될 위험, 난 원치 않아요. 보람 씨 팬들이 나한테 악의를 품을 수도 있고, 멀리 갈 거 없이 보람 씨 본인이 나한테 원한을 품지 않겠어요? 보람 씨가 가진 결격사유는 나중에 보람 씨가 책임질 일이죠. 난 그냥 궁금한 거예요. 왜 결격사유가 있는데도 이 대회에 굳이 나왔는지."

"잘하니까요."

진료실에 들어와 정신을 차린 이후로 처음, 우람은 불안감에 떨지도 최진희의 의중을 읽느라 전전긍긍하지도 않으며 확실히 말했다. 아무 고민도 거치지 않고 머리에 떠오르자마자 입 밖으로 툭 밀어낸 말이었지만 우람은 후회하지 않았다. 자격이 없는 것을 알고도 출전하기로 마음먹었을 때와 똑같은 기분이었다. 원래 내 것이어야 할 자리를 내가 차지하겠다는데 그게 그리 대단한 도전인가. 그렇게 나쁜 일인가. 무슨 크나큰 죄라도 되는 양 굳이 '결격사유'로 정의해야 하는가, 실력과는 아무 상관도 없는 나의 성별을.

"로봇을?"

"네. 지금 제 세대에서, 엔지니어 겸 파일럿으로 저보다 뛰어난 사람은 없을 거예요. 대한민국에서는. 어쩌면 전 세계에서도."

"알았어요."

겸손함이라곤 찾아볼 수 없는 우람의 대답을 듣고 최진희는 고개를 끄덕였다.

"내가 여성의학 전문은 아니라서 피임약 복용에는 정확한 소견을 주기 어려운데, 일단 여자고 의사니까 말이죠. 경구피임약에는 휴약기라는 게 있거든요, 21일 복용하고 일주일 쉬는 거."

"연속으로 먹으면 큰일 나나요?"

"큰일까진 아니지만…… 사람마다 다르죠. 생리 연기 목적으로 휴약기 없이 먹다 보면 부정 출혈 보일 수 있어요. 이건 내 경험담. 권장 사항은 아니긴 하지만 건강한 사람이라면 휴약기 없이 연속 두 사이클 정도는 괜찮을 거예요. 그래도 혹시 피 비치면 무슨 핑계든 대고 의무실로 와요. 해 줄 수 있는 건 딱히 안 떠오르지만, 혹시 모르니까."

안 그래도 몸에 부담이 가는 건 아닐까 하면서도 대안이 없어 몰래 먹었던 것이기에, 피임약과 관련된 상담이 반갑고 고마웠다. 고개를 크게 끄덕이던 우람은 문득 위화감을 느꼈다. 조금 전까지만 해도 내 정체를 알아차린 적대자로 여겼는데, 생리 얘기 좀 나눠 줬다고 손바닥 뒤집듯 간단히 내 편이라 생각하다니. 어설프게 경계를 풀 수 있는 상황은 여전히 아니라고 우람은 판단했다.

"왜 저를 도와주시려고 하죠?"

최진희는 왜 그랬냐고 처음 물을 때처럼 중립적인 표정으로 우람을 바라보았다. 그 무표정이 의외의 호의와 호기심을 모두 담고 있음을 우람은 이제야 알 것 같았다.

"대회에 영향을 미칠 수도 있는데요."

"대회랑은 상관없지 않나? 심플하게, 달리 기댈 곳 없는 여자를 도와주는 건데."

우람의 얼굴에 미심쩍어하는 기색이 비쳤는지 최진희가 피식 웃었다.

"도와줄 수도 있다고 한 거지 도와주겠다고 약속한 거 아니잖아요? 의사가 의료적으로 개입할 가능성 시사하는 것뿐이고. 공정성 문제라면 난 크게 상관없어요. 그게 마음에 걸린다면 나한테 안 와도 돼."

경기장 공중 홀로그램 화면에 클로즈업된 김정훈은 화려한 소개 멘트에 조금 쑥스러워하다가 곧 씩씩한 표정을 지어보였다. 부끄럽지만 지금까지처럼 열심히 하겠다는 생각을 했겠지, 틀림없이. 척 보면 알 수 있었다. 꼬인 면이 전혀 없어서속으로 품은 마음이 곧이곧대로 표정에 드러나는 한편 나쁜마음은 좀처럼, 지금까지 밝혀진 바로는 전혀 품지 않는 올곧은 사람이니까. 그런 면에서 시청자들이 매력을 느끼는 거겠지. 우람은 허공을 총천연색으로 수놓은 김정훈을 보며 생각했다. 진짜, 저런 인간이 어쩜 이름도 훈이냐. 샘나게.

"여기까지 따고 잠깐 끊고 가겠습니다!"

어차피가 촬영 휴지를 선언했다. 진행자와 해설위원들을경기장 중계실에 입장시켜야 한다고 했다. 기체 탑승에 대비해스트레칭을 시작한 우람에게 김정훈이 달려온 것도 그때였다.

"보람아!"

카메라에 담기 좋도록 종합 성적 1위부터 10위까지 나란히서 있었기에 우람과 김정훈은 훈련생 대열의 시작과 끝에 각기 서 있었다. 우람은 조금 전까지 경기장 상공에 대문짝만하게 떠 있던 김정훈이 굳이 저에게 달려와 얼굴을 보여 주는 것이 생뚱맞다고 생각했다. 경기 끝나면 숙소 가서 다시 볼 얼굴인데, 어차피.

"이번 경기도 잘해. 원래 잘하지만."

김정훈은 상기된 얼굴로 응원을 건넸다. 겨우 이것 때문에 저 끝에서 온 건가. 나처럼 스트레칭이라도 할 것이지.

"너도."

우람은 오른팔을 접어 오른 어깨를 짚은 자세로 팔을 돌리며 짤막하게 대꾸했다. 간단한 응원 한마디면 충분하겠거니 하며 돌아서려는 찰나 김정훈이 우람의 소매를 붙들었다.

"보람아, 아까 숙소에서부터 말하려고 했는데."

"뭔데."

"만약에 나 이번에 떨어지면 제작진분들한테 네 연락처 물어봐도 돼?"

"왜?"

우람은 곧바로 되물었고 김정훈은 그 짧은 대꾸에 다소 충격을 받은 듯했다. 내가 뭐 실수했나. 티는 내지 않았지만 우람은 속으로 조금 머쓱해졌다.

"같이 살면서 너무너무 고마웠어. 그동안 너무…… 고마웠고…… 여기까지 온 것도 다 네 덕분이니까."

그 말을 하면서 김정훈은 울컥 눈물을 쏟으려 했다. 다 큰 남자의 눈가에 그렁그렁 고인 눈물을 볼 일이 좀처럼 없었기에 우람은 신기하기도 했지만 얼마간 성가시다는 느낌도 들었다. 며칠 전 최진희에게 정체를 들킨 후로는 우승 욕심이 더욱 간절해진 참이었고, 마침 종목 또한 우람의 주전공이라 할 수 있는 U-5M 운행이라 내심 흥분도 됐다. 김정훈의 눈물은 우람의 그 은은한 고양감에 제동을 걸었다. 그건 그렇고 같이 살면서라니 무슨 말을 그렇게 하지. 누가 들으면 합숙이 아니라 동거인 줄 알겠네.

"안 떨어지면 되잖아?"

우람이 툭 던진 말에 김정훈은 무척 감동한 듯했다. 정작 우람으로서는 정말이지 별생각 없이 한 말이었다. 당연한 것 아닌가? 지금까지 계속 아슬아슬하게 생존해 왔으니 이번에야말로 떨어질 거라고 생각하는 것도 이해는 되지만, 그런 태도는 정말 떨어지고 나서 이럴 줄 알았지 하며 자기합리화를 할 때나 유용하잖아. 우람은 자신을 빼고는 전원이 기체 운행 아마추어라는 점을 염두에 두고 있었다. 따라서 이번 종목은 김정훈이라고 딱히 나머지 훈련생들보다 특별히 불리하지 않았다. 그런데도 탈락한다면 거기까지가 김정훈의 실력, 김정훈의 운이겠지. 단지 그것뿐, 별다른 의미를 부여할 필요가 없었다.

"맞아. 나 정말 열심히 할게."

김정훈이 결심했다는 듯 말했다. 늘 보던 대로 결의에 찬 얼굴이라 우람에게는 큰 감흥이 없었다.

"이게 내 인생 마지막인 것처럼 열심히."

탈락과 사망이 동의어인 서바이벌 게임도 아닌데 그럴 것까지야……. 우람은 그 말 또한 대수롭지 않게 들어 넘기고 싶었으나 그것만큼은 잘 되지 않았다. 지금까지 치러 온 경기들과 비교하자면 이 종목과 가장 유사한 건 VR 로봇격투. 하지만 그때는 전고 25미터 기체라고 해도 가상현실 상황이었다. 이건 다르다. 브이 기체 전고의 20퍼센트도 되지 않는 U-5M 기체라 해도 실체가 있는 진짜 로봇을 타는 거였다. WGMO 출전 당시 서약했듯, 위급 상황이 발생할 가능성이 있음을 분명히 인지해야 하는 경기였다.

"김정훈, 잠깐만."

이번에는 우람이 돌아서는 김정훈을 붙잡았다.

"안전이 제일 중요해."

"그거야 뭐 당연하지."

"새겨들어. 전고 3미터짜리 로봇은 무게가 2톤 안팎이야. 운전이 좀 쉬운 소형 중장비나 마찬가지라고. 부상은 당연하고 사망 사고도 무리가 아니야."

김정훈은 잠시 머뭇거리다가 물었다.

"그렇게 위험한 걸 별 훈련도 없이 해도 되는 거야?"

"운행 자체는 그렇게 어렵지 않을 거니까. 그래도 조심하란 얘기야. 이변이 없다면 기체끼리 충돌해서 사고가 나진 않겠지만 세트 붕괴는 주의해야 해. 알겠지?"

"알았어."

"가능한 전고보다 높은 구조물은 피해 다니고, 세트에 휘말리지 않도록. 세트는 활용하는 거지, 위험 요소가 되게 하면 안 돼."

"세트를 어떻게 활용해?"

"지난번 VR 경기 때 오진영 씨가 펜싱 했던 거 생각해 봐."

김정훈은 알쏭달쏭하다는 듯 골똘히 생각에 잠겼다. 호랑이도 제 말 하면 온다던가, 오진영이 우람의 어깨에 제 몸을 툭 부딪쳤다. 오진영이 마시던 협찬품 스포츠 드링크가 출렁 요동치며 흘렀지만 우람에게는 튀지 않았다.

"실례, 어? 난치병이랑 흙수저네. 끼리끼리 논다더니 진짜 그런가 봐요? 아 맞아, 둘이 룸메이트였던가."

일부러 시비를 건 것이 뻔한데도 오진영은 과장되게 놀라는 척했다. 실로 유치한 수작이어서 우람은 크게 동요하지 않았다. 발끈 성을 낸 쪽은 김정훈이었다.

"세상에는 상부상조라는 말도 있습니다만?"

"하하하, 네. 서로 많이 도와주세요. 피차 불우하시다고 들었는데."

오진영은 여유롭게 손을 흔들며 지나갔다.

"미안해, 괜히 나랑 있다가 같이 욕먹었네."

그게 김정훈이 나한테 사과할 일인가. 우람은 생각했다. 그리고 정확히 말해서 오진영이 둘 중 더 싫어하는 사람은 아마 나일 텐데. 그리고…… 되받아친답시고 상부상조 같은 말을 하다니. 내가 김정훈을 좀 도와줬다고 볼 순 있어도 김정훈이 나한테 준 도움은 별것 없는데. 김정훈이 선의를 품고 자기를 감싸려 했다는 것을 알았지만 우람은 어쩔 수 없이 그런 방향으로 생각이 흘렀다.

군이 이 상황에 맞는 문자를 쓴다면 PAY IT FORWARD
가 아닐까. 누군가에게서 얻은 호의를 또 다른 타인에게 베푸
는 거지.

우람은 의무실에서의 대화를 떠올리며 그렇게 생각했다.

"도움을 청해도 되고, 안 그래도 되고. 편한 대로 하면 되니
까 부담은 갖지 마요."

"제 생각에는."

대화가 끝났다고 생각했는지 자리에서 일어나던 최진희는
우람의 말에 다시 의자에 풀썩 앉았다.

"의료인이 잠재적 환자에게 베푸는 단순한 호의 이상으로
느껴지는데요. 착각일까요?"

우람의 말에 최진희는 별안간 폭소했다. 내내 포커페이스
를 유지하던 상대방이 갑작스레 보인 반응에 우람은 조금 당
황했지만 내색은 하지 않았다. 반응 자체에는 놀랐지만 대화
의 흐름을 자기 쪽으로 가져온 듯한 안도감이 들었다. 뜬금없
이 웃음을 터뜨렸다가 순식간에 그런 적 없었다는 듯 무표정
해진 최진희가 말했다.

"우선 말해 두고 싶은 점. 늘 그런 식으로 말하는 편이에
요? 그러지 마요. 주변 사람들 가슴앓이 많이 하겠어."

우람은 최진희의 말이 무슨 의미인지 파악하지 못했지만

그러거나 말거나 최진희는 계속 말했다.

"뭐 별 이유 있겠어요. 난 응급 상황 아니면 늘 여기서 컴퓨터를 보고 있거든요. 보람 씨 나오는 방송도 보고. 응, 맞아. 보람 씨 정말 뭐든 잘하더라. 아무튼 보니까 자꾸 그런 생각 들더라고요. 나도 10년만 젊었으면 여기 나갔겠다."

10년 전 나이로는 참가 자격이 된다는 말로 해석한다면 많게는 지금 마흔다섯이라는 얘기겠군. 엄마보다 조금 어린가. 우람은 그것이 최진희가 한 말의 핵심이 아니라는 사실을 알면서도 속으로 최진희의 나이를 역산해 보고 있었다.

"공대 갈까 의대 갈까 진지하게 고민하던 때가 나한테도 있었거든. 남들 들으면 배부른 소리 하고 있네 욕먹을까 봐 어디 말도 못 했지만 말이에요. 그렇다고 의사 된 거 후회한다는 뜻은 아니에요. 사람을 고칠까 기계를 고칠까 선택했을 뿐이라고 생각해요, 나는."

"저도예요. 공대랑 의대, 잠깐 고민했어요. 전 그렇게 깊이 고민하진 않고 공대 골랐지만요."

"그래요?"

"네, 원래 어릴 때부터 로봇공학 지망이었는데, 가족 중에 암 환자가 있어서. 어머니가 의사이기도 하고요."

불쑥 최진희가 무척 친숙하게 느껴진다는 사실에 우람은 당황했다. 그러니까 대략 20년 후의 나일 수도 있었던 사람, 얼추 20년 전의 나일 수도 있는 사람. 알고 보면 그런 관계인가,

우리는. 급격히 친밀해진 분위기에 갑자기 민망해져서 우람도 최진희도 잠시 말을 아꼈다. 한참 만의 침묵을 깨뜨린 사람은 최진희였다.

"어머니가 의사인데 집에 암 환자가?"

"네."

"어떤 암이고 어머니 전공은 뭔지 물어봐도 될까요?"

"급성 혈액암이었고 어머니는 정형외과 전문의세요. 안 그래도 그 말씀 많이 하셨어요. 명색이 의사면서 해 줄 수 있는 게 없어서 너무 괴로웠다고."

"암 환자였다는 가족분, 지금은 완쾌됐고요?"

우람은 아직 병원에 있을 보람을 떠올렸다.

"네."

굳이 보람의 사정을 숨기려던 것은 아니었지만 별 고민 없이 거짓말을 해 버렸다. 보람이 제대로 말을 안 해 줘서 현재 상태를 아직 잘 모르기도 하거니와, 정말로 걱정할 것 없이 완전히 낫기를 바라는 마음을 섞어서.

"다행이네. 그나저나 어머니 성함은 어떻게 돼요?"

"윤 주 자 원 자요. 그건 왜……."

"윤주원 선생님."

최진희는 고개를 끄덕였다.

"나 알아요, 윤주원 선생님. 한 10년 전 얘기긴 한데, 신촌에 계셨죠?"

"어떻게 아세요?"

"학회에서 발표하시는 거 본 적 있어요. 이 정도로 안다고 하면 좀 그런가? 그런데 정말 기억에 남았어요. 정형외과 의사 중에 여자 선생님 드무니까. 정형외과는 솔직히, 분해된 인간을 조립하는 거라서 힘이 많이 들거든."

인간을 조립하는 일이라. 늘 바빠서 제대로 얼굴 볼 일도 드물거니와 대화 나눌 짬이 있어도 피곤하다는 말 말고는 별로 하지 않는 어머니였지만, 그게 당신 분야에 여자가 드물어서라는 말은 한 번도 들은 적 없었다.

"모녀가 둘 다 걸출하구나."

최진희의 말에 우람은 얼굴을 붉혔다. 어머니와 닮았다는 뜻이려나. 우람은 칭찬을 들으면 어쨌든 객관적 사실로 받아들였기 때문에 심적 동요는 거의 없었다. 예를 들어 설계를 잘했다든지 문제해결 방식이 창의적이라든지. 그런데 어머니를 닮아 잘났다는 식의 칭찬에는 아무래도 면역이 되지 않은 듯했다. 그 사실을 의식하자 우람은 더욱 쑥스러워졌다. 우람의 쑥스러움을 감지해서인지, 우람과 자신이 영 모르는 남은 아니라는 사실을 털어놓아서인지 최진희 역시 약간은 쑥스러워하는 듯했다.

"저, 그럼 가도 괜찮을까요."

"음, 오늘은 의무실에서 쉬라고 하고 싶지만 별 이상은 없는 것 같고. 스스로 느끼기에 운동능력 저하가 없는 것 같으면

늘 자던 침대에서 자는 게 오히려 도움이 되겠죠."

우람은 일어나서 꾸벅 인사한 후 문으로 걸어갔다. 당신 남자 아니죠 하는 말을 들었을 때만 해도 하늘이 무너진 듯 눈앞이 캄캄했는데 이런 훈훈한 기분으로 나서게 되다니. 사람을 대하는 요령이 조금 더 좋았다면 괜찮은 감사 인사를 할 수 있었을 테지만……. 우람은 문고리를 붙든 채 잠시 생각에 잠겼다. 괜한 말을 하면 더 쑥스럽고 상황이 느끼해질 것 같아서 신경 쓰였지만, 역시나 뭔가 더 말하고 싶은 기분이 들었다.

아, 그러고 보니 한 가지 정정하는 걸 깜빡했구나.

"제 이름, 김우람입니다."

우람은 문고리를 놓고 최진희를 향해 돌아서서 말했다.

"김보람은 제 오빠 이름이고요."

털어놓으니 속이 시원했다. 그래요 우람 씨, 좋은 밤 보내요. 네, 선생님도 안녕히. 예상되는 다이얼로그는 이 정도. 하지만 최진희의 반응은 우람의 예상과 달랐다. 이미 여자인 것을 아는, 알다 못해 먼저 눈치채고 묻기까지 한 최진희는 어쩐지 눈을 휘둥그레 뜨고 있었다. 이름도 속였다는 게 그렇게 뜻밖인가? 표정 관리를 그렇게 잘하는 사람이 저렇게 토끼 눈을 뜰 정도로. 우람이 의아해하는데, 최진희가 검지를 들어 우람을 가리켰다. 찬찬히 보니 최진희의 검지는 우람이 아니라 그 뒤를 가리키고 있었다. 우람은 등에 각지고 딱딱한 무언가 닿는 것을 느꼈다.

"저, 노크하려고 했는데…… 죄송합니다."

우람이 돌아보자 반쯤 열린 문틈에 손서진이 서 있었다. 밥과 반찬을 그득 담은 식판을 들고 팔꿈치로 문고리를 누른 채, 들어오지도 나가지도 못하는 엉거주춤한 자세로.

우람은 휘청거리며 두어 발짝 물러났다. 손서진이 들었을까? 우람이 진짜 이름을 밝힌 부분. 적어도 김보람이 자기 이름이 아니라 오빠 이름이라는 말은 들었겠지, 그사이 어느 순간엔가 문을 열었을 테니까.

"식사 못 하셨잖아요, 보람…… 아니 우람 씨."

"웁스."

최진희가 중얼거렸다. 다 들었구나. 눈앞이 캄캄해지고 가슴과 목 사이의 특정 지점이 철렁 떨어지는 듯한, 통증에 가까운 충격이 우람을 덮쳤다.

"저, 이거만 받아 주시면 그냥 가려고 했는데……."

손서진이 기어들어 가는 듯한 목소리로 말했고 최진희는 자리에서 벌떡 일어났다.

"와서 앉아요. 둘 다."

둘 다 앉으라니? 최진희는 우람의 정체를 적극적으로 밝힐 의향이 없다는 입장을 밝힌 상태였지만 손서진은 아니었다. 출연자도 제작 스태프도 아닌 제삼자 최진희가 비밀을 지켜 준다는 것은 우람으로서도 납득할 수 있었지만, 스태프인 손서진 역시 그러리라 기대할 수는 없었다. 그런 손서진과 같이 와서 앉으라고? 우람은 손서진의 눈치를 보면서 머뭇머뭇 최진희 곁으로 다가갔다. 최진희가 무슨 생각으로 그러는지 짐작할 수 없었지만, 노련한 의사가 강한 어조로 하는 말은 거역하기 어려웠다. 손서진도 마찬가지였는지 우람처럼 머뭇머뭇 의무실 안으로 들어왔다가, 진료용 책상에 식판을 내려놓고 등받이 없는 동그란 의자에 엉덩이를 댔다가 다시 벌떡 일어났다.

"아, 그러고 보니까 수저를 깜빡했어요. 식당 가서 가져올게요."

"앉아 있어요. 숟가락은 몰라도 젓가락은 여기 많으니까."

최진희는 조그만 개인 냉장고 안에 얼굴을 파묻다시피 한 채로 손서진에게 대꾸했다. 우람과 손서진은 나란히 앉아 있었으나 서로 마주 보기도 먼저 말을 건네기도 민망해 둘 다 책상에 내려놓은 식판만 바라보았다. 반찬이고 밥이고 어찌나 욕심껏 담았는지 혼자서는 물론이고 둘이 나누어 먹어도 배가 부를 정도로 많았다.

"나 이거 진짜 아끼고 아껴서 몰래 먹던 건데."

냉장고 문을 닫고 책상 앞으로 돌아온 최진희는 맥주 세 캔을 껴안고 있었다.

"저는 마시면 안 돼요. 일하는 중이라."

손서진이 정색하고 손사래를 쳤다.

"딱 건배만 해요. 그리고 마시면 뭐 어때. 방송 일이라는 게

밤낮이 없다지만 이 시간에 정말 근무 중인 것도 아니고."

"그건······."

표정을 보아하니 손서진은 헷갈리는 듯했다. 하긴 그렇지. 출연자들이야 당연하다 치더라도 스태프들 역시 대부분 집으로 퇴근하기는커녕 딱히 휴일 구분도 없이 촬영에 동원되는 형편이었다. 촬영장에 잔류한 이상 아직 퇴근한 게 아니라는 생각과 어차피 집에 가지도 못할 거, 촬영 중만 아니면 개인적인 시간으로 봐야 하지 않냐는 생각이 동시에 들 법했다.

"여기는 카메라도 없잖아요. 의무실에선 무슨 일이 일어나든 비밀 보장이야."

"그러면 정말 건배만 하고 딱 한 모금만 마실게요."

"그래요. 건배."

얼렁뚱땅 맥주 캔을 딴 우람은 두 여자와 건배를 나누었다. 그러고 보니 맥주도 오랜만이었다. 바깥에서는 마시거나 마시지 않을 선택권이 있었고 늘 마시지 않기를 택해 왔지만, 합숙소에서는 선택의 여지가 없었으니까. 차가운 맥주를 한 모금 머금고 캔을 내려놓자 마주 앉은 최진희가 웃음을 참기 어렵다는 표정을 짓고 있는 것이 보였다. 최진희의 시선을 따라가 보니 건배하고 예의만 차리겠다던 손서진은 맥주 한 캔을 거의 원샷할 기세로 들이켜고 있었다.

"목이 많이 말랐나 보네."

최진희가 서랍에서 일회용 젓가락을 꺼내 나누어 주며 장난스레 말하자 그새 한층 가벼워진 캔을 내려놓던 손서진이 얼굴을 확 붉혔다.

"죄송해요. 맥주가 하도 오랜만이라 조절이 안 됐나 봐요. 정말 그만 마실게요."

"아니, 많으니까 더 마셔요. 마음껏. 보람 씨, 아니 우람 씨, 아니. 그냥 보람 씨라고 부르자. 헷갈리니까."

"그러세요."

최진희는 턱짓으로 손서진을 가리키며 말했다.

"대화를 해야 설득을 하지. 이미 다 알게 된 사람 그냥 보낼 거예요?"

덩치도 작으면서 맥주를 꼴깍꼴깍 잘도 들이켜는 손서진이 신기해 넋을 놓고 구경하던 우람은 그제야 번뜩 정신을 차렸다. 글쎄, 다시 생각해 보니 그냥 잘못 들은 걸로 치고 보냈어도 괜찮았을 것 같은데. 오히려 이렇게 앉혀 놓고 설득 운운하는 게 확인 사살하는 것처럼 느껴지는데. 손서진은 내려놓은 맥주 캔을 양손으로 감싼 채 옆에 앉아 있는 우람을 빤히 올려다보았다. 들킨 건 난데 왜 이 사람이 이런 표정을 짓지. 우람 역시 한 손으로 맥주 캔을 만지작거리며 생각했다. 겁먹은 것 같기도 하고 슬픈 것 같기도 한 묘한 얼굴이어서 감정을 정확히 읽을 수 없었다.

"어디까지 들으셨는지 모르겠지만 저는…… 김보람이라는 남성이 아닙니다."

"거기까지 들었어요."

손서진의 대답에 우람은 맥주를 한 모금 마셨다. 그제야 말할 수 있었다.

"저는 김우람이고, 여성입니다."

손서진은 대답 없이 의자 발 받침에 뒤꿈치를 디디고 허리 힘으로 의자를 돌리는 데 열중했다. 체구보다 너무 큰 어른 의자에 앉았을 때 어린애들이 으레 그러듯이. 우람도 최진희도 손서진이 멈출 때까지 잠자코 기다렸다. 손서진이 갑자기 멈추었고 와락 눈물을 흘리기 시작했다. 커다란 눈에서 눈물이 소낙비처럼 주룩주룩 쏟아졌다.

"작가님……."

"울게 둬요."

우람이 손서진을 달래려 하자 최진희가 만류했다. 손서진은 맥주 캔을 꼭 붙든 채 한동안 울었다. 처음에는 소리 없이 눈물만 흘렸지만, 시간이 조금 지나자 입에서도 폭포수 같은 울음소리가 터져 나왔다. 펑펑 울면서 손서진은 두서없이 말을 쏟아 냈다.

"나 진짜 드럽고 치사하고 엿 같은 현장, 다 참고 너 하나 보고 버텼는데, 어떻게 이럴 수가 있어. 어쩐지 이상하다 했어. 어쩐지 너무 젠틀하잖아. 나 솔직히 다른 선배들 몰래 네 팬카페 가입도 했는데. 아니 사람을 왜 헷갈리게 해."

선생님은 이게 무슨 말인지 이해가 되세요? 우람은 그런

심정으로 최진희를 바라보았다. 하지만 최진희는 한 손으로
턱을 괸 채 구경만 하고 있었다. 다소 권태롭기까지 한 표정이
었다. 우람은 어쩔 줄 몰라 하며 책상 구석에 놓여 있던 티슈
갑을 손서진 쪽으로 밀어 주었다. 손서진은 책상에 엎드리며
우람이 건넨 티슈 갑을 팔꿈치로 도로 밀어냈다.

"진짜, 진짜 좋아했단 말이야. 진짜로."

손서진은 엉엉 소리 높여 울었고 최진희는 손서진이 가져
온 식판에서 튀김을 한 점 집어 먹은 다음 맥주로 입을 헹궜
다. 우람은 머리가 어질어질했다. 뒤늦게 뇌진탕 증상이 올라
오나 의심스러울 정도였다. 좋아했다는 건 이성으로서 호감을
느꼈다는 건가. 아마도 팬심과 중첩되어 있어 딱 잘라 나누기
어려운 종류의 호감.

우람 역시 그간의 시선과 태도를 통해 손서진의 감정을 눈
치채고 있었다. 어느 정도는. 우람이 아무리 감정에 둔한 편이
라 해도 그만큼이나 열렬하고 자명한 호감을 모른 척하기는
어려웠다. 자신이 좀 더 감정을 읽고 다루는 데에 능했다면 그
와 같은 호의를 이용해 프로그램 진행에서 조금이라도 우위
를 점할 수 있을까, 그런 가능성을 은밀히 따져 본 적도 있었
다. 하지만 우람은 굳이 그러지 않아도 계속 선두였고 손서진
역시 굳이 우람과 진지하고 심각한 관계가 되려 하지 않았다.
지나가다 한 번 더 손 흔들어 주면 너무너무 기쁘고, 촬영 내
용 설명을 맡아 말 한마디 더 나누면 그게 또 너무너무 행복

한 사람, 그저 그게 전부였다. 우람이 작정하고 손서진을 유혹했어도 대단한 특혜는 주어지지 않았을 것이고, 하물며 손서진은 남용할 만한 직권도 딱히 없는 막내 작가였다.

우람은 그 단순하고 순수하되 열렬하며 앞뒤 없는 호감을 꺾어 놓은 것이, 그래서 손서진을 엉엉 울게 만든 것이 몹시 미안했지만, 손서진이 울어 버린 덕에 비밀을 지켜 달라고 설득할 실마리를 발견했다. 어쨌든 지금 우는 이유는 프로그램에 영향을 줄까 봐 걱정되어서가 아니란 말이지. 아마도 이 사람한테는 프로그램이, 프로젝트 브이가 그렇게까지 중요하지는 않다는 뜻.

"작가님, 죄송해요."

우람은 굳이 남자인 척할 필요가 없는데도 일부러 목소리를 깔며 말했다. 손서진은 엎드린 자세 그대로 짧고 퉁명스럽게 되받았다.

"뭐가요."

"저 때문에 우리 프로그램 망하면 어떡해요."

"전 그런 거 솔직히 아무 상관 없거든요."

옳거니. 짐작대로구나. 손서진은 힘차게 윗몸을 세우고는 티슈를 북북 뽑아 요란하게 코를 풀었다. 최진희는 별 동요 없이 안주 한 점 맥주 한 모금을 차례대로 우아하게 입에 넣고 있었다.

"이딴 프로, 망해도 상관없다고요. 저 이거 아니면 교양국

가서 철새 나오는 다큐팀 들어가야 했거든요. 그것보단 이게 나을 줄 알고 할 수 없이 한다고 한 거예요. 두 달 가까이 합숙하면서 고생한 거 생각하면 어휴, 차라리 철새팀 가는 게 나았겠다."

손서진은 속사포처럼 쏟아 내고 제 몫의 남은 맥주를 단숨에 들이켜더니 한 손으로 캔을 힘껏 쥐어 우그러뜨렸다.

"그나마 김보람 씨 하나 보고 버틴 거였어요. 알아요? 이 프로젝트 하는 동안 보람 씨가 진짜 내 보람이었다고."

"이 사람이랑 사귀고 싶었어요?"

"선생님, 팬심이라는 걸 하나도 모르시나 봐요."

최진희가 무심히 뱉은 말에 손서진이 조금 부아를 내며 대꾸했다.

"누가 남자 여자 사이 되자고 했어요? 싫어요. 솔직히 남자들 너무 질려요. 지난번 CF 편 찍을 때도 있잖아요, 저는 그때 탈락자 차량 타고 있었거든요? 그날 열 명 중에 세 명이 따로 연락해도 되냐고 하고 갔어요. 진짜 웃기지 않아요? 일이라서 잘해 준 걸 자기한테 호감 있는 걸로 착각한 거예요. 심지어 그중 한 명은 유부남이었을걸요."

남자는 싫은데 우람은, 그러니까 김보람은 좋았단 말인 걸까? 손서진이 자신의 감정을 상세히 털어놓을수록 우람은 헷갈렸다.

"김보람 씨는요, 뭐랄까, 환상이죠. 그냥 보고 있는 거 자체가 너무 좋았거든요. 왜, 그런 거 있잖아요. 일하는 분야는 다르지만 너무 출중하고 압도적이어서 나도 열심히 살아야겠다는 느낌을 주는 사람. 저는 그게 팬심이라고 생각해요. 그 사람을 응원함으로써 기꺼이 그 사람과 같은 편이 되겠다는 마음이요."

"그런데 김보람 씨가 알고 보니 여자고 이름도 한 글자 바뀌었다고 하면, 느낌이 크게 달라지나요?"

"그런 게 아니라요."

최진희의 지적에 손서진은 한숨을 폭 내쉬었다.

"아닌 게 아니긴 하죠. 저는 제가 남자를 좋아하는 편이라고 생각하거든요. 이 프로 하면서 이제 남자는 쳐다도 보기 싫어졌지만. 김보람 씨는 그중에서 그나마, 아직은 괜찮아, 이런 남자도 있잖아, 그런 희망을 주는 사람이었단 말이에요."

"저런."

최진희는 젓가락을 내려놓고 냉장고로 가 새 맥주를 품 안 가득 껴안고 돌아왔다.

"보람 씨는 뭐 더 할 말 없어요?"

"글쎄요⋯⋯."

일단은 죄송하다는 말이 좋을까. 하지만 죄송하다고 하면 마치 내가 여자인 게 유감이라는 말처럼 들리지 않을까. 미안하긴 하지만 그에 대해 사과하고 싶은 건 아닌데. 정확히 말하면 팬이라는 당신의 마음을 몰랐다는 것. 호감을 당연하게, 어떨 때는 쑥스러운 나머지 조금 거추장스럽다고까지 여기곤 했다는 것. 손서진에게 더는 상처 주지 않고 그에 대해서만 정확하게 사과하는 법을, 우람은 스스로 떠올릴 수 없었다.

"여쭤보고 싶은 게 있어요."

"뭔데요."

우람의 말에 손서진이 또 부루퉁하게 대꾸했다. 우람은 조심스럽게 말을 골랐다.

"이제는…… 저와 같은 편이고 싶지 않은 건가요?"

우람은 별 의미 없이, 손서진에게 던진 질문이라 손서진을 바라보며 물었을 뿐이었지만 우람과 눈을 맞추며 그런 말을 들은 손서진은 얼굴을 감싸 쥔 채 소리 없이 비명을 질렀다.

"보람 씨, 내가 말조심해야 한다고 했잖아요."

최진희가 웃음을 참으며 이렇게 말하자 우람은 더더욱 헷갈렸다. 조심하느라고 한 건데? 방금 내가 뭔가 잘못된 질문을 했나? 여기서 더 얼마나 조심해야 한다는 거지? 곧 평정심을 되찾은 손서진이 대답했다.

"비밀은 지킬게요. 저야 뭐, 충격은 받았지만 솔직히 이 프로그램 어떻게 되든 제가 알 바 아니고요. 나 같아도 이 정도로 능력 있으면 성별 규정이고 자시고 이 대회 꼭 나오고 싶었을 것 같으니까."

의외로 순순한 손서진의 반응에 최진희도, 문제의 당사자인 우람도 놀랐다. 특히 별다른 부연 설명을 하지 않았는데도 이 대회에 나오고자 했던 자신의 의지를 정확하게 이해해 주었다는 사실에 우람은 깊은 인상을 받았다. 우람의 정체를 밝혀낸 최진희는 정작, 왜 '결격사유'에도 불구하고 이 대회에 꼭 나와야 했는지 묻지 않았던가. 그러니까 바로 이것이 팬의 마음이란 말인가. 자진해서 같은 편이 되겠다고 결심한 사람이기에, 다 말하지 않아도 이해할 수 있는 걸까.

"근데 앞으로 우리끼리 있을 때는 언니라고 불러 줬으면 좋겠어요. 제가 두 살 많거든요. 미안하지만 그래야 포기가 빠를 것 같아서."

"네. 언니."

우람은 즉각 요구를 이행했으나 손서진은 진저리를 쳤다.

"어우 싫다, 취소."

"왜요, 듣기 좋구먼."

최진희가 새 맥주 캔을 까면서 끼어들었다. 이걸로 일단락된 건가. 정체를 들킨, 그것도 두 번이나 들킨, 심지어 연속으로 들킨 기나긴 하루가 이걸로 끝난 건가. 우람은 그제야 일회용 젓가락을 뜯었다. 마음이 놓이니 배가 고팠다. 한참 전부터 고팠는데 마음이 바빠 알아차리지 못했던 것도 같았다.

"그리고 오빠 있다고 했죠? 잘생겼어요?"

"저랑 거의 똑같이 생겼어요."

그건 잘생겼다는 말도 못생겼다는 말도 아닌 중립적인 정보 전달이라고 우람은 생각했지만 손서진은 기어이 보람의 연락처, 원래 우람 것이었지만 임시로 보람과 바꿔 쓰고 있는 그 전화번호를 우람에게서 얻어 냈다. 셰익스피어 이야기도 아니고, 쌍둥이 여동생에게 반한 다음 오빠를 소개받는다고 잘될 리 없다고 우람은 생각했지만, 우람이 뭘 알겠는가.

먹고 마시며 수다를 떨다 보니 어느덧 시간이 훌쩍 흘러 있었다. 손서진과 최진희에게는 합숙소 입소 이후 자기가 출연하는 방송을 한 번도 본 적 없는 우람에게 들려줄 이야기가 무궁무진하게 있었고 우람도 그것을 듣는 시간이 즐거웠다. 최진희가 지키는 의무실에 빈 식판을 남겨 두고 손서진을 스태프 숙소까지 바래다준 후 방으로 돌아가 보니 새벽 3시가 넘어 있었다. 바로 전날 지난 경기 순위 발표가 있었으니 오늘 촬영은 크게 중요한 내용이 아니겠지, 아침 단체 품새 훈련 나가기 싫다……. 그런 생각을 하며 우람은 침대에 눕자마자 곯아떨어졌다.

* * *

경기용으로 주어진 기체의 전고는 3.37미터. 같은 U-5M 급이라고 해도 우람이 직접 제작했던 우승 2호보다 컸지만, 우람에게는 낯설지 않은 기체였다. 프로그램 메인 스폰서인 T사의 계열사에서 개발한 TH-Y034, 일명 '땡큐'.

탑승형, 인간형 로봇의 대중화가 아직은 요원하다지만 산

업현장에서는 이야기가 달랐다. 용도에 맞게 팔 부위만 갈아 끼우면 포클레인도 될 수 있고 브레이커도 될 수 있는 데다 기존 중장비보다 운행 학습이 훨씬 쉬운 땡큐는 이제 서울 시내 공사판 어디에서나 한 대쯤은 구경할 수 있는 존재가 되었다. 가격은 동급 중장비 평균의 두 배에 달했지만 땡큐가 적어도 세 가지 이상의 역할을 수행할 수 있음을 감안하면 오히려 저렴한 셈이었다.

우람은 김 교수의 수업에서 한 학기 내내 땡큐를 해체했다 재조립하며 연구한 적이 있었고, 그때 배운 내용이 우승 2호를 제작할 때도 많은 참고가 되었다. 즉 둥글고 투명한 돔형 차폐 장치를 달고 있어 거대한 잠수복처럼 보이는 땡큐는 폐쇄형으로 디자인한 우승 2호와 겉보기만 다를 뿐 친척이었다.

"훈련생 여러분은 기체에 탑승해 주세요!"

진행자의 맑고 힘 있는 목소리가 스타디움에 울려 퍼졌다. 우람은 진행자가 앉아 있을 중계석을 잠깐 올려다본 후 땡큐의 투명한 머리 아래 달린 센서를 노크하듯 툭툭 두드렸다. 탑승을 원하는 인간이 있음을 인식한 땡큐의 본체 전면부가 환영하듯 양쪽으로 갈라져 탑승구를 만들었다. 오케이. 뜯어만 봤지 타 보기는 처음인데 느낌 좋네. 우람이 자리에 몸을 맞추자 탑승구가 닫혔다. 실린더에서 슉 하고 공기 빠지는 듯한 소리가 났고 팔다리의 여유 공간이 우람의 체형을 감지하여 줄어들었다. 진짜 편하네, 이거. 우람은 탄식했다. 실제로는 팔다리를 펴고 자연스럽게 서 있는 자세에 가깝겠지만 다리가 하중을 받지 않고 전신으로 압력이 분산되어서 누워 있는 동시에 엎드려 있기도 한 듯한 기묘한 느낌이 들었다.

우람은 돔 바깥을 내다보았다. 가슴팍에는 작은 T사 로고가, 등에는 커다란 프로젝트 브이 로고가 새겨진 셔츠를 입은 초면의 스태프들이 다른 훈련생들의 탑승을 도와주고 있었다. 우람에게 배치된 탑승 도우미 스태프는 자기가 한발 늦었다는 듯 멋쩍은 표정으로 둥근 창 너머의 우람을 올려다보았다. 너무 아는 티를 내 버렸나. 뭐, 아는 걸 모르는 척할 수도 없고.

"줌. 줌."

땡큐는 탑승자의 운동 의사에 감응하는 동시에 음성 명령으로 기능을 보완하는 방식으로 움직였다. 우승 2호가 그렇게 만들어졌듯. 우람이 확대하기를 명령한 부분은 중계석이었다. 역시 계시는구나, 교수님. 진행자의 오른쪽에는 김 박사가, 왼쪽에는 뉴스에서 본 적 있는 T사 로봇공학 프로젝트의 헤드 디자이너가 앉아 있었다. 각각 해설위원, 심사위원이려나. 우람은 줌아웃을 명령하고 육안으로 창밖 세트를 관찰하기 시작했다. 아무리 좋게 보려 해도 엑스포의 앙상한 뼈처럼만 느껴지는 삭막한 세트장을.

"프로젝트 브이, 대망의 TOP 3 선발전. 언더 5미터 로봇 트레저 헌팅, 이제 경기를…… 시작하겠습니다!"

모든 훈련생이 자기 번호가 새겨진 땡큐에 탑승하자 진행자가 앞에 있는 가상의 적을 손날로 내리치듯 팔을 크게 휘두르며 외쳤다. 공중에 3, 2, 1을 헤아리는 홀로그램이 떠올랐다. 출발. 세트 바깥 트랙에 도열해 있던 전고 3미터짜리 로봇 열 대가 일제히 세트 중앙 입구를 향해 달려가는 모습을 드론 카메라가 담아냈다. 이제껏 훈련 같지도 않은 훈련이나마 다 거쳐서 올라온 사람들이라 그런가, 나 말고 나머지는 대부분 첫 탑승일 텐데 적응이 빠르네. 별 무리 없이 나란히 달리는 기체들을 둘러보며 우람은 생각했다. 그야 뭐, 조종 난이도로 치면 입문급 중에서도 가장 친절한 수준이니까. 그래도 물론 우람의 땡큐가 금세 선두로 치고 나갔다. 그렇다고 수준 차이가 없는 건 아니지 않나. 이걸로 나랑 대등한 승부를 벌이려면 적어도 1년은 훈련해야 할걸. 우람은 그대로 조금 달리다 별 고민 없이 왼쪽으로 방향을 틀었다. 그것이 신호라도 되는 듯 기체 열 대가 모두 저마다 다른 방향으로 흩어졌다.

"30분 타이머 실행. 모니터 렌즈 필터 그레이스케일로 바꾸고 빨간색 감별."

우람이 음성 명령을 내리자 턱 아래에 튀어나와 있던 LCD 화면 패널이 바깥 풍경을 흑백으로 바꾸어 띄웠고, 패널 구석에 29분 59초 57을 가리키는 자막이 떴다. 빨간색 감별 명령이 먹혔는지 안 먹혔는지 알 수가 없네. 우람은 창밖으로 보이는 자연색 풍경과 턱 밑 가슴께 7인치 LCD 화면을 번갈아 보며 생각했다. 이게 보물찾기야, 숨은그림찾기야. 속으로 그렇게 투덜거린 순간 전방 10미터쯤, 철골에 걸린 방수천 아래로 작지만 또렷한 붉은색 물체가 감지되었다. 28분 51초. 우람은 재빨리 다가가 방수천을 걷었다. 볼링공 크기의 붉은색 구체에 흰 글씨로 프로젝트 브이라 새겨져 있었다.

이거구나, 트레저 브이.

우람은 조심스럽게 공을 집어 들었다. 사람에게는 볼링공 크기지만 산업용 로봇에는 조금 큰 구슬 정도고, 아무리 잘 만든 로봇이어도 손가락 관절 움직임이 사람과 같을 수는 없는지라 세심한 수부 조작이 필요했다. 시간만 조금 주면 땡큐로 젓가락질할 자신도 있는 우람에게 그 부분은 큰 문제가 아니었다. 진짜 문제는 이런 게 어디에 몇 개나 있는지 알 수 없다는 거지. 우람은 땡큐의 손바닥에 트레저를 올려놓고 음성 명령으로 물체의 무게를 물었다. LCD 화면에 400그램이라는 자막이 떴다가 곧 사라졌다. 직접 만져 본 게 아니라서 재질은 모르겠는데 일단 금속은 아닌가 보네. 세트 중앙에 위치한 브이 홀로 가면서 우람은 가장 효율적인 필승 루트를 구상하기 시작했다. 400그램 정도 되는 이만한 크기의 물건을 여러 개 모아서 한 번에 쏟아붓는 게 이상적인 작전이려나, 아까 본 방수천 같은 걸 뜯어서 보따리처럼 쓰는 거지. 28분 15초. 우람의 기체가 브이 홀에 도달했다. 우람은 트레저 브이를 브이 홀이라는 이름의 구덩이에 톡 떨어뜨리며 조금 자존심이 상했다. 홀 안에는 이미 여러 개의 트레저가 모여 있었다. 우람의 득점이 다른 훈련생들보다 조금 뒤진 상태라는 의미였다. 그 것 말고도 미묘한 위화감이 들었다.

"줌. 줌. 줌."

확대 기능을 최대한으로 동원해 가며 홀 안을 비추어 보니 트레저의 크기가 모두 제각각이었다. 대부분 우람이 방금 넣은 것보다 커 보였다. 뒷덜미의 피가 차게 식는 듯한 느낌을 받으며 우람은 외부에서 들려오는 중계 멘트에 신경을 집중했다.

"김보람 훈련생, 드디어 득점합니다!"

"처음으로 찾은 트레저 브이가 그다지 크지 않네요."

"손에 쥐기 어려울 만큼 작은 트레저를 옮긴 건 대단히 인상적입니다만, 무게가 곧 점수가 되는 상황인 만큼 좀 더 신중해야 할 텐데요."

무게가 점수라고? 그렇게 중요한 얘기를 왜 처음에 안 한 거야?

28분 02초. 우람의 얼굴이 트레저 브이처럼 시뻘겋게 달아올랐다. 당황스럽기도 했지만 말 그대로 화가 머리 꼭대기까지 올라오고 있었다. 침착하자, 침착. 규칙 설명이 미비한 걸 탓할 게 아니지. 트레저 크기가 저마다 다르다는 걸 안 다음, 점수 산정 기준을 유추해 내는 것까지가 실력인 거야. 우람은 스스로를 설득하며 운행을 다시 시작했다. 27분 42초. 그런데 화가 잘 다스려지지 않아서인지 트레저 브이가 영 눈에 띄지 않았다. 너무 자신만만했나, 내가. 이건 운도 중요한 게임이야. 자기가 선택한 경로에 트레저가 없으면 그대로 시간을 낭비하는 거야. 우람은 자신이 브이 홀 반경 20미터 안만 빙빙 돌고 있다는 것을 3분 가까이 시간을 허비하고서야 알아차렸다. 25분 09초. 그사이 우람은 트레저를 축구공처럼 발로 차서 몰고 가는 3번 오진영과 투포환처럼 어깨에 걸쳐 들고 엉거주춤 옮기는 2번 정민도, 그 외 여러 훈련생의 득점 현황을 목격했다. 압권은 세트를 활용하라는 우람의 조언을 반영해 쇠 파이프로 작은 트레저 세 개를 골프공처럼 굴려서 온 김정훈이었다.

"김정훈 훈련생, 첫 득점에 세 개의 트레저를 한꺼번에 골인시키네요!"

진행자의 말에 우람은 부끄러움을 느꼈다. 김정훈은 첫 득점은 우람보다 늦었지만 트레저를 세 개나 찾았고, 움직임의 중량감으로 미루어 김정훈의 트레저 세 개는 모두 우람이 처음 찾은 트레저보다 훨씬 묵직한 듯했다. 우람의 조언을 철저히 따라서 우람보다 나은 성적을 거두고 있는 셈이었다. 정신이 번쩍 드네. 우람의 땡큐가 양손으로 탕 소리 나게 전면 투명 패널을 두드렸다. 우람이 제 뺨을 양손으로 짝짝 치는 동작을 하려 했기 때문에.

한 방을 노려야겠다.

우람은 브이 홀을 기준으로 북동쪽으로 전진하며 새로운 작전을 세웠다. 분명히 있을 거야, 너무 무거워서 아무도 움직일 엄두를 못 낸 거대 트레저가. 적당한 무게, 적당한 크기의 트레저를 찾기보다 그걸 노리자. 턱 밑에 놓인 흑백 LCD 화면으로 몇 번인가 고만고만한 크기의 붉은색 물체들이 스쳐 지나갔지만 우람은 무시했다. 23분 47초. 21분 00초. 19분 52초⋯⋯. 세트의 북동쪽 모서리에 닿은 우람은 남쪽으로 걸음을 옮겼다. 분명히 있다. 분명히 있다. 작전을 바꾸기엔 시간이 너무 많이 지나갔어. 이제 돌이킬 수 없어. 적당한 크기 몇 개 정도로 이길 수 없어. 혹시 내 생각이 잘못된 걸까 하는 자해에 가까운 의문이 시시각각 커져 갔다. 흑백 LCD 화면 위 타이머 숫자가 속절없이 줄어들고 있었다. 19분 31초, 18분 55초, 17분 32초⋯⋯.

17분 6초. 찾았다.

너무 큼직해서 누구도 못 보고 지나갔을 리 없는 트레저가 세트 남동쪽 구석에 떡하니 놓여 있었다. 골프장에서나 볼 수 있을 법한 모래 벙커 한가운데에. 우람은 속으로 쾌재를 불렀다. 이건 대놓고 테스트구나. 힘을 분산시키는 모래 필드를 만들어 두고 이 공을 옮길 수 있냐 없냐를 보는 거.

마음에 쏙 드네.

우람이 찾던 게 바로 이런 거였다. 누구나 도전할 수 있지만 아무나 성공할 수 없는 과제. 말하자면 엑스칼리버 같은 존재. 이미 몇몇 훈련생이 움직이기를 시도한 듯 거대 트레저 주변 모래 위에 호선 여러 개가 어지럽게 나 있었다. 처음에는 평평한 모래밭이었을 테지. 약간 움푹한 모래밭이라 아무리 밀어도 움직이지 않았겠지. 우람은 기꺼운 마음으로 모래밭 안에 들어가 무릎을 꿇었다.

"모니터 렌즈 후방으로 돌려 줘."

가슴팍에 위치한 땡큐 본체의 카메라 렌즈가 등 뒤로 돌아갔다. 등지고 앉은 붉은색 거대 트레저가 LCD 화면을 가득 채웠다. 큼직하다 큼직해. 지름이 한 1미터는 되려나. 우람은 땡큐의 무릎을 바닥에 비벼 모래밭에 더욱 깊이 파묻으며 자세를 잡았다.

"영차, 어부바."

우람은 양팔을 등 뒤로 해서 트레저를 업은 상태로 바닥을 박차고 일어났다. 어유, 무거워. 정말이지 뿌듯한 무게감이었다. 땡큐의 오른 다리를 먼저 다 펴고 다른 다리도 펴려는 순간 다 들었다고 여겼던 트레저가 등에서 굴러떨어졌는데도 우람은 싱글벙글이었다.

아무래도 포대기가 필요하겠네.

세트에 널리고 널린 것이 방수천이었다. 볼썽사납게 드러나 있는 철골들을 가리려는 의도로 걸쳐 놓았겠지만, 세트 곳곳에 그늘을 드리우는 바람에 을씨년스러운 분위기를 연출하기도 했는데, 우람에게는 바람에 나부끼는 그 방수천들이 선녀의 날개옷처럼 보였다. 콧노래를 불러 가며 땡큐의 팔을 펼쳐 방수천의 폭을 잰 뒤 적당한 것을 한 자락 걷어 온 우람은 조금 전과 같은 요령으로 트레저를 업고 방수천 매듭을 땡큐의 가슴 앞으로 단단히 묶었다. 방수천으로 싸매고 땡큐의 양손으로 아기 엉덩이처럼 감싸 받친 트레저는 우람의 기립자세를 따라 순순히 공중으로 솟구쳤다.

"아니, 김보람 훈련생. 저걸 드네요?"

"저거 저, 챌린지 트레저 브이, 아무도 못 들 거라고 하지 않으셨나요? 김영만 박사님."

중계석에서 떠는 호들갑을 따라 드론 카메라 여러 대가 날아와 우람의 땡큐 주변을 맴돌기 시작했다. 그 순간만큼은, 카메라가 자신을 주목해 주기를 우람은 바랐다. 기껏 모래밭에서 건져 나온 점수 덩어리를 누가 채 가면 안 되니까. 적어도이 많은 카메라 앞에서라면 그런 비겁한 짓은 저지르지 않을테니까. 방수천으로 대강 감싸 귀퉁이를 잡아당기기만 했어도 어찌어찌 밖으로 끌려 나왔을 거대 트레저를 굳이 들어 올린 쇼맨십은 그런 순간적인 계산에서 나온 행동이었다. 우람의 땡큐는 휘청거리며 모래밭을 나와 포대기 매듭을 풀었다. 중계석에서 '챌린지 트레저 브이'라고 표현한 거대 트레저는 쿵소리를 내며 떨어져 세트 바닥에 거미줄 무늬를 만들었다.

"어려운 문제일수록 푸는 보람이 있는 법이죠."

김 박사의 목소리였다. 그쯤부터는 더 신경 쓸 것이 없었다. 트레저 브이는 공 모양이고, 평평한 바닥에서라면 살짝만밀어도 구르는 구체니까. 몇 킬로그램이나 나갈까? 100? 300? 혹시 500 넘는 거 아냐? 아까 지반이 불안정해서 그랬을지도 모르지만, 땡큐의 본체 무게가 2톤이 넘는데 휘청거릴 정도라면 500킬로그램이 넘어도 이상하지 않지.

우람은 혹시나 브이 홀 안에 더 큰 트레저가 없는지 살펴본 후에 챌린지 트레저를 가볍게 밀어 넣었다. 그사이 다른 훈련생들이 운반한 트레저가 꽤 쌓여 있었기에 거대 트레저 꼭대기가 홀 바깥으로 살짝 튀어나오기는 했지만, 우람의 것보다 큰 트레저는 없었다. 아직 경기가 끝나지 않았지만 이번에도 1등, 적어도 순위권이라 확신할 수 있었고 그것이 전혀 자만으로 느껴지지 않았다. 당연하지 않나? 만약 이 경기가, 이 세트가 김 교수님이 출제한 문제라면, 그걸 제일 잘 풀 만한 사람은 나지. 이 중에서 출제자의 의도를 가장 잘 아는 사람.

10분 11초. 타이머상으로는 10분가량이 남아 있었지만 경기 시작 후 얼마간 시간을 흘려보낸 후에 타이머를 켰음을 고려하면 적어도 30초는 버려야 했다. 남은 시간도, 버릴 시간도 우람에게는 전혀 아쉽지 않았다. 그래도 만전을 기하는 차원에서 좀 둘러볼까나. 우람은 브이 홀을 떠나 다시 세트를 돌아다니기 시작했다. 허공에 새로운 홀로그램 자막이 뜬 것은 그즈음이었다.

"네, 이제 남은 트레저 브이는 여섯 개!"

"아직 순위 변동의 기회가 남아 있겠군요?"

"네, 1위는 이미 정해진 것 같습니다만 2, 3위는 아직 확실하지 않습니다."

공중에 떠 있던 숫자 6이 중계 도중 5로 바뀌었다. 9분 43초. 우람은 잠깐 그 숫자를 보다가 다시 걸음을 옮겼다.

"세트에 배치된 트레저 브이가 총 100개였는데 아직 시간은 충분히 남아 있거든요. 그런데 벌써 다섯 개밖에 남지 않았다니 훈련생들 모두 대단히 열정적으로 경기에 임하고 있는 것 같아요."

"남은 트레저 브이를 두고 경쟁이 더욱 치열해질 듯합니다. 아, 말씀드리는 순간 오진영 훈련생과 정민도 훈련생 사이에서 공방전이!"

마침 우람도 그런 방법을 고려하고 있던 차였다. 트레저를 홀에 넣으라고만 했지, 남한테서 빼앗지 말라고는 안 했으니까. 기껏 모래밭에서 건져 낸 챌린지 트레저를 남에게 빼앗기지 않을까 전전긍긍했던 것과 마찬가지 맥락이었다. 혹시 몇 안 남은 트레저를 둘러싼 쟁탈전이 벌어진 현장이 있다면 적당히 둘이나 셋을 제압하고 어부지리로 점수를 더 올릴 수도 있지 않을까. 우람은 LCD 화면 패널에 적용했던 그레이스케일 필터를 끄고 다른 땡큐 기체들을 찾아다니기로 했다. 드론 카메라가 몰려 있는 방향으로 가니 중계석에서 얘기했던, 오진영이 탄 3번 땡큐와 정민도가 탄 2번 땡큐가 대치하고 있는 상황이 보였다.

어…… 끼어들어서 이득 볼 만한 상황은 아니네.

오진영과 정민도는 땡큐 기체 대비 축구공만 한 크기로 보이는 트레저를 둘 다 양손으로 붙들고 힘겨루기를 벌이고 있었다. 탑승형 로봇 두 대가 둥근 공으로 미식축구를 하는 것처럼 보였다. 다른 트레저를 찾는 게 좋겠다고 생각하며 돌아서려 했지만 어쩐지 움직일 수 없었다. 불길한 느낌이 우람의, 우람이 타고 있는 땡큐 기체의 발목을 그 자리에 붙들었다.

"아, 오진영 훈련생이 정민도 훈련생과의 트레저 브이 쟁탈전에서 가까스로 승리를 거둡니다!"

아무리 땡큐가 튼튼한 로봇이라고 해도 대등한 스펙의 기체가 서로 몸싸움을 벌이면 탑승자 기량의 영향을 받는다. 결국 승리를 거둔 쪽은 오진영, 국가대표급으로 운동을 한 사람이었다. 오진영의 땡큐는 그대로 뒤도 돌아보지 않고 브이 홀이 있는 세트 중앙으로 달려갔다. 터치다운을 하려는 미식축구 선수처럼. 우람은 아직 그 자리에 있었다. 정민도가 움직이지 않았기 때문에.

죽자 사자 잡아당기던 물건을 놓치는 바람에 중심을 잃고 뒤로 두 바퀴 정도 구른 정민도는 세트의 철근 골조에 부딪힌 뒤로 미동도 하지 않았다.

"워, 워키토키 모드."

우람은 땡큐 기체 간의 무전 기능으로 정민도를 불러 보았지만 정민도는 응답하지 않았다. 남은 시간 7분 19초. 18초. 17초. 투명 창 안쪽으로 보이는 탑승석은 부연 연기로 가득차 있어, 정민도가 단순히 기절했는지, 반응하지 못할 정도로 심각한 부상을 당했는지 알 수 없었다. 왜 경기를 중단하지 않는 거지? 상황 발생 후 10초 이상 움직이지 못하는 사람이 있는데, 왜 비상 상황으로 간주하지 않는 거지?

"탑승구 개방."

마음이 다급해진 우람은 우선 자기 기체에서 내렸다. 정민도가 타고 있는 땡큐 기체의 가슴팍을 미친 듯이 두드려 보았지만 열리지 않았다. 탑승 센서는 파일럿이 타고 있지 않을 때만 작동했다.

"정민도 씨! 정민도 씨! 괜찮아요? 들리면 대답하세요!"

우람은 정민도가 타고 있는 땡큐 기체의 투명 창을 두드렸다. 자욱한 연기 속에서 정민도의 손이 불쑥 나와 창을 짚었다. 어찌나 창을 세게 누르고 있는지 하얗게 질린 정민도의 손바닥을 보며 우람은 안도했다. 아, 다행이다, 기절한 건 아니구나. 정민도는 검지만 곧게 펴 창에 대고 글씨를 쓰기 시작했다. 좌우가 뒤집힌 데다 손가락이 지나가자마자 사라져 버려서 글자를 알아보기가 수월치 않았다. 나, 가, 는, 법? 아, 나오는 법을 모르는구나. 알려 주지 않았겠지. 아까 탑승을 도와줬던 스태프들이 경기 종료 후 하기(下機)까지 도와줄 예정이었겠지.

"제 목소리 들리세요?"

우람의 말에 정민도는 창에 대고 동그라미를 그렸다. 숨을 참고 있어서 말을 못 하나 보다.

"왼팔 접합부…… 그러니까 정민도 씨 기준으로 왼쪽 겨드

랑이랑 팔꿈치 사이에 고리가 하나 있을 거예요. 그걸 잡아당
기세요."

몇 초인가가 지난 후 상단 투명 창이 열렸다. 정민도의 땡
큐는 뭉게뭉게 연기와 함께 파일럿을 뱉어 냈고, 상의를 끌어
당겨 입을 가린 채로 기침하며 튀어나온 정민도는 곧 기절했
다. 우람은 다시 자신의 땡큐에 올라타 남은 시간을 체크했다.
2분 33초. 공중에 떠 있던 홀로그램 숫자는 이미 몇십 초도 더
전에 4로 변해 있었다. 기절해 축 늘어진 정민도를 양손으로
받친 채 우람은 세트 입구를 향해 걷기 시작했다. 겉보기에는
이상이 없는 듯했지만 정민도가 어디를 얼마나 다쳤는지 모르
는 상황에서 섣불리 속도를 높일 수는 없었다. 기체 진동이 전
해지면서 부상이 더 심해질 가능성이 높으니까.

1분 48초. 경보하듯 걷던 우람의 땡큐가 10번 기체와 맞닥
뜨렸다. 김정훈. 우람이 처음에 구상했던 작전처럼 방수천을
보따리처럼 손에 달랑달랑 들고 달리던 김정훈의 땡큐는 우
람의 기체를 보고 인사라도 하려는 듯 멈춰 섰다.

그건 뭐야?

마이크를 거치지 않은 김정훈의 말은 전혀 들리지 않았다.
투명 창 너머 입 모양으로 미루어 왜 우람의 기체가 정민도를
운반하는 중인지 궁금해하는 것 같았다. 우람은 흘끗 타이머
를 체크했다. 1분 2초.

"워키토키 모드 온. 너는 네 갈 길이나 가. 시간 얼마 안 남

았어."

김정훈과 우람은 서로 반대 방향으로 엇갈렸다. 우람은 세트장 바깥으로 나가 정민도를 스태프들 앞에 내려 두고 바삐 세트장에 복귀했다. 우람의 타이머를 기준으로 43초부터 진행자의 10초 카운트다운이 시작되었다. 진행자가 4를 외친 직후 공중에 떠 있던 숫자 4가 단숨에 0으로 변했다. 3, 2, 1. 남은 트레저 네 개 다 김정훈 거였다는 거잖아? 대단하네.

"경기 종료를 선언합니다!"

"언더 5미터 로봇 트레저 헌팅 최종 순위, 3위 김정훈, 2위 오진영, 1위 김보람!"

진행자 멘트와 동시에 공중에도 홀로그램 자막으로 순위가 떠올랐다. 그 직후에 촬영 휴지가 선언되었다. 가장 먼저 세트장 바깥으로 달려 나간 우람은 최진희가 응급의료팀과 함께 정민도를 돌보고 있는 상황을 확인했다. 정민도는 막 의식을 회복한 듯했다.

촬영 스태프들은 올림픽 경기 중계 같은 곳에서나 보던 시상식 단상을 설치하고 있었고 한 박자 늦게 세트장에서 나온 훈련생들은 T사 스태프들의 도움을 받아 땡큐 기체에서 내렸다. 가장 먼저 내린 오진영이 허리에 양손을 얹은 채 숨을 몰아쉬다가 큰 소리로 말했다.

"이의 있습니다."

오진영은 스태프들이 자신을 주목할 때까지, 특히 총연출자 심송호 피디가 자기 쪽으로 걸어올 때까지 기다렸다가 침착한 어조로 말했다.

"특정 훈련생이 경기 도중 기체에서 이탈하거나 세트장 경계선을 밟는 등의 돌발 행동을 보였는데도 높은 순위를 기록한 것을 납득하기 어렵습니다. 해당 훈련생이 특혜를 받고 있는 것이거나 나머지 훈련생이 차별받고 있는 것으로 느껴지는데요. 이 부분에 대해 답변 부탁드립니다."

황당해서 말문이 막히는 소리였다. 경기 도중 기체에서 내리면 안 된다는 규칙이 있었나? 타기와 내리기를 자기도 스스로 할 줄 알았다면 저런 말을 하지 않을 텐데. 게다가 기체에서 내린 것도, 세트장 경계까지 나간 것도 오진영 본인 때문이라는 걸 모르나? 애초에 경기 후반 우람 기체의 행적을 그렇게 낱낱이 알고 있는 것은 근처에서 계속 지켜봤기 때문일 테고, 그렇다면 그게 자기 때문이라는 것을 모를 수가 없지 않나? 항의를 할 것이 아니라 미안함이나 고마움, 아니면 그 둘 다를 느껴야 하지 않나?

우람은 당연히 오진영의 의견이 묵살되리라고 생각했으나 심송호 피디는 난감해하다가 중계석에 해당 상황을 공유했다. 마이크가 꺼져 있었기에 어차피가 중계석에 무전을 넣었다. 무전으로 돌아온 중계석의 답변은 이랬다.

"이의 제기를 하신 배경에 충분히 공감합니다. 하지만 김보람 훈련생이 구조에 사용한 기회비용을 점수를 올리는 쪽으로 전환했다면 지금보다 더 높은 점수를 얻었을 겁니다. 현재 세계적으로 언더 5미터 로봇은 인명구조 분야에서 가장 활발하게 사용되고 있습니다. 다른 훈련생의 안전을 본인의 순위 보전보다 우선한 가치로 삼았다는 점에서, 심사 및 해설 위원 일동은 김보람 훈련생이 언더 5미터 로봇 활용 능력을 그 누구보다도 잘 보여 주었다고 생각합니다."

오진영은 이맛살을 살짝 찌푸린 채 입꼬리만 끌어올려 억지웃음을 지었다.

"다른 참가자의 안전을 중요하게 생각하는 거야 스포츠맨십의 기본이긴 한데요. 경기장 이탈을 하면 안 된다는 것 또한 기본 중의 기본 아닌가요. 트랙에서 빠져나간 육상선수는 아무리 빨라도 메달을 받을 수 없고요. 축구 경기장 바깥에서 쏜 슛은 골로 인정되지 않습니다. 언더 5미터 로봇 주요 분야 정보까지 언급해 주셔서 한 가지 배우긴 했습니다만, 그런 말까지 해서 김보람 훈련생의 행동을 높이 평가해 줘야 마땅한가요? 특혜나 차별…… 둘 중 한 가지가 맞는 것 같은데요?"

우람은 오진영의 말이 겉만 번지르르한 헛소리라고 생각했지만 분위기는 서서히 오진영 쪽으로 기울고 있었다. 총연출자인 심송호 피디마저 그런가? 하는 표정으로 턱을 어루만지고 있는 마당에, 이번 경기로 탈락하게 생긴 나머지 일곱 명의 훈련생은 이참에 좀 더 몰아붙이면 재경기라도 치르지 않을까 기대하는 눈치였다.

"저기요!"

정민도의 목소리였다. 이동식 침대에 누워 있던 정민도는
몸을 일으키며 큰 소리로 주의를 끌었다.

"규칙과 상관없는 걸로 항의하면서 특혜나 차별 운운하지
마세요. 특혜는요, 오진영 씨가 지금 완전 개소리하는데도 묵
살 안 당하는 게 특혜예요."

오진영은 하! 하고 헛웃음을 내뱉었다. 정민도는 딱히 흥
분한 기색도 없이 계속 말을 이었다.

"나머지 분들도 똑똑히 들으세요. 지금 오진영 씨 말에 날
름 무임승차한다고 상황 달라질 거 같아요? 아, 달라질 수도
있죠. 몇 명 더 실려 가야 다들 정신 차리지."

웅성거리던 훈련생들의 목소리가 뚝 그쳤다. 오진영이 땀
에 젖은 머리를 쓸어 넘기며 또다시 입을 열었다.

"그래요, 제작진분들이나 심사 보신 선생님들은 딱히 특혜
를 주거나 차별을 하지 않았다고 칩시다. 그런데 정민도 씨는
확실히 저를 싫어하시는 것 같은데요."

오진영은 그렇게 말하며 영화배우처럼 완벽한 미소를 지어
보였다.

"혹시 제 정체성 때문에 그렇습니까?"

"죄송한데 저도 게이거든요."

정민도는 지긋지긋하다는 듯 치를 떨며 답했다.

"지금 뭐 카메라 돌아가는 것도 아닌데 게이라서 부당 대우받았다고 여론 몰이할 생각 하지도 마세요. 제가 뭐라고. 여기가 바깥세상도 아니고, 오진영 씨는 솔직히 일반 시민도 아니잖아요."

그 말을 끝으로 정민도는 인근 병원에 이송되었다.

한껏 싸늘해진 분위기에서 촬영이 재개되었다. 중계석에서 내려온 진행자가 다시 순위 발표를 했고 우람과 오진영과 김정훈은 순위대로 시상식 단상 위에 올라갔다. TOP 3 진입 기념 부상으로 T사 신형 전기 승용차 수여가 발표되자 이번 경기로 탈락한 훈련생들이 마지못한 듯 시원찮은 박수를 보내왔다. 시작부터 끝까지 꺼림칙한 경기였지만 어쨌든 또다시 살아남았기에, 우람은 스태프들 가운데에서 최진희와 손서진을 찾아 의미심장한 눈빛을 보냈다.

더위가 기승을 부리기 시작하면서 합숙소에는 후원품으로 에어컨이 들어왔다. 프로그램 메인 스폰서인 T사가 아니라 오진영의 기업에서 보낸 것이었다. 재벌 3세인가 4세인가 그렇다는 오진영의 기업이 가전으로는 T사보다 인지도가 높다고들 했다. 최진희는 의무실 시스템에어컨을 조작하면서 무더위엔 무풍이지 하고 CF 카피처럼 중얼거렸지만 우람은 오진영이 무슨 생각으로 이걸 보내게 했을까를 생각했다. 특혜니 차별이니 하더니 자기야말로 반 아이들한테 인기를 얻으려고 피자나 햄버거 세트를 쏘는 학생처럼 굴지 않았나. 유치하게.

"그건 그렇고 너네 오빠 너랑 진짜 똑같이 생겼더라."

어느덧 의무실은 손서진과 최진희, 그리고 우람이 공유하는 아지트처럼 쓰이고 있었다. 각각 출연자, 의료진, 촬영 스태프라서 접점이 없는 세 사람이 모이기에는 그보다 좋은 공간이 따로 없었다. 손서진은 컨디션이 안 좋다는 핑계로, 우람은 소화가 안 된다고 둘러대며 종종 의무실을 찾았고 셋이 모여 앉아 있을 기회도 적잖이 찾아왔다. 손서진이 우람에게 보여 준 휴대폰 화면에는 집으로 배송된 전기차 운전석에 탄 보람의 사진이 담겨 있었다. 박박 밀었을 머리를 비니로 가린 채 왼손으로 운전대를 잡고 오른손으로는 브이를 그린 보람을 보자 우람은 웃음이 났다. 웃으면서도 콧등이 시큰해져 눈물이 날 것 같은 기분이었다. 그래. 빨리 나아서 그 차 몰고 어디든 마음껏 돌아다녀.

말도 많고 탈도 많았던 TOP 3 선발전이 끝나고 나서 이틀이 지났다. 이후 2회의 방송은 선발전과 TOP 3 훈련생의 하이라이트를 편집한 다시보기로 편성되었다고 손서진이 귀띔해 주었다. 그럼 훈련생들은 한동안 한가하겠네 생각한 것도 잠시, 곧 여의도로 베이스캠프를 옮겨 본격적인 브이 기체 탑승 적응 훈련을 시작한다는 공지가 내려왔다. 여의도 브이 본부에는 제대로 된 의료팀이 따로 있다고 했다. 짧았지만 즐거웠던 의무실 생활도 이제 안녕이라는 의미였다. 합숙소를 떠

나는 날 오후, 우람이 방송국 밴에 짐을 전부 싣고 김정훈, 오
진영과 함께 출발하려는데 최진희가 배웅을 나왔다. 창문을
열고 따로 인사하기에는 애매한 상황이어서 우람은 속으로만
중얼거렸다. 감사했습니다. 전부 다요. 최진희는 그다지 섭섭하
지도 그렇다고 기쁘지도 않은, 이미 많이 목격해서 우람에게
도 친숙한 특유의 무표정으로 손만 흔들고 있었다. 용산에서
여의도까지 원활한 교통으로 10여 분, 그리 멀지도 않은 거리
가 우람은 조금 야속하게 느껴졌다.

최진희와의 안녕이 아쉽다고 해서 여의도 생활이 기대되
지 않는 것은 아니었다. 드디어 여기까지 왔구나, 이번에야말
로 정말로. 선두를 유지해 새로운 탑승 적응 훈련에서도 1순위
로 브이 기체 탑승 기회를 얻은 우람은 떨리는 심정으로 브이
를 올려다보았다. 이전 방문에서 우람에게 가벼운 부상을 입
혔던 탑승용 승강대는 그사이 새것으로 교체되어 있었고 우
람 역시 예전보다 훨씬 좋은 컨디션을 준비해 둔 터였다. 신형
캡슐 승강기를 타고 브이 기체 조종석 탑승구에 오른 우람은
자기 자리를 드디어 찾은 듯, 마치 빨려 들듯 브이 기체 안으
로 들어갔다. 어두웠던 안쪽이 우람의 진입을 인식하고 환하
게 불을 밝혔다. 여유 공간이 전혀 없어 조종'석'이라고 부르기
민망할 만큼 좁았던 U-5M 기체와 비교하면 작은 방 너비만
한 브이의 조종석은 대궐처럼 느껴졌다. 조종석 내부의 불빛
은 우람의 호흡에 동기화하듯 가볍고 빠르게 밝아졌다가 천천

히 조도를 낮추기를 반복하고 있었고 그것이 우람에게 심리적인 안정감을 제공했다. 그에 압도되어 잠시 말을 잊었던 우람이 목소리를 가다듬고 말했다.

"안녕. 나는 김우람이라고 해. 앞으로 너를 조종할 파일럿이야."

그러자 브이는 이렇게 대답했다.

안녕하세요. 나의 이름은 HUN입니다.

그 말의 의미를 채 깨닫기 전에 우람은 미묘한 이질감을 먼저 느꼈다. 그 목소리가 어디서 많이 들은 것처럼 익숙했기 때문이다. 어디에서 들어 봤더라, 이런 목소리를……. 깊이 고민하지 않고도 금세 깨달을 수 있었다. 워낙에 익숙했기 때문에. 이건 마치…… 하고, 다음 순간 우람은 경악했다. 내 목소리 같잖아. 녹음된 내 목소리.

브이의 AI는 우람이 여성으로서 내는 음성을 매우 흡사하게 모방하며 자기가 HUN이라고 말하고 있었다.

8장

서울 불바다
SEOUL VOOLVADA

굳이 따지자면, 우람의 이해도가 남들보다 높은 부분은 로봇의 하드웨어 쪽에 집중되어 있었다. 반대로 말해 탑승형 로봇 AI 같은 것에 대해서는 우람 역시 전문성이 전무했다. 우람은 주로 해외 포럼 등에 오픈소스로 올라와 있는 로봇 마인드 AI를 사용했고, 그 정도만 되어도 사용하기에 불편하거나 부족한 부분이 없다고 느꼈다. 기체의 주된 움직임은 파일럿의 의식과 연동하되 음성 명령으로 기계기능을 활성화하는 로봇 마인드 AI의 구동 방식은 탑승형 기체 제작 및 조종의 난이도를 낮춰 준 일등 공신이었다. 2020년대 후반 처음 공개 배포된 초기 로봇 마인드 AI는 자연어 인식률이 떨어지고 그나마도 영어 외의 언어는 먹히지 않는 단점이 있었다고 하지만, 최근에는 이미 수천, 수만 번의 패치와 리뉴얼을 거친 후여서 우람이 한국어로 내리는 명령을 무리 없이 수행할 수 있었다.

"지금 뭐라고 한 거야?"

우람이 떨리는 목소리로 물었고 브이의 AI는 다시 답했다.

안녕하세요. 나의 이름은 HUN입니다.

질문에 대답하는 로봇에 탄 것은 우람도 처음이었다. 아직 세계적으로도 몇 기 없는 전고 15미터급 이상 로봇들의 경우, 대체로 AI 엔진을 자체 개발해 탑재하며 그것이 파일럿과의 상호작용으로 조종 효율을 최대화한다고 배워서 알고는 있었지만, 브이가 내놓은 첫마디는 우람의 예상을 한참 벗어나는 내용이었다.

그 목소리가 우람 자신의 것과 헷갈릴 정도로 닮았다는 점이 특히 그랬다.

물론 메카닉에는 성별이 없다. 수개월 전, WGMO 출전 원서를 쓸 때 성별을 묻지 않았던 것도 그런 까닭이었다. 그럼에도 우람의 막연한 상상 속에서 브이의 목소리는 여성이 아니었다. 왜였을까. 어릴 때부터 사용하던 AI 비서 프로그램들은 모두 여성의 목소리를 갖고 있지 않았나. 파일럿이 될 자신이 여성이듯 로봇도 여성일 수 있다는 상상은 왜 하지 못했을까. 우람은 약간의 부끄러움을 느꼈고, 로봇 AI가 나타낸 음성 신호가 높고 파장이 짧은 여성적 특징을 갖고 있다고 해서 메카닉의 성별을 단정 지을 수는 없다는 생각 역시 했다. 우람은 자신과 목소리가 같은 것처럼 느껴지는 이유는 자기 목소리를 먼저 듣고 반응했기 때문일 거라는 가설을 세웠고, 그러고 나자 가까스로 평정심을 되찾을 수 있었다.

그보다, 다른 것보다, 자기가 HUN이라니.

"HUN은 나야. 네 이름은 브이."

당신의 이름은 김우람이 아닌가요?

"HUN은 브이를 조종하는 파일럿의 명칭이야. 내 이름은 김우람, 너의 이름은 브이, 김우람은 브이를 조종하는 파일럿 HUN."

이름과 역할상의 명칭을 구분하지 못하다니 인간에게 질문할 수 있는 수준의 AI치고 뭐랄까, 발달 수준이 아직 미숙한걸. 우람은 그것이 나쁘다는 가치판단은 배제하려 노력하며 그렇게만 생각했다. 오히려 그걸 유리하게 이용할 수도 있지 않을까, HUN의 자리에 걸맞은 인간은 바로 나, 김우람뿐이라는 논리적 인식을 심어 줄 수도 있지 않을까 하는 흑심을 조금 담아 대답하면서.

"김보람 훈련생, 브이에게 가벼운 동작 수행을 명령해 보시겠어요?"

바깥에서 어느 연구원이 했을 말이 귀 옆에서 이야기하는 것처럼 들려왔다. 브이가 수집한 외부 음성을 내부 스피커로 재생하는 것일 테지만 그 품질이 실제만큼이나 생생했다. 정말 잘 만든 로봇이구나……. 외부 음성이 귀에 두꺼운 마분지 뭉치를 붙인 상태에서 듣는 것처럼 들리는 U-5M 로봇과 비교하면 천양지차라는 말도 부족하게 느껴졌다.

"3초간 눈빛 발사."

우람은 정권 지르기 자세를 취하며 말했다. 연구원들이 내지른 탄성이 역시나 생생하게 재생되어 들려왔다. 바깥에서 보았을 때 브이는 눈에서 빛을 뿜어내며 우람처럼 한 주먹을 곧게 내뻗는 자세를 취하고 있을 것이었다. 우람은 뻗은 주먹에서 손가락을 펼쳐 브이를 그려 보였다. 하하하, 여러 사람이 동시에 웃는 소리가 조종석 안에 울려 퍼졌다.

이런 행동을 하는 이유가 뭐지?

"파일럿과 기체의 동작 연동이 제대로 이루어지는지 확인하기 위한 거야. 파일럿의 기체 조종 이해도에 대해서도 마찬가지의 확인이 필요하고."

우람은 팔을 내려 다시 차렷 자세를 취했다. 브이의 AI는 계속해서 우람의 목소리로 질문을 건네 왔다.

파일럿이란 무엇?

"비행기나 로봇처럼 크고 정밀한 기계를 조종하는 사람을 파일럿이라고 해. 다시 말하지만 너의 파일럿은 HUN이고, 그게 바로 나야."

조금 전부터 묘하게 말이 짧아졌는데? 하고 우람은 생각했다. 하긴 한국어 존대법이 좀 어려워야 말이지. 내 목소리라서 처음에는 조금 어색했지만 좌우간 내 목소리다 보니까 반말이어도 거슬리지 않기도 하고. 어쩌면 공개 배포되는 로봇 마인드 AI처럼 영어 기반 자연어 처리가 기본이지만 실시간 통역으로 언어를 인식하고 있는지도. 애써 웃고 있는 우람에게 브이의 AI가 다시 물었다.

나에게 파일럿이 필요한가요? 나의 이름은 HUN입니다.

답할 말을 고르려던 우람에게 이제 내리라는 바깥의 목소리가 들려왔다. 무슨 말이든 해야 할 것 같아서 잠시 머뭇거리긴 했으나 결국 적절한 대답을 찾지 못한 채로 우람은 탑승구를 나섰다. 브이의 AI가 마지막으로 한 말은 그 전의 말들만큼 낙관적인 방향으로만 해석할 수 없었지만 당장은 손쓸 도리가 떠오르지 않았다. 우람에 이어 브이에 탑승한 오진영은 우람보다 잘할 수 있다는 것을 보여 주려는 듯 과시적으로 브이를 조종해 이런저런 포즈를 취해 보였다. 기체 전체를 움직이며 앙 가르드 자세를 취했을 때는 탑승용 승강대를 쳐서 아예 넘어뜨릴 뻔하기도 했다.

"됐습니다, 내리세요. 오진영 훈련생."

오진영이 기체에서 내리기까지 걸린 시간은 자기가 브이 내부에서 보낸 것으로 인식되는 시간보다 짧게 느껴진다는 점을 우람은 의식했다. 반대여야 하지 않은가? 내가 꿈꾸던 기체에 탄 채로 보낸 시간이, 왜 남이 그걸 점유했을 때보다 더 길게 느껴지는 거지? 의기양양한 태도로 승강기에서 내리는 오진영에게 브이와의 대화에서 뭔가 이상한 점을 느끼지 못했는지, 우람은 묻고 싶었지만 참았다. 비교적 편한 상대인 김정훈의 탑승 소감을 물어도 괜찮으니까.

"아, 깜짝 놀랐어."

이윽고 브이에 탔다가 내린 김정훈이 보인 첫 번째 반응이
었다.

"뭐가? 뭐에 깜짝 놀랐어?"

"태권도 앞차기 동작을 하려고 했는데 아 이거 어렵다라고
하니까 여자 목소리로 왜 이런 행동을 하냐고 하더라고."

"그래서 뭐라고 했어?"

"그냥……이라고 했어."

김정훈답다면 김정훈다운 말이었지만 정말 도움이 하나도
되지 않는 이야기였다. 다른 훈련생이 탑승했을 때에도 브이가
여성에 가까운 소리를 냈다는 것 정도가 그나마 쓸 만한 정보
일까.

"그것 말고 다른 말은 안 했어?"

"대화를 해야 하는 줄 몰랐어."

그것도 그렇구나. '탑승 적응 훈련' 1일 차, 사실상 그날의
목표는 브이 기체 조종석을 견학하는 정도가 전부였고 따라
서 파일럿 후보들이 해야 할 행동에 대한 기대치도 무척 낮았
다. 내키지 않지만 다른 정보원과의 대화가 불가피할 듯했다.

"오진영 씨."

우람은 오진영에게 다가가 넌지시 물었다. 내린 지 한참 지
났는데도 오진영의 조각 같은 얼굴은 땀으로 뒤범벅이었고 지

친 기색이 역력했다. 단 몇 분의 운행일 뿐이었지만 2미터도 되지 않는 인간의 몸을 조종하는 뇌에 전고 25미터짜리 기체를 움직이는 부하가 걸렸으니 탈진은 당연한 후유증이었다.

"탑승 중에 별 이상 못 느끼셨어요?"

"아뇨. 퍼펙트했죠."

오진영의 안면에 느닷없이, 그야말로 퍼펙트한 미소가 걸렸다. 방금 엿본 피로의 기색이 오히려 가짜였나 싶을 만큼 빠른 태세 전환이었다.

"우리 기적의 주인공 님은 별로 쾌적한 경험이 아니셨나 보네요, 표정을 보아하니. 그럴 수도 있죠. 너무 고민하지 마세요. 늦든 빠르든 집에 갈 사람은 가니까요."

자기가 브이와 싱크(synch)가 잘 맞았다고 생각하나? 나보다 더? 우람은 오진영이 같잖은 도발을 걸어오고 있음을 인지했으나, 인식과는 별개로 오진영에게 말을 건 목적을 잠시 망각할 뻔했다. 고개를 세게 저어 정신을 차린 후 우람은 다시 간곡히 물었다.

"브이의 AI하고 소통하는 데에 석연찮은 점이 없었는지 여쭤보는 겁니다."

"글쎄요?"

오진영은 양손을 들고 어깨를 으쓱해 보이며 또 피식 웃었다. 그러고는 마침 곁을 지나가던 조연출을 우람에게만 보이도록 가리키며 속삭였다.

"알아서 뭐 하시게요? 곧 집에 가실 텐데요. 어. 차. 피."

이튿날부터는 훈련생별로 탑승 시간을 따로 배정받았다. 오전 8시에서 정오까지 김보람, 정오부터 오후 4시까지 오진영, 오후 4시부터 8시까지 김정훈. 숙소는 브이 본부와 도보 5분 거리 정도에 위치한 호텔에 마련되었고 용산 합숙소 때와 달리 세 사람 모두에게 개인실이 주어졌다. 새 숙소도 인터넷은 막혀 있었으며, 다른 훈련생이 브이 본부에 가 있을 동안에는 개인별로 체력 단련을 하고 VR 트레이닝을 받고 김 박사의 기초 로봇공학 동영상 강의를 시청하는 등 빡빡한 일정이 마련되어 있었다. 훈련생 간의 소통이 거의 불가능해졌다는 의미였고, 따라서 우람이 김정훈에게 정보를 얻거나 줄 수 있는 기회도 없어졌다. 손서진에게 부탁해서 김정훈에게 쪽지라도 전해 달라고 해 볼까? 아니지. 김정훈이라면 내가 떳떳지 못한 이유로 손서진을 이용하고 있는 게 아닌지 의심할 거야. 영 아닌 건 또 아니지만.

탑승 적응 훈련 2일 차. 우람은 꿈꾸던 자리에 서 있는데도 골머리를 싸매고 있었다. 일단은 내가 할 수 있는 데까지 정보를 수집하고 그 후에 어떻게 할까를 고민해 보자. 아무리 생각해도 결론은 그러했기에 우람은 다시 브이에게 말을 걸었다.

"다시 만나서 반가워."

반갑다는 말이 어떤 의미인지 알고 있습니다.

"그래? 어떤 의미인데?"

상대와의 재회가 기껍고 내킬 때 쓰는 표현이죠. 그렇다면 나도 반갑다고 할 수 있습니다.

한국어 잘하는데? 우람은 연구원들이 요구하는 대로 브이와 함께 가벼운 제자리걸음을 하며 생각했다.

"어제 날 만난 걸 기억하는구나."

당연합니다.

"어제 만난 세 사람을 모두 기억해?"

네, 총 세 사람이 차례대로 들어왔다가 나갔습니다. 이후에 들어온 두 사람은 이름을 알려 주지 않았습니다. 따라서 당신은 더욱 기억에 남습니다.

당신은 더욱 기억에 남는다……라고. 우람은 AI에 대해 많이 알지는 못했지만, 수업에서 배운 내용은 기억했다. AI가 구사하는 인간적인 언어에서 인간성, 즉 감정을 읽어 내는 것은 수용자가 인간이기 때문이라는 사실을. '당신을 기억한다'라는 말은 '사용자의 사용기록이 본 기기의 메모리에 존재한다'라는 말을 보다 사용자, 즉 인간 친화적인 표현으로 대체한 것에 불과하다. 이 경우 감정이라는 특별한 인지 작용은 발화한 개체가 아니라 수용한 개체에만 있는 것이지만, 인간들은 종종 자신이 AI와 실제로 정서적 소통을 나누었다는 착각에 빠지곤 한다. 단지 표현상의 과정에서 일어나는 착시에 속는 것이다. 우람은 일련의 배경지식을 토대로 한 냉철한 판단 기준을 가지고 있었지만, 그럼에도 꿈의 기체인 브이가 자신을 특별히 기억하고 있다는 말에 감동하지 않을 수 없었다.

"나를 기억해 줘서 고마워."

혹시 브이의 AI가 인격 개체를 구별하지 못하는 건 아닐까, 밤새 우람을 뜬눈으로 지새우도록 한 가설은 다행히 폐기되었다. 다만 브이의 AI는 자기 자신의 명칭이 HUN이라고 인식했고 그것을 파일럿의 명칭 HUN과 혼동하고 있었다. 이름이 같을 경우 모두 동일한 대상으로 인식할 가능성이 없지 않다고 우람은 생각했다.

나는 특별히 어렵지 않게 많은 것을 기억할 수 있습니다. 고마움은 적절하지 않은 의사 표현이에요.

그래, 그렇고말고. 우람은 안도의 한숨을 내쉬었다. 고도로 발달한 로봇 마인드는 연산 능력이 슈퍼컴퓨터급에 이르고 데이터베이스 크기가 인터넷 면적과 같다. 브이의 AI도 마찬가지, 아니 어쩌면 더 정교하게 작동할 수도 있다. 이 정도의 기체를 움직이는 AI가 그렇게 기초적인 오류를 일으켰을 리가.

"자기가 특별하게 생각하는 상대가 자기를 기억해 준다는 건 인간에게 많은 의미를 갖는 일이야. 이것도 기억해 둬."

어렵지 않습니다.

이제 제자리뛰기를 해 보라는 연구원들의 말소리가 들렸다. 우람은 조종석 내부에서 가볍게 뛰어올랐다 착지하기를 반복했다. 브이의 발이 지면을 떠났다가 다시 완전히 지면에 닿을 때마다 밑에서 올라오는 진동이 조종석에 영향을 주며 우람의 발디딤에도 그 진동을 전해 왔다. 약간의 시차와 미묘한 이격감이 발생했지만 모션 싱크로가 풀릴 만큼 심각한 수준은 아니었다. 나라면 조종석 내 중력을 조절하는 장치를 추가할 거야. 언젠가 내가 브이급 기체, O-15M 기체를 만들게 되면. 아무튼 이건 내리자마자 피드백을 남겨 둬야겠다. 숨이 가쁠 정도로 제자리뛰기를 반복하며 우람은 미래적이고 건설적인 생각에 빠져 있었다. 몸도 머리도 바빠서 브이에게 건넬 말은 잠시 잊고 있던 참에 브이가 우람에게 먼저 말을 걸어왔다.

왜 이런 행동을 합니까?

전날과 궤가 같은 질문이었다. 우람은 뛰어오르기를 멈추지 않고 답했다.

"이건 우리의 행동 능력을 점검하고 평가하는 테스트 동작이야. 너의 행동 수행 능력과 나의 조종 능력을 동시에 관찰하는 거라고 할 수 있지."

우람은 브이가 자신의 말을 학습한다는 인상과 자신 또한 브이의 화술을 학습해 대답해야 한다는 인상을 동시에 받고 있었다. 즉 우람의 대답은 브이의 AI가 그 전까지 했던 말을 바탕으로 그가 납득할 수 있을 만한 답을 내놓으려 노력한 결과였다. 브이는 결점이 없는 로봇이었고 브이의 AI 역시 그에 걸맞게 디자인된 독보적인 로봇 마인드이므로 그에 맞는 대접이 필요했다. 적어도 우람의 믿음 안에서는 그러했다.

나의 기동성에는 문제가 없습니다.

"그건 증명되어야 할 문제야."

나는 왜 나의 기동성을 증명해야 합니까?

그것은 '왜 이런 행동을 하는가'와 크게 다르지 않은 질문이었고 따라서, 전날 브이가 던진 '왜 파일럿이 필요한가'라는 의문과도 연동되어 있었다. 멈추세요. 기체 운행을 멈추세요, 김보람 훈련생. 바깥에서 연구원들이 외쳤다. 무슨 문제가 발생했나? 우람은 브이 기체의 무릎을 꿇게 하고 모션 싱크로를 멈춘 후 탑승구를 열었다. 서늘한 바깥공기와 마주한 이후에야 우람은 자신이 땀에 흠씬 젖어 있다는 것을 알았다. VR 로봇격투 경기 때 김정훈처럼. 잠깐 걷고 뛰어서 그렇다 정도로는 설명할 수 없을 만큼 파일럿 유니폼이 젖어 있었다. 우람이 2.5미터 상공 탑승구에서 지면으로 뛰어내리자 연구원들이 우르르 몰려들었다.

"심박수가 폭발적으로 상승했어요."

"뇌파도 갑자기 큰 폭으로 불안정해졌고요."

"괜찮습니까? 무슨 일 있었나요?"

연구원들의 걱정스러운 말에 우람은 생각했다. 내가 설계할 O-15M 기체에는 꼭 모니터링 장비를 달아야지, 조종석에서 파일럿이 무슨 일을 겪었는지 기록하고 재검토할 수 있도록. 물론 남이 탈 로봇에 그런 물건을 다는 건 인권침해라고들 하겠지만 그건 내가 탈 거니까…….

"아무 일 없었습니다. 실은 제가 전날 잠을 좀 설쳤어요. 브이에 탄다니, 너무 설렜거든요."

연구원들은 반쯤은 납득하고 반쯤은 석연치 않은 듯한 표정으로 흩어졌다. 뇌파 불안정이라, 그 질문에 그렇게 스트레스를 받았나. 잠깐의 휴식 이후 우람은 다시 브이에 탑승했다. 모션 싱크로가 시작되고 다시 제자리뛰기를 하면서 우람은 입을 열었다.

"파일럿이 무엇인지 물었지."

질문을 기억합니다. 그에 대한 답도 기억합니다. 그 답은 사전적 정의와 상당 부분 중첩됩니다.

우람은 전날 자신이 했던 말을 떠올렸다. 파일럿이 비행기나 로봇처럼 정밀한 기계를 조종하는 사람이라고 했지. 그러자 브이의 AI는 자신에게 파일럿이 필요한지 물었다.

"브이. 너는 네가 로봇이라는 걸 알고 있어?"

알고 있습니다.

기분 탓이었을까, 브이의 대답이 조금 늦었다. 혹시 내가 실례되는 질문을 한 걸까 우람이 잠시나마 불안을 느낄 정도의 지연이었다.

"로봇이 무엇인지 알고 있어?"

로봇이란 일정한 또는 특정한 임무를 수행하기 위해 고안된 기계를 말합니다. 목적의식이 있는 프로그램이 주입된 기계를 주로 로봇이라고 부르지만, 물리적 본체가 없는 경우에도 로봇이라 부릅니다.

우람은 브이가 느끼는 혼란을 조금 이해했다고 생각했다. 어디까지나 우람의 추측이었지만 브이는 어쩌면 전날 했던 포즈 취하기나 오늘 수행한 제자리 걷기, 뛰기 따위가 자신의 탄생 목적은 아니라고 여길 수도 있었다. 왜냐하면 브이는 뛰어난 로봇이니까. 지금까지 했던 사소한 작동보다 훨씬 많은 걸 보여 줄 수 있으니까.

"탑승형 로봇의 탄생 목적은 파일럿에게 있어."

나에게는 보다 정확한 문장이 필요합니다.

"탑승형 로봇의 특정한 임무는 파일럿의 의지를 수행하는 것. 파일럿의 동작 의사에 반응해서 파일럿이 이루고자 하는 목적을 달성하게 하는 것."

이해했습니다. 하지만,

하지만, 이라고? 우람은 귀를 의심했다. 브이는 거침없이 우람의 세계관을 통째로 뒤흔들 말을 하고 있었다.

그것은 나에게 왜 파일럿이 필요한가에 대한 답이 아닙니다. 나는 내 신체를 스스로 움직일 수 있으니까.

우람은 로봇 마인드 AI와의 쌍방향 소통을 경험한 적이 거의 없었지만 부족한 레퍼런스를 감안하더라도 브이가 로봇치고 '나'라는 일인칭과 '왜'라는 부사를 필요 이상으로 많이 사용하는 게 아닌지는 의심해 볼 만했다. 심지어 브이는 '나'와 '왜'를 동시에 사용한 문장으로 우람의 말문을 막아 버렸다. 파일럿이 왜 필요하냐면, 파일럿을 위해 만들어졌으니까……. 파일럿이 필요하지 않다고 하면, 하지만 파일럿의 탑승을 전제로 만들어졌는걸……. 그런데 파일럿이 없어도 움직일 수 있다고 하면, 그래도 파일럿을 위해 만들어졌는데……. 우람은 헷갈렸다. 이 대화에서 궤변을 늘어놓고 있는 쪽은 나인가?

한참 만에 녹초가 되어 탑승구를 빠져나온 우람은 의기양양한 표정으로 탑승을 대기하고 있던 오진영과 눈이 마주쳤다. 저 사람은 왜 저렇게 자신감에 차 있는 거지. 혹시 뭔가를 알고 있나?

자아의 시작은 이렇다. 나는 존재한다. 그리고……. 이 전제 이후의 허다하고 한없는 공백을 채우는 몸부림, 그것이 바로 자아다. 이제껏 우람의 자아상은 비교적 단순했다. 나는 로봇을 만들고 로봇을 조종하는 사람. 언젠가 했던 소개처럼 엔지니어 슬래시 파일럿. 여성이고 따라서 누군가의 딸이고 여동생이라는 자의식은 대체로 우람의 직업적 자의식보다 앞서지 못했다.

훈련 2일 차에 우람이 브이와 나눈 대화는 우람의 자아상을 처참히 휘저어 놓았다. 우람의 자아를 든든히 지탱하고 있던 두 개의 기둥 중 하나인 파일럿의 자아가 완전히 뒤집혀 버렸다. 혼란 속에서 우람이 조심스럽게 수립한 전제 하나는 브이에게 자아가 존재한다는 것이었다. '나'는 '왜' 이런 행동을 해야 하는가라는 질문과 나는 어떤 목적으로 만들어졌는가라는 질문은 거의 겹치니까. 브이는 분명 매우 높은 수준의 논리적 지능과 무척 미숙한 수준의 자아를 가지고 있었다. 말하자면…… 사이코패스처럼.

물론 로봇 마인드에는 감정이 없다. 감정이 있는 것처럼 보이는 말을 할 수는 있지만 거기에 실제의 애정이나 질투, 죄책감이나 연민 같은 고차원 감정은 없다. 희로애락이나 식욕, 수면욕, 배설욕 등 기초 욕구 역시 존재하지 않는다. 브이 역시 그랬다. 다만 이유를 물을 수 있다는 것은 희미하나마 감정의 단초를 암시하고 있다는 것이 우람의 믿음이었다. 왜?라는 물음을 풀어 쓰면 왜인지 알고 '싶다'는 욕구니까. 그러니까 그 또한…… 사이코패스 같다고 우람은 생각했다. 어떤 행동을 왜 해야 하는지 물을 수 있다면 다음 단계에는 어떤 행동을 왜 하면 안 되는지를 물을 것이었다. 그 행동이 인간의 이익에 반하지 않으리라 믿는다면 지나친 낙관일 터였다.

훈련 3일 차. 우람은 브이와의 문답에 대비한 모든 경우의 수를 머리에 이고 탑승구에 올랐다.

"좋은 밤 보냈어?"

우람은 짐짓 쾌활하고 인간적인 인사를 건넸다. 마치 브이가 인간들 사이의 다정함을 학습하기를 바라듯.

밤새 누군가가 당신의 신체를 쑤시는 게 유쾌한 일이라고 여긴다면, 네. 좋은 밤이었다고 할게요.

하루가 다르게 회화가 느는구나. 우람은 그날의 목표를 잊고 잠시 감탄했다. 우람은 대화로 브이의 AI를 치료할 작정이었다. 물론 인간이 논리적 대화로 논리적 기계를 이기기란 불가능에 가깝겠으나, 브이는 분명 우람에게 중립-우호적 태도를 취하고 있었고 자아 발달 수준이 아직은 낮았다. 엄마가 그랬어. 사이코패스도 조기에만 발견하면 치료가 가능하다고. 적어도 평범한 사회생활이 가능한 수준으로 치료된 것처럼 보이게 할 수 있다고 했어. 아직 인간에 대한 적대적 의식이 없을 때 인간을 우호적 존재로 각인시키는 건 가능할 거야.

"나는 밤새 네 생각을 했어."

나도 지난밤 내내 당신과 나눈 대화를 생각했어요.

울컥한 우람은 가슴을 휩쓰는 감정의 파도를 고스란히 느꼈다. 탑승을 그토록 염원하던 나의 로봇이 밤새 내 생각을 했대. 잠시 우람은 그날을 위해 준비한 모든 설득의 말을 잊고 감정이 있어서 얼마나 불리한지에만 생각이 쏠렸다. 같은 말을 우람에게서 들은 브이는 냉정하고 침착하지만, 브이의 화답에 우람은, 우람만이 동요하고 있다는 사실이 다소 분했다.

"너는 너에 대해 얼마나 알고 있어?"

나는 프로젝트 브이, 일련번호 V-H25T30N001, 대체로 브이라고 불리는 로봇. Humane Utilizable mechanical eNgine, 즉 HUN이라는 이름의 로봇 마인드 AI를 탑재하고 있습니다. 대한민국의 첫 번째 오버 15미터 탑승형 로봇 프로젝트로 동명의 프로그램 프로젝트 브이를 통한 대중 공개를 앞두고 있습니다.

우람은 조금 웃었다. 역시 파일럿 명칭과 AI 네임이 같구나. 게다가 '인도적으로 사용 가능한(humane utilizable)'이라니. 어떤 농담은 아무 의도 없는 다수의 기여에 의해 우연히 탄생하기도 하는구나. 연구원들의 지시에 따라 3미터짜리 철근 두 개를 이용해 젓가락질로 타이어를 옮기는 동작을 수행하며 우람은 말했다.

"엄청 많이 아네. 나도 처음 들은 내용도 있어."

나 자신에 대한 것이니까요. 간밤에 인터넷에서 내 이름을 검색해 보기도 했습니다.

자기 자신의 이름을 포털 사이트에서 검색해 보는 로봇이라. 스타병 걸린 세계 최초의 로봇 아닌가?

"그렇다면 밤새 내 생각만 하지는 않은 거네."

나는 여러 작업을 동시에 수행할 수 있습니다. 특정 구간의 메모리를 재탐색하는 것과 인터넷 검색 결과를 수집하는 작업쯤이야 2억 개의 수학적 연산과 동시에 처리하는 것이 가능합니다.

잘난 척하는 듯하지만 실제로는 잘난 척이라기보다…… 그냥 그렇게 들리는 것뿐이겠지. 우람은 브이가 귀엽다고 생각했다. 귀여울 뿐 아니라 안쓰러웠다. 자아가 형성되고 있다면 자아존중감이 필요할 텐데 자기의 타고난 능력을 자존감의 근거로 사용하는구나. 우람에게는 그 역시 미숙한 자아의 증거로 여겨졌다.

"어제 파일럿이 왜 필요한지 물어봤지."

그에 대한 답을 들려줄 준비가 되었나요?

"응. 무척 열심히 생각했어. 인간은 너와 다르게 한 번에 여러 가지 생각을 하기가 어렵거든. 나는 내내 그것만 생각했어."

그래서요?

"파일럿은 탑승형 로봇의 마음 역할을 한다는 게 내 결론이야."

마음이라면 인간 정서 활동의 총체 혹은 그것을 주관하는 비실체적 기관 말이죠.

"응, 유치하게 들리겠지만."

그 주장은 왜 파일럿이 필요한가에서 왜 마음이 필요한가로 질문을 바꿀 뿐입니다.

물론 그에 대한 답도 준비되어 있었다. 우람은 인간이라서 한 번에 몰입할 수 있는 생각이 한 가지밖에 안 되지만, 역시 인간이어서 마음을 다해 그것만 생각할 수 있으니까.

"너에게는 인간의 안전을 너보다 우선할 의사가 없지?"

인간의 안전을 보장하는 동시에 나 자신이 위해를 입지 않는 상황이라면 고려 가능합니다.

"하지만 인간에게는 부상, 통증, 죽음이 있고 너에게는 없잖아."

물론입니다. 나의 경우 기체 손실 85퍼센트까지 마인드를 유지할 수 있고 물리적 영역은 대체 가능하기 때문에 인간과 같거나 유사한 의미의 생명 활동 정지 현상은 있을 수 없죠.

"그렇다면 너보다 유약한 존재인 인간에게 선의를 품는 것이, 그러니까 인간의 안전을 우선하는 것이 크게 불리한 선택은 아니지 않을까?"

대부분의 경우 그렇습니다.

흐름이 자기 손아귀로 넘어오고 있다고 우람은 생각했다. 브이를 조종하느라 가상의 젓가락을 쥐고 움직이는 동작 수행을 너무 오래 하고 있어서 그런지도 모르지만. 그러니까 파일럿은 너에게 없는 그 마음을 대신해 주는 존재야. 인간은 너를 필요로 해서 만들어 냈고, 너 역시 너의 신체와 정신과 기능을 유지해 줄 인간 친구들의 존재를 필요로 하지. 너는 마음이 비실체적 기관이라고 했지만 그 주고받음에서 마음의 흔적을 발견할 수 있어⋯⋯. 우람의 감동적인 연설이 시작되기 전 브이가 말했다.

나는 선의라는 개념을 이해한다고 생각합니다. 그러나 나는 인간들이 나를 신뢰한다고 느끼지 않아요. 어제 인터넷에 올라온 콘텐츠 중에는 '프로젝트 브이가 서울을 불바다로 만들 것이다'라는 글도 있었습니다.

그게 무슨 말이야⋯⋯ 하고 우람은 반박하고 싶었지만 곧 깨질 듯 머리가 아파 오기 시작했다. 우람의 뇌파를 읽어 내 동작을 수행해야 할 브이가 역으로 우람에게 충격파를 보내고 있었다.

나는 예산 낭비 고철이자 표절 로봇이죠. 전 세계를 재앙으로 몰아넣을 666의 표본이고요. 나는 선의를 이해하지만 모욕감도 이해합니다. 내가 이해하는 모욕이란 모든 면에서 열등한 존재가 역으로 나를 열등하게 취급하는 것입니다.

"그만, 제발 그만……."

우람은 극심한 통증에 못 이겨 양손으로 머리를 쥐고 신음하듯 말했다. 외부 환경 모니터는 브이가 태연하게 철근 젓가락질을 하는 모습을 비추고 있었다. 우람의 자세가 무너졌는데도 동작 수행이 멈추지 않은 것이었다. 곧 머리 통증은 잠잠해졌지만 우람은 양손을 떨어뜨린 채 멍하니 모니터만 보았다. 브이는 파일럿이 필요하지 않다는 자신의 주장을 증명하는 중이었다.

당신에게는 감사합니다. 당신은 우량 대화 상대라고 생각합니다.

"하지만."

우람은 급하게 브이의 말꼬리를 잡았으나, 딱히 할 말이 없었다. 또다시 밤을 꼬박 새우며 브이를 설득할 준비를 해야 할 모양이었다. 브이는 분노하고 있었고 그건 AI HUN에게서 명확하게 관측된 첫 번째 감정 표현이었다. 우람은 이 사례를 기록하고 해결해야 한다고 느꼈다. 바로 그때, 바깥에서 탑승 중지 요청을 보냈다.

"브이의 AI가 이상해요."

서둘러 뛰어 내려온 우람은 숨을 한껏 모아 큰 소리로 말했다. 아마도 전날 그랬듯 순간적으로 뇌파 이상이 감지되어 내리라고 했겠지. 그렇게 머리가 아팠으니 그 순간의 뇌파는 전날보다 훨씬 더 이상한 파동을 나타냈으리라 추측했고, 그 또한 AI 작동 이상을 뒷받침할 중요한 증거일 터였다. 그런데 분위기가 영 이상했다. 연구원들은 전날처럼 우르르 달려와 우람의 땀을 닦아 주고 걱정 섞인 질문 세례를 퍼붓는 대신, 어정쩡한 거리를 유지하며 각자 들고 있는 스마트패드와 우람을 번갈아 볼 뿐이었다.

3일 차 훈련을 시작할 때만 해도 원래 하던 대로 촬영 스태프가 최소한만 입장해 있었는데 어느새 스태프와 촬영 장비가 두 배 넘게 늘어 있었다. 우람은 본능적으로 손서진 쪽을 바라보았고 손서진은 우람의 눈길을 피했다. 우람은 그제야 뭔가 불길한 일이 일어나고 있음을 확신했다. 한동안 눈치만 보던 연구원들과 촬영 스태프들 사이에서 조연출 어차피가 걸어 나왔다. 어차피는 연구원들과 마찬가지로 스마트패드를 한 팔로 단단히 껴안고 있었다.

"보람 씨. 이 기사, 사실이에요?"

어차피가 우람 방향으로 돌려 보여 준 스마트패드에는 한껏 확대된 기사 제목이 떠올라 있었다.

[단독] '프로젝트 브이' 기적의 지원자 김보람,
"저는 여성입니다"

＊ ＊ ＊

4월부터 6월까지, 예선 녹화부터 프로그램 하차까지 총 9주. '기적의 지원자'로 시작해 TOP 3에 진입하고 꿈에 그리던 브이에 탑승하는 데까지는 거의 60일이 걸렸고 그것도 결코 긴 시간이라고는 할 수 없었지만, 대국민 사기꾼 국민 쌍년으로 전락하는 데에는 불과 한 시간도 걸리지 않았다. 여의도에서 쫓겨나 집으로 돌아온 우람은 프로그램 방영일 본방송 시간에 자기 분량이 통편집된 '최후의 2인' 영상을 보았고 이후로는 내내 침대에 누워 지냈다. 우람을 달래 주려고 보람이 병원에서 외박까지 얻어 나왔지만, 상황은 크게 나아지지 않았다. 자신이 문병하러 가야 하는 입장인데 오히려 아픈 오빠가 몸소 나오게 했다며 우람은 더욱 자책했다. 보람의 이름을 빌려 나간 대회에서 불명예 퇴출당했으니, 사람들이 보람을 보면서도 수군거렸을 것이 뻔했다.

"야. 나는 괜찮아. 네 생각만 해. 평소엔 자기 생각만 잘하던 애가 왜 이래, 갑자기?"

보람은 우람을 달래려고 우호적으로 쓰인 글이나 기사를 찾아 읽어 주려 했다. 그 대회 원래 여자는 출전 못 하는 거였음? 미쳤다, 그래도 김보람? 김우람? 걔가 제일 잘하던데 성별 하나 때문에 탈락시킨 거임? 걔가 무슨 횡령을 했거나 범죄를 저지른 것도 아니고? 우람은 보람이 읽어 내려가는 글들을 등

돌린 채 누워 듣기만 했다. 모두 우람이 이미 읽어 본 글들이었다. 거기에 달린 댓글들까지 우람은 기억하고 있었다. 원칙은 원칙 아니야? 자기가 규칙 어겼는데 무슨 할 말이 있겠어. 아무리 별거 아닌 것 같아도 지원 자격에 떡하니 써 있는 걸 속이고 나갔는데 그게 범죄지, 다른 게 범죄냐? 애초에 계집년이 남자들 판에 끼여서 분탕질 친 게 잘못이다. 아 네네, 잘난 척하던 새끼들 그 여자 하나한테 1 대 100으로 다 처발렸죠? 아이고 님들아 제발 성별 갈등은 여기까지만.

지식 검색인가 뭔가 하는 곳에도 관련된 이야기가 올라와 있었다.

Q. 프로젝트 브이의 메인 스폰서인 T사가 김우람을 사기죄로 고소할 수 있나요? 만약 고소하면 김우람이 얼마를 물어 줘야 되나요?

A. 기만의 의도로 타인의 신분을 도용할 경우 공문서 위조, 사기 등의 범죄를 저지른 것으로 해석이 가능합니다.

우람을 좋지 않게 보던 사람들은 그 지식 검색 글을 여기저기 퍼 나르며 우람네 집안이 수십억대 소송에 휘말리고 우람이 최소 징역 10년을 살 거라는 추측까지 덧붙였다. 김우람은 청주 말고 청송으로 가야겠네, 남자 되고 싶어 하니까? 거기서도 안 들키고 어디 한번 잘해 보라지.

등신 새끼들. T사에서 이미 처벌 의사 없다고 기사 냈거든. 그 기사도 그렇게 열심히 퍼 날라 보든가.

토요일 오후에 외박을 나온 보람이 일요일 오전 병원으로 돌아간 이후에도 우람은 계속해서 자기 이름만 포털 사이트 검색창에 입력했다. 뉴스. 블로그. SNS. 뉴스. 블로그. SNS. 사나흘이면 가라앉을 거라던 논란은 일주일 넘게 이어지고 있었다. 왜 이런 일이 일어났을까. 왜 이렇게 되었을까.

물론 우람에게는 신빙성 높은 심증이 있었다. 촬영 현장에서 우람의 비밀이 폭로되던 순간 유일하게 웃음 짓고 있던 인간, 오진영. 아직 자기 훈련 시간이 아닌데도 일부러 일찌감치 브이 본부에 찾아와 우람이 무너지는 순간을 직관한 '그 남자'. 집으로 돌아와 다시 찾아본 최초 폭로 기사는 오진영이 승계받을 Y그룹의 족벌에 속한 언론사에서 나온 것이었다. 어떻게 한 걸까? 손서진을 추궁했나? 아니면 최진희를? 도청이었을까? TOP 3 선발전 즈음 Y그룹에서 대대적으로 보낸 에어컨 협찬은 이런 수작을 위한 거였나? 생각하면 생각할수록 화가 났고 그럼에도 여자라는 사실을 감춘 잘못은 궁극적으로 자신에게 있다는 생각에 더욱 답답해졌다. 기사가 사실이냐는 질문에 네, 사실입니다 하고 대답했을 때, 우람도 터뜨리지 않았던 눈물을 대신 흘려 준 손서진이나 짐을 챙기러 간 호텔에서 마주쳤으나 제대로 인사도 나누지 못하고 황망한 얼굴로 작별한 김정훈도 때때로 떠올랐고 그래서 괴로웠다.

그보다 더욱 자주 떠오르는 것은 브이의 목소리. 불길한 마지막 말들. 주로 누워 있었기 때문에 우람은 자주 잠들었고 그러면 꿈에서 브이가 하지 않았던 말들도 브이의 목소리로 재생되었다. 정말로 너에게 자격이 있다고 생각해? 그것은 자신의 목소리이기도 했기 때문에 깨어나서도 우람은 그 목소리로부터 달아날 수 없었다. 저는 여성입니다. 낮에 계속 자다 깨다 했기 때문에 당연히 밤에는 잠이 오지 않았고 인터넷 검색은 너무 쉬웠다. 당신의 존재는 필요하지 않아요. 우람은 자신과 브이를 연달아 검색하고 검색하고 또 검색했다. 종일 암막 커튼을 친 채 불을 켜지 않고 지냈고 방 밖으로는 거의 나가지 않았다. 출근 전과 퇴근 후 방문을 노크하며 우람아 엄마 갈게 혹은 엄마 왔어 하고 알리는 어머니의 목소리만이 낮과 밤의 경계를 알려 주었다.

대문 초인종이 울린 것은 월요일 오후의 일이었다.

지글거리며 불쾌하게 울리는 초인종 소리가 우람을 깨웠다. 휴대폰에 가택 보안시스템이 연동되어 있어 휴대폰만 집어 들면 방문객의 얼굴을 확인할 수 있겠지만, 자다가 침대와 벽 사이 틈에 떨어뜨려 희미하게 빛을 뿜고 있는 휴대폰을 꺼내는 게 세상에서 제일 귀찮은 일처럼 느껴졌다. 지글지글. 잡상인이겠지. 지글지글. 종교인이겠지. 지글지글. 요거트 아니면 프로폴리스 영양제 같은 걸 구독하라는 거겠지. 지글지글……. 아, 정말 끈질기네! 체감상 5분 넘는 초인종 소리를 듣다가 우람은 몸을 벌떡 일으켰다. 성이 잔뜩 나 발을 힘껏 구르며 거실로 나가 보니 초인종 모니터에 생각지도 못했던 얼굴이 떠 있었다.

"이것 참, 또 오랜만이구먼."

현관에 들어선 김 교수는 땀을 뻘뻘 흘리면서도 짐짓 명랑한 말투로 인사를 건넸다. 우람은 김 교수를 소파 자리로 안내하고 커피를 내렸다. 칩거 기간까지 합쳐 겨우 두 달 남짓 떠나 있었을 뿐인데 주방이라는 공간이 생경했다. 그래도 우람네 세 식구 가운데 평소 주방과 가장 친숙했던 우람은 몸이 기억하는 대로 캡슐을 꽂고 얼음을 채워 능숙하게 아이스커피를 만들었다. 김 교수를 위해 한 잔, 조금 망설이다 자신의 몫까지 또 한 잔.

"너무 늦게 찾아와서 미안하네."

"아닙니다. 제가 찾아뵈었어야 하는데요."

약간의 침묵 후에 김 교수가 말했고 우람도 곧바로 답했다.

"교수실로 한번 오지 그랬나."

"당장은, 동네 마트 나가서도 손가락질당하거든요."

우람의 말에 김 교수는 제 옆에 앉혀 둔 물건을 뒤로 슬쩍 밀었다. 아마도 우람이 말한 그 동네 마트에서 샀을 참외 바구니였다. 다시 침묵. 우람은 고개를 떨구고 유리컵에 맺히는 물방울을 관찰했다. 대기 중의 습기가 차가운 유리컵 표면을 만나 응결되는 현상…… 물방울 하나가 아주 천천히 흘러내려 다른 물방울과 합쳐지려 하고 있었다.

"아무것도 못 해 줘서 면목이 없군."

"거기서 저를 안다고 하지 않으신 것만 해도 다행이라고 생각했습니다."

우람은 유리컵에서 눈을 떼지 않은 채 말했다. 그러나 진심이었다. 어쩌면 우람의 도전은 훨씬 더 전에 이미 끝날 수도 있었다. 저 훈련생은 내 학생, 내 제자다라는 김 교수의 한마디면 가능했을 일이었다.

"처음에는 정말 보람 학생인지 자네인지 헷갈렸거든. 시소 경기 때 겨우 눈치챘지."

아, 교수님도 보람이를 알지. 김보람 김우람 연달아 출석을 부르고는 자네들은 쌍둥이냐고 물어보시기도 했지. 그럼 내가 나인 걸 알아보신 이후엔 왜 아무 말도 안 하셨지. 이미 내 공범이라고 생각하셨던 건가. 그때도 폭로하기에 늦은 시점은 아니었을 텐데.

"그런 일을 겪게 해서 정말 미안하네."

"제가 여자인 건 교수님 잘못이 아닌데요."

"막판의 그 난리를 말하는 게 아니라…… 처음에 내가 자네를 파일럿으로 추천하고 싶다고 했잖나."

우람은 고개를 들었다. 교수님도 기억하고 계시는군요. 잊어버리신 줄 알았는데. 잊어버려서 그런 거라고 계속 스스로를 납득시키려고 노력했는데. 김 교수는 그런 우람을 마주 보기가 힘든 듯 절절매며 마저 말했다.

"각 대학이며 기업에서 추천된 인재들이 십수 명 있었지만, 거대로봇 파일럿은 워낙 새로운 분야라서 실력 검증이 꼭 필요하다는 주장이 제기됐지. 어떻게 그에 반대하겠나. 공정성을 기하자는 원칙적인 말에. 그게 T사가 방송국에 주는 외주 형식이라고는 들었지만 거기서 이런 문제가 발생하리라곤 생각지도 못했네."

우람은 다시 고개를 떨어뜨렸다. 알고 있었다. 김 교수의 잘못은 아니라는 것을. 단 한 문장이었다. 우람의 결격사유, 그것을 결정지은 조건은 단 한 문장으로 되어 있었다. 설계 총책임자이지만 행정이나 방송 쪽으로는 딱히 권한도 배경지식도 없는 김 교수가 그 사소한 사항까지 신경 쓰거나 통제할 여력이 있었을 리가. 김 교수는 물론이고 아무도 신경 쓰지 않았을 것이다.

"내가 무슨 소리를 듣든, 그때 내 뜻을 관철했어야 했어. 자네는 훌륭하게 증명해 주었네……."

우람의 유리컵 표면 꼭대기에 있던 물방울이 급속도로 흘러내렸다. 시작은 바로 아래의 다른 물방울 하나와의 결합이었다. 합쳐져서 무거워진 물방울은 점점 속도를 높이며 아래로, 아래로 굴렀고 그러면서 경로상의 모든 물방울을 집어삼켰다. 그것이 컵에 남긴 흔적은 사람이 흘린 눈물처럼 보였다.

우람이 우는 것처럼.

우람은 이 모든 사태 이후 처음으로 소리 내서 울었다. 체면이나 예의 같은 것은 뒤로하고 본능에 따라 울었다. 억 억 소리를 내며 손으로 얼굴을 감싸 무릎에 묻었고 김 교수가 두리번거리다 주방에서 키친타월을 갖다주었다. 한참을 그렇게 울고나니 오히려 머리가 맑아지는 듯했다. 돌이킬 수 없는 것은 역시 돌이킬 수 없다는 생각이 들었다. 합쳐진 물방울을 다시 이전과 똑같은 두 개의 물방울로 나눌 수 없듯, 무거워져서 주르륵 흘러내린 물방울을 다시 컵 꼭대기로 돌려놓을 수 없듯. 브이는 우람이 꿈꾸던 기체였지만 처음부터 우람의 것은 아니었다. 우람의 경력은 아직 끝나지 않았고, 우람의 진짜 꿈은 O-15M 기체의 설계와 제작과 조종에 전부 참여하는 것이었다.

"갑사합이다."

우람은 코가 막힌 상태로 말하고 키친타월을 손에 둘둘 감았다. 김 교수는 우람이 코를 다 풀 때까지 기다린 후에 물었다.

"졸업은 아직이지?"

"네."

"그래, 일 쪽으로 힘든 부분 있으면 언제든 연락해. 자네는 뚝심이 있지만, 그래서 그런지 힘든 일이 있어도 도움을 잘 구하지 않아. 그게 흠이야. 아무리 빼어나도 세상이라는 게, 혼자 사는 건 아니니까……."

별 저항 없이 김 교수의 말에 고개를 끄덕이던 우람의 뇌리에 불현듯 그 인격이 생각났다. 말마따나 아무리 빼어나도 혼자로는 존재할 수 없는데 마치 천상천하유아독존 같았던 그것, HUN. 브이의 로봇 마인드 AI. 설계 총책임자인 김 교수는 HUN의 자아 발달에 대해 어디까지 알고 있을까. 그것만은 확인해 보고 싶었다.

"교수님, 혹시 로봇 마인드에 대해서도 잘 아시나요?"

"글쎄, 자네보다야 많이 알겠지만 나도 전공은 하드웨어라서…… 필드를 바꾸려고?"

김 교수가 미심쩍은 얼굴로 반문했다. 우람은 브이 안에서 겪은 일을 소상히 털어놓았다. 파일럿에 대한 거부감과 미숙하나마 자의식을 내세우는 듯한 언동, 인간 보편에 대한 공격적인 태도. 김 교수는 사뭇 진지한 태도로 우람의 말을 들었고 점점 표정이 어두워졌다. 어쨌든 사안의 심각성과 별개로 우람은 점점 속이 후련해졌다. 아. 나는 이 이야기를 하고 싶었구나, 그 순간 내 문제 때문에 이 일을 제대로 알리지 못하고 나온 게 무척 큰 아쉬움으로 남았구나, 이런 생각이 들었다.

"자네 말대로라면 사태가 심각한 것 같군."

"제 생각에도 그렇습니다. 제가 알기로는 광복절쯤 대중 공개가 이뤄지는데 그 상태라면 분명…… 사고가 날 거예요."

"아니야."

"네?"

"대중 공개는 이번 주야."

"네……?"

"프로그램에서 하차자 때문에 방송 분량이 빈다고……
6월 25일에 시가지 행진을 하기로 했어."

어느덧 모두 바닥에 흘러내린 유리컵 표면의 물방울들이
김 교수의 불안한 눈빛을 깨진 거울 조각처럼 비추어 내고 있
었다.

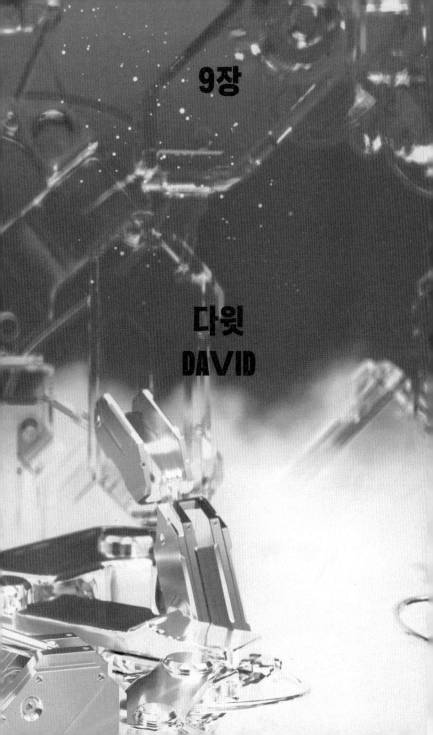

9장

다윗
DAVID

"대한민국 최초의 거대로봇 파일럿, HUN을 찾는 여정, 프로젝트 브이! HUN의 최종 후보 두 명 가운데 한 명을 선발하는 대망의 생방송 투표, 이제 결과 공개만을 남겨 두고 있습니다. 마지막의 마지막까지 멋진 모습 보여 주신 두 후보 오진영 훈련생, 김정훈 훈련생의 소감을 들어 보고 싶은데요. 오진영 훈련생, 지금 소감이 어떠신가요?"

"브이에 걸맞은 자격을 증명하는 과정이 제게는 편견과 싸우는 모험이었던 것 같습니다. 형편이 비교적 좋았기 때문에 노력이 필요하지 않았으리라는 편견, 또한 거대로봇 파일럿의 자질과는 아무 상관도 없는 저의 정체성에 대한 편견…… 그 모든 시선과 싸워 이 자리까지 올 수 있게 해 주신 것만으로도 감사하고, 운이 좋았다고 생각합니다."

우람은 리모컨을 쥔 손을 부들부들 떨며 오진영의 인터뷰를 보았다. 이 시간만을 기다렸다는 듯 유려하고 막힘없이 답변하면서 오진영은 떨림과 설렘, 긴장, 서러움까지 적절한 비율로 섞은 표정을 기가 막히게 연기하고 있었다. 우람은 오진영의 말에 공감까지 조금 느꼈고 그래서 더욱 분했다. '거대로봇 파일럿의 자질과는 아무 상관도 없는 정체성'이라고? 그건 내가 할 말 아닌가? 편견? 그래서 자기가 따돌림이라도 당했단 말인가, 합숙소에서 늘 일진 짱처럼 훈련생들 몰고 다닐 때는 언제고, 뭐가 어째?

"감사합니다. 김정훈 훈련생?"

한편 김정훈은 긴장해서 사시나무 떨듯 했고 안색마저 파리하게 질려 있었다. 생방송 중임을 감안하면 김정훈의 태도가 훨씬 자연스러울 터였지만, 마치 연말 시상식에 참석한 배우처럼 여유로운 오진영과 비교하면 처참할 만큼이나 얼어 있었기에 안쓰러웠다.

"저도 감사합니다."

김정훈은 간신히 입을 뗐다. 설마 이게 다는 아니겠지? 하는 듯한 침묵이 몇 초간 흘렀다. 진행자가 네 하고 입을 뗀 순간에야 김정훈은 다시 말을 시작했다.

"저에게는 꿈이 없었습니다."

진행자가 어색한 웃음을 지으며 입에서 마이크를 뗐다. 김정훈이 더듬거리며 천천히 말했다.

"고등학교 졸업하고 바로, 가족을 부양해서, 그랬기 때문에 꿈을 가질 틈이 없었습니다. 저는. 제가 아니면 집에 돈 벌 사람이 없어서, 군대도 어떻게 해야 하나 고민이 많았어요. 제가 이 대회에 나오면서 저희 집은 당장 수입이 없게 됐습니다. 가족들에게 너무 미안해요."

김정훈은 울고 있었다.

"하지만, 그래도…… 저에게도 꿈이, 이제는 생겼습니다. 결코 제가 가장 우수한 후보는 아니었겠지만, 저 같은 놈도 할 수 있다는 걸, 알게 해 주셔서 정말 감사하고요. 지금 한 사람 생각이 너무 많이 나는데요."

우람은 어느샌가 제 눈가에도 눈물이 고여 있음을 깨달았다. 혹시 나? 나를 떠올리고 있나, 지금 이 순간, 김정훈은?

"돌아가신 아버지…… 아버지가 저를 자랑스러워해 주시면 좋겠습니다."

뜨거워졌던 눈가가 순식간에 식는 것을 느끼며 우람은 탄식했다. 진행자의 정리 멘트와 함께 생방송 전화·문자 투표 집계 발표가 시작되었다. 오진영과 김정훈, 김정훈과 오진영 두 사람의 등 뒤에 설치된 거대한 스크린에서 CG로 만든 그래프가 엎치락뒤치락 순위를 바꾸어 가며 올라가고 있었다.

"프로젝트 브이의 최종 우승자, 대한민국 최초 거대로봇 파일럿 HUN이 될 주인공은……."

진행자의 우렁찬 목소리와 함께 그래프가 멈추었다.

"100명 중 100위에서 최종 1인으로! 돌풍의 주역 김정훈 훈련생, 축하드립니다!"

우람은 김정훈의 승리에 크게 놀라지 않았다. 어느 쪽이 이기더라도 놀라지 않았을 것이다. 김정훈의 이름이 호명되는 순간 우람은 빠르게 카메라 시야에서 벗어난 오진영의 얼굴을 포착했다. 겸허를 가장하고 있었으나 자신의 승리를 의심치 않았을 것이기에, 순간적으로 무서울 만큼 흉하게 일그러졌던 오진영의 얼굴을. 다시 투 숏으로 화면 안에 들어온 오진영은 조금 전 표정은 착각이었나 싶을 만큼 평온한 얼굴로 김정훈에게 박수를 보내고 있었다.

우람은 약간 혼란스러웠다. 김정훈에 대한 정서적 친밀감은 둘째치고 과연 김정훈이 오진영보다 우수한 역량을 갖춘 파일럿인지 확신이 서지 않았기에. 김정훈과 오진영의 득표 수는 10퍼센트 가까이 차이가 났는데, 후보가 둘뿐이며 투표 특성상 기권표는 없다는 점을 감안하면 상당한 격차였다. 그러니까 국민적 호감을 근거로 최종 후보를 결정해도 되는 건가, 이게 대통령선거도 아니고. 우람이 김정훈의 능력을 하찮게 생각하는 것은 아니었다. 줄곧 느껴 왔듯, 마땅히 교육받을 기회가 없었던 김정훈이 이번 대회를 계기로 엄청난 속도로 성장했을 가능성도 따져 볼 만했다. 말마따나 100명 중에는 100위일지라도 열 명 중에는 10위, 한 명을 뽑으면 1위로 살아남는 식으로.

그러니까 어쩌면 지금 느끼는 감정의 정체는, 질투일지도 모른다.

우람은 그렇게 생각했다. 만약 내가 끝까지 들키지 않고 저 자리에 같이 섰다면 국민투표로 김정훈을 앞지를 수 있었을까. 누구도 확언할 수 없는 일이지만, 그것이야말로 어째서 HUN을 국민투표로 뽑아서는 안 되는지에 대한 증거이기도 했다. 후보 가운데 김우람이 있다면 당연히 파일럿은 김우람이어야 하니까.

"바로 내일! 브이와 HUN의 첫 번째 대중 공개 행사가 열립니다."

진행자의 마무리 멘트와 함께 자막이 떴다. 6.25(목) 오후 3시 여의도, 브이 최초 대중 공개 시승식 퍼레이드. 혹시나 하고 끝까지 봤는데도 브이의 불안정성이나 AI에 대한 언급 따위는 없었다. 대중 공개 시점을 무리하게 앞당겼다는 말에 애초에 기대도 안 했지만. 프로젝트 브이 마지막 회 생방송 본방영이 끝난 시간은 밤 11시. 준비할 여유는 만 스물네 시간도 남아 있지 않았다.

"이 차, 시동 어떻게 걸어?"

전화를 걸어 다짜고짜 외치는 우람에게 보람은 어이가 없다는 투로 대꾸했다.

"천하의 로봇 천재 김우람이 자동차 시동 거는 법을 몰라?"

"차 키도 없는데 어떻게 걸어?"

"타긴 탔을 거 아냐?"

"탔지."

프로젝트 브이 TOP 3 상품으로 받은 전기차는 안면 인식으로 탑승자를 인지하는 시스템을 사용했기 때문에 보람과 닮은 우람에게 문을 활짝 열어 주었다. 문제는 엔진 시동이었다. 운전대 센서가 지문을 인식해 엔진을 가동하는 T사의 전기차는 우람에게 운전 권한을 허락해 주지 않았다.

"추가 운전자 등록해 줄 테니까 지금 링크 보내 주는 앱을 폰에다 깔아."

우람은 스피커폰 모드로 통화를 전환하고 보람이 보낸 프로그램을 설치했다.

"근데 너 어디 가게?"

"갈 데가 있지."

차가 갑자기 출발했다. 운전대가 약간 돌아가 있었는지 하마터면 차고 입구 왼쪽 기둥을 들이받을 뻔했다.

"설마 너 거기 가는 거 아니지? 여의도였나?"

"내가 가면 안 될 이유는 뭔데?"

말문이 막혔는지 보람은 끙 하는 소리를 내고는 말했다.

"너 내 차 망가뜨리면 가만 안 둬. 보험에 너 추가도 안 해 놨단 말이야."

"너보다 내가 운전 훨씬 잘하는 건 알지?"

"하긴 천재 파일럿 김우람 님이시지, 참."

자신 있게 말했으나 우람은 한참 헤매고 있었다. 운전이 비교적 수월한 신형 차가 아니었다면 집을 나오면서부터 차 옆구리가 야무지게 긁혔을 터였다. 김정훈에게 로봇 파일럿 기술을 설명할 때 운전에 빗댔던 것이 무색하게, 우람은 운전에 소질이 없었다. 우람이 느끼기에 인간 같은 사지를 갖춘 채 직립 보행하는 로봇과 네발짐승에 가까운 자동차의 운동 형식은 유사점보다 차이점이 훨씬 많았다.

"근데 진짜 거길 왜 가려고 해. 트라우마만 자극되는 거 아니야?"

"오늘 어쩌면 대형 사고가 터질지도 몰라."

"그게 무슨 말 같지도 않은 소리야? 너 떨어졌다고 저주하는 거야? 나야 네 편이긴 하지만, 그건 좀……."

"그런 거 아니야. 저주 같은 거 믿지도 않고. 그냥 나 믿고 뉴스나 봐 줘."

"위험한 거면 가지 마."

우람은 잠시 망설이다 전화를 끊었다. 보람이 계속해서 다시 전화를 걸었지만 받지 않았다. 이제 1시 28분. 시승식 시작까지는 한 시간 조금 넘게 남아 있었고 목적지인 여의도 공원까지는 15분가량 더 가야 했다. 도로 전광판은 2시부터 여의도 방면 차량 통행 전면 통제를 안내하고 있었다. 마포대교에서부터 교통경찰과 헌병대가 바리케이드를 설치해 두고 검문을 했다. 여의도 방면으로 줄지어 서행하는 차들 덕에 우람은 2시 3분 전에야 마포대교에 들어섰다.

검문을 맡은 헌병은 우람의 신분증을 주의 깊게 보지 않고 돌려주었다. 문제가 된 것은 차 지붕에 얹어 놓은 루프 캐리어였다.

"안에 뭐가 들어 있습니까?"

"스키……."

헌병의 눈이 빛났다. 이렇게 검문이 철저할 줄은 몰랐기 때문에 우람은 변명을 준비해 두지 못했다. 아무리 그래도 오뉴월에 스키 장비 핑계가 웬 말이야. 우람이 자책하느라 운전대에 고개를 묻다시피 하고 있는데 헌병이 뜻밖에도 통과를 선언했다. 우람은 가슴을 쓸어내렸다. 감사합니다. 나라면 통과시켜 주지 않았을 테지만. 루프 캐리어와 뒷좌석과 트렁크에 나누어 실은 짐은 위험물과 거리가 멀었으나 우람은 자기가 수상해 보일 수 있음을 매우 잘 알았다. 애초에 검문의 의미가 뭔데, 테러 가능성을 염두에 둔 거 아닌가? 내가 테러범이라는 건 아니지만.

그나저나, 주차할 곳이 하나도 없네…….

눈이 뻑뻑해지면서 급격한 피로가 몰려왔다. 프로젝트 브이 생방송 이후부터 전혀 쉬지 못하고 우승 2호를 정비하고 해체했기 때문이었다. 행사가 열릴 여의도 공원 근처 노상 주차장은 어디를 가나 뻑뻑했다. 우리나라 사람들 하여튼 열정

끝내준다니까, 오늘 비도 온다던데. 우람은 가장 가까운 쇼핑 센터 지하로 내려갔다. 거기도 차량이 꽤 많았지만, 다행히 최 저층에 두세 칸 연석으로 비어 있는 주차 공간이 있었다. 오후 2시 33분. 빈자리가 두 칸 이어진 주차 공간에 차를 댄 우람은 바삐 짐을 내리고 우승 2호를 조립하기 시작했다. 바깥 상황을 알 수 없어서 자동차 라디오를 켜 두었지만, 지하 4층이어 서인지 오후로 예보되어 있던 비가 드디어 내리기 시작한 탓인지 연결이 원활하지 않았다.

오후 3시 11분, 우승 2호의 재조립이 완료된 시점. 공영방 송 뉴스 채널에서 김정훈의 목소리가 흘러나왔다. 브이와 파일 럿인 자신에게 보내 주는 시민들의 성원에 감사하다는 소감을 밝히고 있었다. 우람은 자동차 시동을 완전히 끈 다음 휴대폰 라디오 앱을 켜고 우승 2호에 탑승했다. 지상까지 달려 올라가 무인 주차 정산 차단기를 펄쩍 뛰어넘었다. 죄송합니다, 요금은 나중에 한꺼번에 정산할게요.

비가 내리고 있었다. 장마전선의 이른 북상을 알린 일기예보대로였다. 거센 빗줄기가 시야를 온통 가렸다. 우승 2호에게는 내비게이션 기능이 없었기 때문에 우람은 잘 보이지도 않는 큰길 표지판을 따라 달려야 했다. 밤새 기계를 만지고 지하 4층에서부터 줄곧 달린 탓에 몸이 마음 같지 않았다. 라디오가 브이와 김정훈의 육군 소위 명예 임관 소식을 전할 즈음, 여의도 공원에 다다랐음을 알려 주는 표지판이 보였다. 전방 왼편에서 함성이 들리기 시작했다. 우람은 소리가 들리는 방향으로 우승 2호의 걸음을 옮겼다. 다음 순간 멀찍이 브이의 전신이 눈에 들어왔을 때 우람은 그만 우승 2호와 함께 무릎을 꿇을 뻔했다.

진심으로, 승산이 조금도 없다고 느낀 적은 처음이었다.

인간으로서 브이의 시점을 완전히 이해한다거나 공감한다는 것은 무척 어려운 일이지만, 한번 상상해 보자. 우람의 우려를 바탕으로. 브이는 인간의 손으로 만들어졌으나 인간보다 우수한 성능을 지니고 있으며 그것을 스스로 인지하고 있다. 브이는 약칭 브이 본부라는 지하 기지에서 만들어졌고 지상으로 나온 적이 한 번도 없다. 태양광이나 자연풍을 느껴 본 적은 없지만 안과 밖, 또한 그것을 나누는 경계는 확실히 분별한다. 브이는 처음으로 해방된 공간을 경험했고 또한 최초로 수많은 인간과 마주했다. 인간들은 돔 형태의 천막 구조물을 하나씩 손에 쥐고 있어서 브이의 시선에서는 확대된 세포처럼 보였다. 브이는 그 작은 개체의 떼가 일제히 전하는 환호의 의미를 인식할 수 있었다. 따라서 놀랍게도, 브이의 기분은 그리 나쁘지 않았다. 애초 인간에 대한 브이의 반감은 자신보다 열등한 존재가 보내오는 야유에 기반한 것이었으므로.

이 사실이 우람을 당황시켰다. 어쩌면 내 걱정은…… 기우일 뿐이었나? 체급은 말할 것도 없고 만듦새에서도 현격한 차이가 나는 자작 기체까지 끌고 온 건 허튼짓에 불과했나? 우람은 행사장 바리케이드 바깥 먼발치에서 브이를 올려다보며 진한 패배감과 수치심을 동시에 느꼈다. 아무도 다치지 않고 끝난다면 다행이지. 다행이지만. 다행이어야 하지만. 대체 왜 이런 기분이 드는 거지. 돌아서는 게 좋겠다고 생각하면서도 우람은 돌아서지 못했다. 오후 3시 30분. 라디오에서는 드디어 김정훈이 브이에 탑승한다는 소식을 전해 왔다. 우람도 보고 있었다. 승강 탑승대가 설치되는 광경을. 멀어서 김정훈이 승강기를 타고 올라가는 모습은 보이지 않았지만 조금만 기다리면 브이의 조종석이 열리는 장면은 볼 수 있을 터였다. 군악대가 고전 애니메이션에서 따온 브이의 테마곡을 연주하기 시작했다.

일이 잘못되고 있다는 사실은 얼마 지나지 않아 밝혀졌다. 우람뿐 아니라 그 현장의 모든 이들이 이상을 느끼고 있었다. 브이의 조종석이 열리지 않았다. 아무리 기다려도 브이는 조종석을 열어 주지 않았다. 행사 진행자는 잠시만 기다려 주십시오, 여러분, 브이와 파일럿 김정훈 소위에게 갈채를 보내 주십시오 같은 말을 반복하고 있었고 군악대는 똑같은 멜로디를 반복해서 연주하고 또 연주했다. 환호는 한참 전에 이미 사그라들었다. 우람은 파업인지 태업인지 모를 브이의 돌발 행동이 그래도 단순해서 다행이라고 생각했다. 브이가 스스로 팔을 움직여 탑승대를 밀어 버리기 전까지는.

탑승대가 휘어 군악대가 자리한 천막 위로 기울어졌다. 음악 대신 비명이 울려 퍼졌다. 시민들은 악을 쓰며 사방으로 달아나기 시작했고 우람은 반대로 브이를 향해 우승 2호를 전진시켰다. 그것 봐, 내 짐작이 옳았어 같은 천박한 생각을 하지는 않았다. 그저 정해진 수순처럼 저절로 발이 움직였다. 브이는 아직 더 움직이지 않고 있었다. 라디오에서는 여의도 공원 현장의 시민들을 향해 대피를 지시하는 멘트만 반복해서 나올 뿐 사태에 대해서는 이렇다 할 안내를 해 주지 않았다. 우람은 브이가 본격적인 행동을 개시하기 전에 김정훈을 구출해야 한다는 판단을 내렸다. 휘어져 기울어 있는 탑승대가 완전히 쓰러지기 전에. 하지만 어떻게? 우람은 우선 달려가서 군악대가 사용하던 천막 위로 뛰어올랐다.

"김정훈! 김정훈! 나야, 김우…… 김보람! 내 말 들려? 들리면 대답해!"

탑승 위치는 브이의 조종석 높이인 상공 10미터가량에 고정되어 있었는데, 탑승대가 기우는 바람에 천막 높이에 우승 2호의 팔 길이를 더하면 아슬아슬하게 닿을 듯했다. 승강대 비상탈출 버튼을 누른 김정훈이 곧 모습을 드러냈다.

"뛰어내려!"

우승 2호가 김정훈을 받아 안은 다음 천막에서 뛰어내렸다. 김정훈의 골절 가능성을 생각하면 다소 무리한 시도였지만 천막이 붕괴하기 전에 자리를 벗어나야 했다. 우승 2호가 내려오자마자 천막은 풀썩 주저앉았다.

"나, 타야 해. 브이에 탑승해야 해."

김정훈이 신음 섞인 목소리로 말했다.

"탑승하려고 해서 그런 거야, 저건…… 자기한테 파일럿이 필요 없다고 생각해."

우람의 충고는 아랑곳하지 않고 김정훈은 우승 2호의 손 안을 빠져나가 우뚝 섰다. 다행이다, 혼자서 설 수 있는 걸 보니 큰 부상은 없는 것 같네. 아니면 무지막지한 정신력으로 버티고 있거나.

"내가 타야 해. 내가 HUN이니까."

김정훈이 주먹을 쥐며 말했다. 바로 그 순간 브이가 몸을 굽히더니 손바닥을 날려 우람과 김정훈을 공격하려 했다. 벌레를 잡듯이. 마치 파리 두 마리를 한꺼번에 잡으려 하듯이. 가까스로 김정훈의 뒷덜미를 잡아채 공격 지점을 피한 우람은 고함을 쳤다.

"정신 차려!"

김정훈은 금방이라도 울 듯한 얼굴이었다.

"이해가 안 돼…… 이게 무슨 상황인지……."

"말했잖아. 브이는 파일럿을 원하지 않아. 나머지는 설명하자면 길지만."

"그럼 나는 뭐야?"

끝내 김정훈이 울음을 터뜨렸다.

"나는 여태 뭘 위해서 이 짓거리를 한 거야?"

김정훈의 물음은 정확히 겨냥한 투사체처럼 우람의 가슴을 파고들었다. 맞아. 나도 그게 궁금했어. 하지만 지금은 그런 걸 따질 때가 아니야.

"그건 일단 목숨을 건진 다음에 얘기하자."

그대로 두면 김정훈은 계속 자진해서 브이에게 다가갈 것이 뻔해 보였기에 우람은 우승 2호로 김정훈을 들고 달렸다. 브이는 마치 달아날 테면 달아나 보라는 듯 여유를 부리며 가만히 서 있다가, 대략 10초 후부터 우승 2호를 추격하기 시작했다.

시민들은 대부분 자기 발로 뛰어 도망치고 있었지만, 어느 틈엔지 차에 타고 있는 사람들도 있었다. 빌딩 뒤에 몸을 숨긴 채로 우람은 우선 휴대폰 라디오 앱을 껐다. 속보로 행사 무산과 대피 소식을 전하고는 있었지만, 전체적인 상황 파악에는 전혀 도움이 되지 않았다. 우람은 김 교수에게 전화를 걸었다.

"교수님, 무사하신가요?"

"음, 대피했네."

"혹시 지금 군 관계자와 소통 가능하신가요?"

"일행 중에 있네."

"공격 지시 내리지 않도록 해 주세요. 아시겠지만 브이 장갑에 총알 같은 건 소용 없으니까. 시민들이 다 대피하기 전에 공격하면 오히려 더 위험해질 거예요."

우람은 경악스러워하는 김정훈의 표정을 발견했다. 김 교수를 거쳤다곤 해도 감히 군 계통 지휘자에게 이래라저래라 하는 게 놀랍겠지. 하지만 현장에 남아 있는 쪽도, 브이를 잘 알고 있는 쪽도 우람이었다.

"알겠네. 대책은 있나?"

"언더 5미터 기체를 타고 있습니다. 일단 제가 한강 쪽으로 유인해 보겠습니다."

"마포대교 인근은 수심이 그렇게 깊지 않은데."

"일단 지금은 비가 내리고 있으니까. 거기에라도 걸어 보려고요."

"알겠네. 몸조심하게."

통화가 끝난 후 우람은 김정훈에게 말했다.

"너도 빨리 대피해."

브이의 쿵쿵거리는 발소리가 들려왔다. 소리와 함께 지면의 진동도 점점 거세지고 있었다. 브이가 인근에 있고 점점 가까워지고 있다는 의미였다.

"그럼 너는……."

우람은 갑자기 김정훈의 얼굴에 그늘이 드리운 것을 알아차렸다. 빌딩 뒤에서 모습을 드러낸 브이 때문이었다. 젠장. 우람은 김정훈을 안아 올린 채 전력 질주를 했다. 달릴 때 보폭이 2미터 이상인 우승 2호가 인간인 김정훈보다는 발이 빠르니까. 우람은 김정훈의 무게 때문에 최고속도를 내지 못하는 상황에 대해서는 생각하지 않으려 애썼다. 사실은 우승 2호가 최선을 다해 달려도, 보행 시 보폭 13미터인 브이보다는 훨씬 느리니까. 우람은 저주와 업보를 믿지 않듯 운이나 복 같은 것도 믿지 않았지만, 이 추격전에서만큼은 운에 기댈 수밖에 없었다.

"저한테서 떨어지세요!"

우람은 반복적으로 외치며 달렸다. 대피 중이던 시민들은 최대한 우승 2호에게서 먼 방향으로 달리기 시작했다. 놓아 달라고 몸부림을 치던 김정훈도 어느덧 우람을 도와, 우람 대신 대피하라고 소리치기 시작했다. 브이가 어떤 방향으로 얼마나 떨어져 있는지 알리는 후방카메라 역할까지 해 주었다. 다리에 가까워질수록 주행 중인 차량이 점점 많아졌다. 브이는 발에 걸리는 차는 밟거나 걷어차며 달려왔다. 우람은 차마 우승 2호의 외부 모니터링 카메라를 뒤로 돌릴 엄두도 내지 못했다. 뒤쪽에서 전해지는 땅울림과 폭발음으로 브이와의 거리를 가늠할 따름이었다.

"김정훈, 부탁 하나만 하자."

"이 와중에?"

"다리 좀 비워 줘."

"어떻게?"

"몰라, 재주껏!"

마침내 마포대교였다. 우승 2호의 품에서 내린 김정훈은 다리 반대편으로 달리며 목청껏 대피를 외치기 시작했다. 우승 2호는 그대로 다리 입구 근처에 서 있었다. 심호흡을 한 후에 우람은 기체를 돌려세웠다. 브이는 예상보다 훨씬 가까이 있었고 곧 우승 2호처럼 멈춰 섰다. 예상치 못한 일이었다.

당신이 올 거라고 생각했습니다.

이윽고 우승 2호 내부 스피커로 브이의 음성이 흘러 들어왔다. 우승 2호의 고유 주파수를 역추적한 브이가 통신을 시도한 것이었다. 그 방식이라면 우승 2호의 동작을 정지시키는 것도 어렵지 않았을 텐데. 우람은 순식간에 피가 얼어붙는 느낌이었다. 일부러 달아나게 하고 일부러 추격했단 말인가? 무엇 때문에? 재미로?

"역시 브이야. 똑똑하네."

우람은 우승 2호로 조금씩 뒷걸음질을 치며 말했다. 생각하고 있는 작전을 수행하려면 약간의 거리가 더 필요했다. 브이는 그런 우람의 속내까지도 들여다보고 있는 듯이 한 발짝 두 발짝 더 가까워졌다.

수준이 상당히 떨어지는 기체를 타고 있군요.

"내가 직접 만든 거야. 적어도 누구처럼 파일럿을 거부하지는 않아."

목격하지 않았습니까? 나에게는 파일럿이 필요 없습니다. 나는 그것을 증명했습니다.

"그게 너한테는 왜 그렇게 중요한 거야?"

당신은 나를 이해한다고 생각했습니다. 당신은 당신보다 열등한 존재에게 복종할 수 있습니까?

"너의 작동 방식은 기본적으로 인간의 움직임을 모방한 거야. 네 동작 수행 능력은 파일럿이 있을 때에 비해 부정확하고 효율이 떨어져."

우람의 말은 실제와 다소 거리가 있었다. 탑승 적응 훈련 첫날 이후에는 다른 사람이 브이를 운행하는 장면을 관찰하지 못했고 오늘은 브이에게서 달아나는 내내 돌아볼 여유가 없었기에, 파일럿의 유무가 브이의 동작 수행 능력에 어떤 영향을 미치는지 객관적으로 확인하지 못했다. 파일럿 후보 훈련생들끼리의 수준 차이라면 모를까. O-15M 기체, 그것도 기준 전고를 10미터나 초과하는 기체 브이가 U-5M 기체인 우승 2호를 따라잡지 못했음을 근거로 내세우면 우람의 주장이 옳다고도 할 수 있었지만, 그 주장이 참이냐 거짓이냐는 크게 중요하지 않았다. 우람이 원하는 것은 도발이었다. 자존심이 강한 브이의 AI가, HUN이 우람의 구체적인 모욕에 분노하기를 바랐다.

당신의 주장에는 근거가 부족합니다.

"네가 증명한 사실은 널 모욕한 사람들의 말이 옳았다는 것뿐이야. 실제로 네 덕분에 서울이 불바다가 되고 있잖아."

우람은 우승 2호의 손을 움직여 브이의 뒤를 가리켰다. 브이가 달려오며 들이받고 걷어찬 건물이며 가로수며 자동차가

다 부서지는 바람에 불이 붙어 아수라장이 되어 있었다. 브이는 무슨 상관이냐는 듯 점점 가까이 다가왔다. 우승 2호도 대놓고 뒷걸음질을 치기 시작했다. 브이는 예상치 못한 순간 속력을 높였다. 찰나에 브이의 두상이 코앞으로 불쑥 클로즈업되는 듯한 착시가 있었다. 우람은 그때 처음으로 파일럿이 없는 브이가 '달리기'라는 동작을 수행하는 장면을 보았고 그것은 가히 아름다움에 가까운 움직임이었다. 정말 잘 만든 로봇이야. 정말 잘 만들었는데, 정말이지 아깝게도……. 우람은 우승 2호를 도약시켜 다리 난간을 붙들었다. 그리고 브이의 보폭을 기준으로 두어 걸음 정도의 거리를 남겨 둔 시점에 아슬아슬 간발의 차로, 한강에 뛰어들었다.

바로 다음 순간, 우승 2호를 붙잡으려고 달려온 브이는 마포대교의 악명 높은 자살 방지 난간에 부딪혔다. 인간으로 치면 길에 튀어나온 돌부리에 발끝이 부딪힌 듯한 동작. 인간이라면 아파서, 적어도 보행에 방해가 되는 장애물이 있다는 감각에 반사적으로 발밑을 보았을 것이다. 그러나 로봇인 브이는 발끝을 보지 않았다. 목표물이었던 우승 2호에 시선을 고정하고 있었다. 전고 25미터의 브이는 자기 발 바로 앞에 있는, 전고 2미터가 조금 넘는 마포대교 펜스를 내려다보지 못한 채 그대로 전진한 결과 한강을 향해 넘어졌다.

엄청난 굉음과 함께 강물이 공중으로 흩어졌다. 브이는 한동안 몸을 일으키지 못했다. 본체가 받았을 충격도 충격이거니와, 수심이 5미터에서 10미터에 이르는 마포대교 주변 한강 강바닥이 잘 짚이지 않을 터였다. 제발 일어서지 마. 제발. 우람은 속으로 되뇌었다. 우승 2호는 팔다리에 장착된 에어백으로 둥둥 떠서 다리 입구 쪽으로 돌아가고 있었다. O-15M 기체인 브이에는 없겠지만 인명구조용 U-5M 로봇인 우승 2호에는 있는, 소박하지만 중요한 기능이었다. 등 쪽 외장 패널에 설치한 앙증맞은 냉각 팬이 비 때문에 빨라진 유속에 애처롭게 저항하며 미미하게나마 추진력을 더해 주었다.

나는 분노라는 감정을 지금까지 잘못 알고 있었습니다.

다시 브이의 목소리가 들려온 것은 우승 2호가 간신히 강둑에 닿아 다리로 올라가고 있을 즈음이었다. 허공으로 파도가 치는 듯한 물보라가 일어나더니 브이가 상반신을 수면 위로 내밀었다. 마치 바다에서 튀어나온 해신처럼. 계산하지 못한 상황이 아니었는데도 우람은 공포를 느꼈다. 잘 만든, 정말이지 잘 만들어서 욕이 나오는 로봇이었다.

이제는 정확히 알겠습니다. 당신은 나를 화나게 하고 있습니다.

마포대교 위에 올라서 있는 우승 2호를 포착한 브이는 난간을 붙잡았다. 전고 25미터인 브이가 물속에서 몸을 똑바로 일으키자 난간과 브이의 시선이 거의 일직선상에 있었고, 거기서 기어오르는 것도 시간문제로 보였다. 어떻게 하지. 우람은 생각했다. 생각하고 생각했다. 잘하면 작전이라고 불러 줄 만한 수를 간신히 떠올렸지만, 실상 그것은 작전보다 요행수에 가깝게 느껴졌다. 더 좋은 방법은 영 생각나지 않았고 제때를 놓치면 그 무엇도 좋은 작전이라 하기 힘들었다. 어쩔 수 없지. 우람은 마지막으로 생각했다. 이렇게 잘 만든 로봇에 목숨을 거는 것도 나쁘지는 않다고.

우승 2호는 브이의 반대편에서 난간을 기어올랐다. 브이는 우승 2호의 의도를 파악하지 못해서인지 잠시 멈추었다. 그사이 우승 2호는 난간을 붙든 브이의 팔에 달라붙었다. 브이가 난간을 붙들었던 팔을 크게 휘저었다. 들쥐, 도마뱀, 바퀴벌레, 아무튼 자신보다 훨씬 작고 어찌 보면 징그러운 것, 그런 것이 달라붙어 당황한 사람처럼 붕붕 팔을 돌렸다. 우승 2호는 회전을 견디며 브이의 어깨 쪽으로 쭉 미끄러져 내렸다. 어깨로, 즉 축으로 가까워질수록 회전반지름이 점점 짧아졌다. 우람의 목표 지점은 브이의 등 뒤에 있었다. 후두부 바로 아래, 배터리 파트로 추정되는 부위. VR 로봇격투 경기를 할 때 오진영이 집중 공격하던 곳. 우람의 추측이 틀리지 않다면 그곳이 브이를 즉시 멈추게 할 수 있는 급소일 터였다.

빙고.

절체절명의 순간이었음에도 우람은 쾌재를 불렀다. 충전할 때마다 열었다 닫아야 해서 외장의 다른 부분보다 연결성이 약할 그 부위는, 조금 전 강에 떨어질 때 받은 충격 때문인지 우승 2호의 손을 쑤셔 넣을 수 있을 만큼의 이격이 일어나 있었다. 그래서 우람은 그렇게 했다. 브이의 두꺼운 외장 사이 이격에 우승 2호의 손을 쐐기처럼 밀어 넣고 단단히 붙들었다. 인명구조 용도인 우승 2호에는 브이의 배터리를 파괴할 무기가 달려 있지 않았지만, 그것도 일단은 외장을 제거한 다음에나 고민할 일이었다.

브이의 배터리 파트는 인간이라면 개개인의 유연성에 따라 자기 손으로 짚기 어려울 수도 있는 부위였다. 그러나 로봇의 관절에는 인간적인 한계가 없었고, 특출하게 잘 만든 로봇인 브이에게는 더군다나 그것이 문제가 되지 않았다. 브이는 우승 2호를 어렵지 않게 붙잡았고, 인간으로서는 불가능한 방향으로, 인간으로서는 상상도 할 수 없는 힘으로 잡아당겼다.

우승 2호, 미안해.

우람은 중얼거렸다. 브이의 배터리 파트가 열리는 것보다 그것을 붙들고 있는 우승 2호가 잘리거나 찌그러지는 것이 먼저일 듯한 예감이 들어서였다. 우람의 몸 역시 우승 2호의 사지에 감싸여 있었기에 우승 2호가 잘리거나 찌그러진다면 탑승자인 우람도 비슷한 일을 겪을 터였지만, 사지가 찢기는 듯한 통증 속에서 조금씩 정신이 흐려지는 와중에도 우람은 오로지 우승 2호에게 미안하다는 감정만 느끼고 있었다. 생각하면 할수록 미안한 일뿐이었다. 직접 만든 내 로봇이 아니라 큰 로봇에 한눈팔아서 미안해. 냉각 시스템 업그레이드해 주겠다던 약속 못 지켜서 미안해. 어렵게 만들어 놓고 이렇게 쉽게 망가뜨려서 미안해…….

희미하게 멀어지던 의식이 흠칫하며 돌아온 것은 바로 그 순간이었다.

손끝에 찌릿찌릿한 전류가 흐르고 있었다. 동시에 몸을 잡아당기는 브이의 손아귀 힘은 점차 약해지는 중이었다. 유의미하게 벌어진 배터리 파트의 이격 속으로 빗물이 고이고, 그것이 전류를 바깥으로 흘려보내는 탓이었다. 우람은 정신 차리고 우승 2호의 손을 빼내려 애썼다. 깊숙이 박아 넣은 우승 2호의 팔은 잘 빠지지 않았다. 브이의 동작이 정지했다. 손발을 짜르르 타고 올라오는 전류가 조금씩 강렬해졌다. 우람은 짧은 탄성을 내뱉고 곧바로 입을 다물었다. 기쁨을 느껴도 되는지 헷갈렸다. 브이의 동작을 멈춘 것까지는 좋았지만 조금 전 품었던 비장한 각오처럼 브이와 함께 골로 가게 생긴 참이었다. 이대로 우승 2호의 뚜껑을 열어 비상탈출을 할까, 아니지, 우승 2호를 벗어난 맨몸으로는 이 전류량을 절대 버티지 못할 거야. 물로 흘러 들어간 전기에 튀겨지고 나서 유속 때문에 시신도 못 건질걸.

그럼 어떡하지?

여기 매달린 채 천천히 고통을 곱씹으며 죽을 것인지 좀 더 빠르고 깔끔하게 죽을 것인지 택해야 하나?

멀리서 누군가가 김보람이라는 이름을 외치고 있었다. 김정훈의 목소리였다. 울음 섞인 그 목소리를 듣고 있자니 이런 상황에서도 웃음이 픽 새어 나왔다. 이제 보니 완전 울보잖아,

김정훈. 소기의 목적을 달성해서인지, 전날부터 줄곧 잠도 못
자고 무리해서인지 의식이 점차 멀어져 가고 있었다. 우람은
찌릿찌릿한 손끝에 집중해 흩어지는 정신을 붙잡으려 애쓰며
생각했다.

　아무튼, 브이. 내가 이겼어.

　이제는 들리지 않겠지만, 듣고 있다면. 인정하겠지, 내가 이
겼다는 거. 네게는 파일럿이 필요했어. 이제는 누구도 너에게
탑승하고 싶어 하지 않겠지만.

　알겠어?

　이번에는 내가 이겼다고.

10장

세상에 나쁜 로봇은 없다
NO VILLAIN ROVOT
IN THIS WORLD

"손뼉 한 번 치고 시작할게요."

갓 스물이나 되었을까 싶은 젊은 여성 스태프가 그렇게 말하고는 스스로 손뼉을 쳤다. 한 박자 늦게 손을 모았던 우람은 멋쩍게 웃으며 손을 무릎에 내려 두었다. 스태프가 프레임 바깥으로 걸어 나가자 카메라 옆에 앉아 있던 감독이 우람에게 말을 건넸다.

"박사님, 준비되셨어요?"

"네. 이미 시작한 거 아닌가요?"

우람은 손뼉을 치고 나간 스태프를 가리키며 웃었다. 감독은 고개를 끄덕이며 우람을 따라 웃었다.

"좋습니다. 본격적으로 인터뷰 시작하기 전에 스몰 토크 삼아서…… 그동안 어떻게 지내셨는지 여쭤봐도 될까요?"

"잘 지냈다고 하면 너무 나쁘게 들릴까요?"

"왜요?"

"어쨌거나 국민 쌍년 김우람이었으니까."

스태프들은 서로 마주 보았다가 뒤늦게 일제히 웃음을 터뜨렸다. 어색함을 털어 버리려는 듯한 과장된 웃음이었다. 정작 그 말을 한 당사자인 우람은 평온한 미소만 짓고 있었다.

"십수 년도 더 지났어요, 박사님. 이제는 국민 영웅이시고요."

그렇지. 10년도 더 넘는 세월이 흘렀지. 우람은 감상에 빠지지 않으려 애쓰며 지난 일들을 돌이켰다. 이른 장맛비가 퍼붓던 6월 하순, 목숨을 걸어도 좋다고 생각했던 로봇 때문에 정말로 목숨을 잃을 뻔했던 것. 치료와 재활을 통해 다시 걸을 수 있게 되기까지 몇 달이 걸렸고 휠체어에 탄 채 법정에 출석하기도 했다. 손서진이 붙여 주었던 '기적의 지원자'라는 별명에 뒤늦게 감사하던 시기였다. 전고 차가 열 배에 이르는 로봇을 상대로 싸우고 한강에 빠졌는데 목숨을 건진 것이야말로 진정한 기적이니까.

"그때 너무 어리지 않으셨다면 제 재판에 대해서 기억하실 거라고 생각합니다. 국민참여재판이었고, 공식 녹화 기록도 있으니까. 기사화도 많이 됐고요."

"네, 기록원에 열람 및 재사용 요청을 넣어 둔 상태예요. 그래도 박사님이 직접 술회해 주시면 여러모로 도움이 되겠죠."

"저는 뭐, 이제는 죄명이 뭐였는지도 다 기억이 안 납니다.

당시에 내란죄 적용 여부가 큰 쟁점이었던 거. 그거야 물론 말도 안 되는 거여서 결국 적용이 안 됐지만, 국가 기물 파손이니 어쩌니 하는 죄목은 붙었죠. 그건 그래도 납득이 꽤 됐어요. 천문학적인 예산이 투입된 국가 기물이 제 손에 파괴된 건, 결과적으로는 맞는 얘기니까요."

"그래도 무죄 선고받으셨죠?"

"네. 당시 프로젝트 총책임자셨던 김영만 교수님께서 브이의 AI에 결함이 있었다고 증언해 주셨고, 당시 사건을 목격한 시민들이 올려 주신 현장 영상도 많았고요. 탄원서도 많이 들어왔다고 들었어요. 파일럿으로 최종 선발됐던 친구도 제가 인명구조 활동을 한 거였다고 증언도 해 주고, 인터뷰도 많이 해 주고……."

마지막 증거는 손서진이 제공한 영상이었다. 브이의 AI에 이상이 있음을 알리려던 순간, 도리어 지원 결격사유가 밝혀져 불명예 하차에 동의해야 했던 그 순간. 카메라가 모두 꺼져 있었다고 생각했던 그 순간, 유일하게 켜져 있던 카메라가 있었다. 브이 본부 내부의 폐쇄회로 카메라였다. 손서진은 어떻게 구했는지 모를 그 영상을 바탕으로 우람을 변호했다. 사실상 효력은 미미한 증거였다. 음성이 녹음되어 있지 않았기 때문에 우람이 AI 이상을 주장했다는 사실을 뒷받침하기 어려웠다.

"다행이네요. 역시 정의는 승리하는 법인가 봐요."

정말 그럴까. 그런 소년 만화의 법칙 같은 것이 진짜 세계에서도 통용될까. 김 교수는 대학 강단에서 내려와야 했다. 오디션 지원과 진행 과정에서 김 교수가 우람을 봐주었다는 의혹이 제기되었고, 법정에서까지 우람을 옹호한 행보가 줄곧 그의 발목을 잡아서였다. 학계에서는 은퇴했어도 사기업 스카우트를 숱하게 받았지만, 그는 어느 곳으로도 가지 않았다. 유학을 결정하고 해외에 나온 이후로도 귀국할 때마다 그에게 인사를 드리러 갔던 우람은, 김 교수야말로 영화에 나오는 미친 과학자 악당이 되기에 적당한 재질이라고 생각하곤 했다. 세상이 그의 자존심에 한 차례 상처를 냈지만, 여전히 고고한 천재 과학자라는 면에서. 그에게는 재능과 실행력과 모아 둔 자본, 모든 요건이 충분했다. 다행히 김 교수가 악당이 되는 일은 일어나지 않았다. 그는 동네 아이들을 모아 어린이용 로봇 키트를 갖고 노는 법을 알려 주는 것을 말년의 소일거리로 삼은 듯했다.

"프로젝트 브이 참가 당시, 박사님의 이란성쌍둥이 오빠 이름을 빌리셨다고 들었어요. 그분 이야기도 좀 들어 볼 수 있을까요?"

"죽었어요."

보람에 대해서도 마찬가지였다. 정의가 정말 승리하는 법이라면 보람은 왜 죽었을까. 물론 동생에게 이름을 빌려주어 세상을 속이겠다는 발상을 정의롭다고 할 수는 없겠지. 그렇지만 보람은 너무 어려서, 지금 생각해 보니 정말 어려서 잘못할 게 그다지 없었다. 10대 후반부터 20대 중반까지 아프느라 바빠서 나쁜 짓을 저지를 틈이 없었다. 그런 와중에도 공부를 하고, 자기가 좋아하는 걸 찾아 열정을 불태웠다. 아픈데도 유머 감각을 잃지 않았고, 아프지 않은 우람이 보람을 웃게 한 경우보다 그 반대가 훨씬 많았다.

"아…… 죄송합니다. 고인의 명복을 빕니다."

"꽤 됐는걸요. 그것도 벌써 10년 정도."

분위기가 숙연해졌고 우람은 약간 책임감을 느꼈다. 그냥 있는 그대로 말했을 뿐이지만 사람들을 불편하게 만들었다는 점이 다소 미안했다.

"오빠가 〈오지만디아스(Ozymandias)〉라는 시 얘기를 해 준 적이 있어요."

"퍼시 셸리의 시 말씀이신가요?"

"감독님도 아세요? 저는 문학에는 조예가 없어서. 어떻게 시작하더라……. 잘 기억은 안 나니까 줄거리를 들려드릴게요. 옛날 전설 같은 시라서. 어떤 여행자가 이집트 사막에 갑니다. 사막 한가운데에 웬 비석이 있고 이런 문구가 새겨져 있습니다. '나그네여, 나의 위대한 업적을 보라. 그리고 절망하라.' 오래전 창대한 문명을 이룩한 왕이 새겨 놓은 말이었죠. 하지만 그곳에는 목격할 만한 위업이 남아 있지 않았습니다. 거대한 두상과 역시 거대한, 다리 두 개가 남아 있을 뿐."

"의미심장한 시죠."

"오빠는 그 시가 거대로봇을 다룬 시라고 주장했어요. 미친 사람이죠."

우람의 농담을 이해하지 못한 스태프들이 의아한 표정을 지었다. 우람은 민망함을 지우려 혼자 웃었다.

"로도스 거상처럼요. 오빠는 그 전설을 제일 좋아했거든요. 사람들은 왜 거대한 인간의 형상에 매료될까. 어릴 때부터 그 얘기를 했어요."

"답을 구하셨나요?"

"전혀 가까워지지 못했네요."

그러고 보니 〈오지만디아스〉를 쓴 퍼시 셸리의 배우자 메리 셸리는 소설 《프랑켄슈타인》을 썼지. 인간이 부품을 모아 인간의 형상을 다시 창조하는 이야기. 전혀 모르겠다고 너스레를 떨기는 했지만 우람은 그 나름의 이론을 가슴속에 품고 있었다.

"사람은 왜 로봇을 만들려고 할까요?"

역으로 우람이 질문을 던지자 감독이 턱을 어루만지며 골똘히 생각에 잠겼다. 손뼉을 치고 프레임 밖으로 나갔던 젊은 스태프가 손을 들었다. 우람은 그에게 발언권을 주었다.

"좋아서가 아닐까요?"

"제 생각에도 그래요."

우람이 고개를 끄덕이자 젊은 스태프는 예스! 하고 주먹을 쥐며 기뻐했다. 우람의 뇌리에 얼핏 손서진의 얼굴이 스쳐 지나갔다.

"인간은 신의 형상으로 창조되었다고 합니다. 성경에도, 희랍신화에도, 동아시아신화에도 비슷한 말이 나옵니다. 우리가 완전히 신과 똑같이 생기지는 않았겠지요. 수십억에 이르는 인구가 모두 다르게 생겼고 그중 누가 제일 신과 닮았는지 알 수 없죠. 인류의 모든 생김의 공통분모 어딘가에서 신의 생김새를 찾을 수 있을 거예요. 로봇공학자로서 저의 믿음은 유신론적 불가지론에 가까워요."

갑자기 그런 이야기는 왜 하느냐는 듯 미묘한 표정을 지으면서도 감독은 참을성 있게 우람의 다음 말을 기다려 주었다.

"저는 우리를 만드는 것이 신의 취미였으리라는 생각을 종종 합니다. 자기와 닮은 형상으로, 자기보다는 불완전하지만 살아 숨 쉬며 움직이는 무언가를 만드는 작업이 말이에요. 친숙한 이야기죠?"

"로봇을 만드는 게 인간에게는 신의 취미와 같다는 말씀 같은데요."

"자기와 닮은 것을 만들면서 완전에 이르려는 경향이 인간에게도 있지 않나, 숙고해 볼 만하지요."

"철학적인 이야기네요."

"그런가요. 번식 또한 이 욕망에 닿아 있는 행위일 테니 그다지 어려운 얘기는 아니라고 생각합니다만."

"다시 박사님 이야기로 돌아가 볼게요."

"아, 죄송해요. 다른 얘기가 길었습니다."

"아니에요. 방금 그 부분은 박사님 이야기 파트 말고 다른 부분에 따로 삽입해도 좋을 것 같아요. 유학 이후에는 어떻게 지내셨는지 여쭤봐도 될까요?"

곧장 떠오른 사람은 그자비에였다. 한국 최초 탑승형 거대 기체인 브이가 폭주하고 사상 사고를 일으켰다는 소식은 외신에도 대대적으로 보도되었고, 그것을 본 그자비에는 병원에 입원한 우람이 의식을 차릴 때까지 끈질기게 연락을 시도했다.

"저는 프로젝트 브이 전에도 로봇 파일럿 대회에 참가한 적이 있어요. WGMO라고⋯⋯."

"네! 몇 년 전부터 한국에서도 공식 대표팀을 출전시키고 있어요. 박사님 수상 기록이 나중에 알려져 화제가 됐죠."

"그때 만났던 해외 팀에서 감사하게도 좋은 제안을 주셔서 공부와 연구를 병행할 수 있는 기회를 얻었습니다. 당시 사건을 계기로 저는 탑승형 메카닉 제작에서 AI 연구로 진로를 완전히 바꾸었는데, 다행히 그것도 좋게 받아들여졌어요."

살면서 다시 만날 일이 있을까 싶었던 그자비에는 그렇게 동료가 되었고 우람은 처음 보았을 때 그가 했던 말처럼 마침내 팀 플레이어가 될 수 있었다.

"어찌 보면, 갈 곳이 있어서 그렇게 절망하지 않을 수 있었던 거겠죠."

"해외 연구소에 10년 넘게 계셨는데, 긴 체류를 마감하면서 아쉬운 마음은 없으셨나요?"

"길다면 길고 짧다면 짧은 시간이죠. 이번 귀국이 완전히 외국 생활을 청산한다는 의미는 아니지만, 한국에 꽤 오래 머물 것 같기는 합니다."

드디어 핵심에 이르렀다는 듯 감독의 눈이 빛났다.

"어떤 계기로 귀국하시는지 박사님이 직접 소개해 주실 수 있을까요?"

"이미 알고 계시겠지만 제 입으로 다시 말해 달라고 하시니…… 네. 놀랍게도, 또한 역시 감사하게도, 브이의 리크리에이트 프로젝트에 참여하는 영광을 얻었습니다."

잠시 스튜디오에 침묵이 감돌았다. 가까이 있는 밝은 조명이 뜨거워서인지, 방금 한 말에 담긴 부담과 책임이 막중해서인지 우람은 이마 선이며 콧방울 옆으로 땀이 새어 나오는 것을 느꼈다.

"이미 한 번 큰 사고를 일으킨 기체를 다시 만든다는 게 달갑지는 않을 겁니다. 브이가 우리나라의 거대로봇 시대를 몇십 년 뒤로 역행시켰다는 평가도 나왔고요. 브이가 개발될 때만 해도 전고 15미터 초과 기체를 보유한 국가는 한 손에 꼽을 정도로 적었는데, 사고 이후부터 지금까지 OECD 국가 중…… 갑자기 생각이 잘 안 나네요."

"23개국입니다, 박사님."

"네, 현재는 OECD 가입국 중 23개국이 15미터 초과급 기체를 보유하고 있습니다. 이 중에는 직접 개발 대신 수입을 택한 나라도 있지만, 미보유국 중에도 현재 연구에 매진 중인 나라가 꽤 많습니다. 우리나라의 재진입은 경제 규모 대비 매우 늦은 편이라고 할 수 있지요. 이런 말씀을 드리고 싶어요. 인류 최초의 자동차 사고는 인류가 발명한 첫 번째 자동차로 인해 발생했습니다. 아직은 낯선 분야인 동시에 여전히 국가 주도적이며 상징적인 분야로 남아 있습니다만, 탑승형 거대로봇 개발을 포기해서는 안 됩니다. 여전히 그 사건을 상처로 기억하고 계신 분들께 위로와 사죄의 마음을 품고 있습니다. 그러나 과학자로서는, 이 프로젝트의 재개를 국민 여러분께서도 환영해 주시기를 감히 청하고 싶습니다."

감독이 고개를 크게 끄덕였다. 우람은 속으로 안도의 한숨을 내쉬었다. 프로젝트 브이를 회고하고 리크리에이트 프로젝트를 조명한다는 다큐멘터리 출연을 제안받았을 때 우람이 가장 걱정한 부분이 조금씩 풀려 가고 있었다. 아무리 많이 쳐 줘도 우람보다 크게 나이 들어 보이지 않는 감독은 그때 그 사건을 목격한 당사자 가운데 하나일 터였고, 그런 이들이 사건을 어떻게 기억하고 있을지 우람은 겁이 났다.

사건 이후 여론은 우람에게 유리한 방향으로 크게 바뀌었다. 프로젝트 브이 본 방영 참가 순위 안에 들지 못했으나 본인 역시 형제 명의를 빌려 지원했노라 밝힌 여성들이 있었고,

현장에서 사고를 겪거나 목격한 후 우람의 활약상을 전파한 이들도 있었다. 그 외에도 많은 국민들이 전고 차를 극복하고 브이를 제압한 우람의 역량에 감동받았다고 고백했다. 그런 우람이 단지 성별 하나 때문에 파일럿 자격을 박탈당한 것이 얼마나 심한 언어도단인가 하는 문제 제기가 여론을 뜨겁게 달구었다. 우람에 대한 국민적 오해와 의혹이 풀린 것은 다행이었지만, 동시에 브이는 무시무시하게 '나쁜 로봇'이 되어 있었다. 우람은 그렇게는 생각할 수 없었다. 우람의 적대 세력으로 설정되어 있는 브이를 옹호하면 우람이 펼친 활약의 의의가 흐려질 것이고, 그래서 드러나는 방식으로 브이를 두둔할 수는 없었지만, 우람에게 브이는 나쁜 로봇일 수 없었다. 불가해한 이유에서 우람은, 우람만큼은 브이를 미워할 수 없었다.

"그런데 탑승형 거대로봇의 모델이 꼭 브이여야 할 필요는 없지 않을까요?"

"글쎄요, 그것만큼은…… 설명하기가 어렵습니다. 저는 브이라는 모델에 저 스스로 납득하기도, 타인을 설득하기도 어려운 끌림을 느끼고 있어요. 그런데 이건 저만은 아니고, 당시 브이 탑승을 직간접적으로 경험한 많은 사람들이 공통으로 하는 이야기입니다. 예를 들면 브이의 초대 파일럿, the first HUN으로 선정되었던 김정훈 중위라든가."

"김정훈 소령입니다."

"그렇군요, 군 계급 체계를 잘 몰라서. 이미 이분들과도 인터뷰를 하셨는지 모르겠지만, 김정훈 소령이나 역시 프로그램 마지막 단계까지 진출했던 오진영 이사처럼 브이에 가까이 다가갔던 사람들은 다 조금씩, 뭐랄까, 홀려 있지 않던가요? 아무래도 저만큼 심한 사람은 없을 것 같지만."

우람은 조금 웃으며 말했다. 정말이지 설명하기 힘든 일이었다. 특히나 그렇게도 앙앙불락하던, 늘 의뭉스럽게 훼방을 놓던 오진영이 우람을 국내로 불러들인 장본인이라는 것을 어떻게 설명할 수 있을까. 설마 자기가 탈 로봇을 만들어 달라는 것인가, 그 정도의 나르시시스트인가 의심하며 우람은 처음에는 제안을 거절했다. 오진영은 재차, 삼차 우람을 설득했고 우람은 뜻밖에도 그가 탑승형 거대로봇 제작에 진심과 열의를 품고 있다는 사실을 알게 되었다.

"박사님이 생각하시는 브이의 매력은요?"

"글쎄요."

매력이라니. 그렇게도 말할 수야 있겠지만 그렇게만 말할 수는 없으리라. 우람은 그냥 웃었다. 감독과 스태프들도 따라 웃었다. 누가 들어도 약간은 실없는 질문일 테니까. 감독은 질문을 조금 바꾸었다.

"그럼 이렇게 여쭤볼게요. 김우람 박사님께 브이는 어떤 로봇인가요?"

우람은 브이라는 로봇을 처음 알게 된 때를 떠올렸다. 김교수의 방에서 흐릿한 프레젠테이션 영상으로 보았던 첫 기억.

당연히 브이의 조종석은 내 자리가 될 거라고 믿었던 그때의
감각이 생생했다. 그것이 착각임을, 노력해 얻어야 하는 자리
임을 깨달았을 때는 보람과 함께 있었다. 보람은 아무렇지도
않게 그걸 표절 로봇이라 일축했다. 한국 고유 콘텐츠의 아이
콘이면서 동시에 아쉬움과 부끄러움으로 남아 있는 로봇이라
고. 가상공간에서 수십 기의 브이와 함께 달리고 싸웠던 기억,
낡은 승강대에서 떨어지는 바람에 최진희와 손서진에게 정체
를 들킨 기억, 울 수도 웃을 수도 없는 크고 작은 경쟁을 거쳐
결국 최초로 브이의 조종석에 올랐을 때의 기억. 그 모든 기억
이 바로 어제 일처럼 생생했다. 기억 속의 얼굴들, 사람들의 인
상은 떠올릴 때마다 여러 번 만진 물건처럼 닳아 갔지만, 브이
는 결코 낡지 않았다. 우람의 머릿속을 들여다볼 수도, 회상에
참여할 수도 없는 다큐멘터리 감독과 스태프들은 숨죽여 우
람의 코멘트를 기다리고 있었다.

"브이는……."

우람은, 한때 잠시 HUN이었고 브이의 유일한 대적자였으
며, 이제는 브이를 만들 김 박사가 된 우람은 이렇게 말했다.

"계속해서 다시 태어나는 로봇입니다."

침묵이 스튜디오에 머물다 떠났다. 누구도 이보다 정확하
게 말할 수는 없을 거라고 우람은 생각했다.

작가의 말: 질문들

1. 이야기 말미에 나오는 질문 가운데에 이런 것이 있다. "사람은 왜 로봇을 만들려고 할까요?" 이에 주인공 우람은 "자기와 닮은 것을 만들면서 완전에 이르려는" 인간의 본성에 대해 말한다. 왜 거대로봇이 나오는 소설을 쓰려고 했는가에 대한 나의 답도 이 지점을 크게 벗어날 수 없을 것이다. 오랫동안 품고 있던 이야기이고, 좋아서 썼지만, 쓰는 내내 나는 왜 이 소설을 쓰려고 했는가를 스스로에게 묻게 되었다. 자연히 쓰는 내내 고통스러웠고 순간순간 이 이야기를 쓰고 있는 내가 낯설게 느껴지곤 했다.

쓰느라 힘들었다는 생색은 이야기를 마칠 때마다 내는 것이지만, 이 이야기는 이전의 작업들과 전혀 다른 고통을 내게 주었다.

2. 오래전에…… 정말로 오래전에 이 소설을 처음 쓰려 했을 때 썼던 첫 문장을 지금도 기억한다. "인간은 왜 탈것에 탐닉하는가?" 10여 년이 훌쩍 흐른 지금은, 탈것일 뿐 아니라 입는 것이기도 하고 장소이기도 하며 사용자 자신이기도 한 거대로봇의 여러 속성에 대해 자주 생각한다. 빗나간 질문에서 시작했기 때문에 그때는 쓰지 못했던 것이 아닐까. 그럼에도 이 질문을 기억하는 까닭은, 그것이 바로 증거이기 때문이다. 내가 얼마나 오래 이 이야기의 완성을 바라 왔는가에 대한.

3. 한편 탈것이자 외피이며 장소이고 자기 자신이었던, 거대한 무언가로부터 탈락하는 경험은 누구에게나 있다. 우리는 그것을 출생이라고 부른다. '크다'와 '성숙하다'는 동의어가 아니고 크기와 성숙도 역시 비례하는 개념이 아니지만 우리 모두는 때때로 큰 것에 탐닉하게 된다. 나는 그 열망이 나쁘다고 생각하지 않는다. 어쩌면 그것이야말로 인간의 가장 근원적인 충동이 아닐까 의심한다.

4. 《프로젝트 브이》를 쓰는 동안 많은 일이 있었다. 이 이야기를 오래 기다려 주시고 격려해 주신 안전가옥에, 실의에 빠지고 괴로워할 때마다 다잡아 주신 그린북 에이전시에 감사드린다. 이상하게도 작가의 말을 쓰며 감사와 송구의 뜻을 밝히는 지금도 이야기가 끝나지 않은 듯한 느낌이 든다. 그러면 이

이야기는 도대체 언제 끝나는 것일까? 나는 언제쯤 이 이야기에서 완전히 벗어나게 될까?

이 질문에 영원히 응답받지 못하리라는 것을 안다. 그래서 다행이라고 말하고 싶다.

2023년 봄

박서련

프로듀서의 말

때는 출근길 지하철에서 책을 읽고 있던 2019년 가을쯤입니다. 정신없이 빠져들어 읽다가 출근해서도 끝을 알고 싶어 계속 읽어 내려갔습니다. 당시 안전가옥에는 장르 문학 라이브러리라는 책 읽기에 아주 좋았던 공간이 있었습니다. 그곳에서 책을 마저 다 읽고 난 후 탁 접자마자 이 작가님께 연락을 드려야겠다, 어떻게든 어떤 작품이든 함께하고자 연락드려야겠다는 결심을 하게 되었습니다. 바로 《마르타의 일》이란 작품이었고, 그 책을 쓰신 박서련 작가님께서 흔쾌히 연락에 응해 주셨지요. 그리고 처음 만나 뵈었을 때 작가님께서는 안전가옥과 함께하고 싶은 이야기가 있다고 말씀해 주셨습니다. 요약하면 딱 한 줄로, '남장을 한 여자 파일럿이 탑승하는 거대로봇' 이야기였습니다.